Big Brother is impeaching you

Eine Politsatire

Buch:

Die Lage ist alles andere als rosig für US-Präsident Richard „Dick" Bunny: Die Demokraten wollen ihn des Amtes entheben, in seiner eigenen Partei möchte ihn niemand als Spitzenkandidaten für die bevorstehenden Wahlen haben, viele seiner letzten Unterstützer sitzen im Gefängnis und er ist in so viele Bestechungs- und Missbrauchsskandale verwickelt, dass selbst Berlusconi vor Neid erblassen würde. Da kommt ihm das Angebot eines großen Reality-Senders wie gerufen:

Bunny und sein gesamtes Kabinett sollen unter ständiger Kameraüberwachung für zwei Wochen im Weißen Haus eingesperrt werden. Nach und nach wählt das Publikum die Teilnehmer heraus, bis entschieden ist, wer die Republikaner als Spitzenkandidat in den Wahlkampf führen darf.

Aber „Big Brother is impeaching you" erweist sich als ein Pulverfass, das alle anderen Reality-Shows wie eine Halma-Partie im Altersheim wirken lässt. Die Allianzen wechseln täglich und es kommen die dunkelsten Geheimnisse ans Licht. Auch Bunny kommt nicht ungeschoren davon. Wird sein Traum von einer zweiten Amtszeit Wirklichkeit? Oder hat er einen furchbaren Fehler begangen?

Autor:

Nico Geissler, geboren 2001, begann schon in der Grundschule mit dem Schreiben von kleinen Geschichten und gewann schließlich mit einer seiner Kurzgeschichten den „Jungen Literaturpreis Schleswig-Holstein 2019". „Big Brother is impeaching you" ist sein erster Roman.

Nico Geissler lebt in der Nähe von Hamburg, wartet im Moment auf den Beginn seines Hochschulstudiums im September und nutzt die Zwischenzeit dazu, an seinem nächsten Buch zu arbeiten und Französisch zu lernen.

Big Brother is impeaching you

Eine Politsatire von Nico Geissler

Bibliografische Information der Deutschen Nationalbibliothek: Die Deutsche Nationalbibliothek verzeichnet diese Publikation in der Deutschen Nationalbibliografie; detaillierte bibliografische Daten sind im Internet über dnb.dnb.de abrufbar.

ISBN: 978-3-751-95409-9

Herstellung und Verlag: BoD – Books on Demand, Norderstedt

Covergestaltung: Cathrin Geissler

Coverillustration: Per Hendrik Lienau

FSC
www.fsc.org

MIX
Papier aus verantwortungsvollen Quellen
Paper from responsible sources
FSC® C105338

Für meine Eltern

Inhalt

Die Regierung der Vereinigten Staaten von Amerika
1. Kabinett Richard Bunny:

Richard „Dick" Bunny, Präsident
Andrew Rosslin, Vizepräsident
Igor „Mr. Igor" Cherkisshov, Innenminister
Chad Buffalo, Außenminister
Geoffrey B. Trembler, Verteidigungsminister
Forest Blight, Energieminister
Venus Mirris, Bildungsministerin
Norman R. Arrow, Minister für Innere Sicherheit
David Siliconi, Gesundheitsminister
William James, Justizminister
Boris Santiago, Finanzminister
Wesley Smith, Handelsminister
Steve Jespers, Verkehrsminister
Vienna Radisson, Landwirtschaftsministerin
Kyle Kaywest, Arbeitsminister
Bernhard T. Netherbrook III, Minister für Wohnungsbau
Margaret Dunkirk, Ministerin für Kriegsveteranen
Edwin Sturbant, offizieller Pressesprecher

Der weiße Elefant im Porzellanladen- Dick Bunnys katastrophale Afrikareise

Qunu, Republik Südafrika. Als diesen Freitag die erste Afrikareise von US-Präsident Richard „Dick" Bunny endete, dürften eine Milliarde Menschen auf dem schwarzen Kontinent erleichtert aufgeatmet haben. Denn anstatt vom wachsenden innenpolitischen Druck mit einigen dringend benötigten außenpolitischen Erfolgen abzulenken, versetzte der Präsident seine afrikanischen Kollegen derart in Entsetzen, wie es wohl kein Weißer mehr seit dem Ende der Kolonialzeit getan hat. Engere Kooperation mit Vorzeigestaaten voranbringen? Keine Spur. Lösungsansätze für Konfliktregionen? Nicht im Geringsten. Stattdessen tappte Bunny von Fettnäpfchen zu Fettnäpfchen, blamierte an seinen besseren Tagen die USA und gefährdete an seinen schlimmsten ernsthaft die Sicherheit des jeweiligen Gastlandes.

Die Chronik eines totalen Fiaskos:

Dienstag, 15. Oktober: In Kairo spricht Bunny vor der Afrikanischen Union, irritiert mit einer Reihe von imperialistisch geprägten Aussagen. Dem Bürgerkriegsland Südsudan empfiehlt er, sich „mal zusammenzureißen". Zudem verwechselt er beim anschließenden Dinner den ägyptischen Präsidenten mit Marokkos König.
Donnerstag, 17. Oktober: Bunny reist nach Äthiopien, um dem Friedensabkommen mit Eritrea sein Wohlwollen auszusprechen-zumindest war dies der Plan des Außenministeriums. Leider wettert der Präsident aufs Schärfste gegen das Abkommen und be-

hauptet, es sei eine Verschwörung gegen die amerikanische Waffenindustrie.

Freitag, 18. Oktober: Nachdem die Teilrepublik Somaliland Bunny kurzfristig ausgeladen hatte (eine Folge davon, dass er die Regierung „eine Bande von dreckigen Rebellen" nannte), besucht er stattdessen Kenia, wo er die als historisch wahrgenommene Entscheidung des Verfassungsgerichtes, im Vorjahr die Wahlen zu annullieren, als schweren Fehler bezeichnet. Danach erkundigt er sich nach den besten Orten für die Elefantenjagd.

Sonntag, 20. Oktober: Der mit Abstand größte Fauxpas: In Kamerun hält Bunny den Häuptling eines Stammes vom Pygmäenvolk der Mbenga für einen dressierten Affen und bezeichnet ihn hinterher als „N**er".

Dienstag, 22. Oktober: In Namibia irritiert Bunny mit Naziwitzen, als er eine Gedenkstätte des Völkermordes an den Herero besucht.

Donnerstag, 24. Oktober: Am Grab von Nelson Mandela in dessen Heimatort Qunu muss Bunny davon abgehalten werden, seinen Namen anstatt ins Gästebuch auf den Grabstein zu schreiben. In seiner späteren Rede benutzt er erneut rassistische Ausdrücke.

Während Bunnys Pressesprecher Sturbant die Reise in einer offiziellen Mitteilung als „großen Erfolg" feiert, unzählige Afrikaner ihr Verhältnis zu den Vereinigten Staaten überdenken und unsere europäischen Verbündeten vermutlich neue Ebenen des Fremdschämens entdecken, warten auch zu Hause genug Probleme auf den Präsidenten: Er muss sich nicht nur gegen die immer heftigeren Attacken der Opposition verteidigen, den Verbleib von mehreren Milliarden vermutlich veruntreuter Steuergelder klären und Stellung zu den neusten Vorwürfen gegen Justizminister William James beziehen (dieses Mal: sexueller Missbrauch), sondern auch erklären, warum die Ermittlungen gegen mehrere der Geldwäsche verdächtigten Geschäftsleute so unvermittelt eingestellt wurden.

Alle mutmaßlichen Geldwäscher sind mit Bunny eng vertraut. Die kommende Woche verspricht sehr interessant zu werden.

Stars inside the US, 30.10.

Der schlechteste Präsident ever?!!

Unser Präsident Dick Bunny steht massiv unter Druck. Wir nennen die BRISANTESTEN Affären:

Das Geld-Problem: Seit letztem Jahr haben Geschäftsleute MEHRERE MILLIARDEN DOLLAR an Steuern veruntreut! Und die meisten Steuersünder sind Bunnys Freunde!

Das Gauner-Problem: Viele Mitglieder in Bunnys Regierung sollen Verbrechen begangen haben! Sein Justizminister ist ein SEXTÄTER, der Handelsminister hat den USA Waffen GESTOHLEN und selbst verkauft und sein Minister für Wohnungsbau SCHUMMELT BEI DER STEUER!!

Das Girls-Problem: Bunny ist schon zum fünften Mal verheiratet. Aber alles deutet darauf hin, dass er SEINE FRAU BETRÜGT!!!

Das Geostorm- Problem: Die Hackerorganisation Geostorm ist in der letzten Zeit durch CYBERANGRIFFE auf Server der amerikanischen Regierung aufgefallen. Haben sie etwa auch die WAHL MANIPULIERT?!!!!

Das Greatest-Showman-Ever-Problem: Bunny ist für seine Nähe zu Social Media und Reality-TV bekannt. Aber viele sagen, dass er dadurch UNSER LAND GEFÄHRDET!!!!!

Le Monde New Orleans, 07. 11.

Wie lange hält Bunny noch durch?

Washington, D.C. Die vergangenen Wochen dürften zu den chaotischsten in der fast zweihundertfünfzigjährigen Geschichte US-amerikanischer Politik gehört haben. Während Dick Bunny mehr und mehr von den Dämonen seiner schmutzigen Vergangenheit eingeholt wird (Geldwäsche, Steuerhinterziehung, Vetternwirtschaft), verlassen den Präsidenten auch seine letzten Verbündeten.

Frankreich knüpfte bereits zukünftige Kooperationen mit den USA an die Bedingung, nur mit einem anderen Präsidenten als Bunny zu verhandeln.

In **Großbritannien** wird Dick Bunny längst mehr als Witzfigur denn als verlässlicher Partner gesehen.

Auch mehrere Ölmagnaten in **Saudi-Arabien** sagten sich öffentlich von ihrem früheren Geschäftsfreund los.

Mit Texas´ ehemaligen Gouverneur **Seth Jefferson** muss einer von Bunnys engsten Vertrauten nun wegen Vergewaltigung, Korruption und Steuerhinterziehung für mehr als zwanzig Jahre in Haft. Und wenn nicht mehrere einflussreiche Richter weiterhin den Präsidenten unterstützen würden, hätte Jeffersons Strafe leicht noch höher ausfallen können.

Zudem erklärten bereits mehrere **republikanische Senatoren,** bei Abstimmungen nicht mehr für Bunny zu votieren.

Angesichts der aktuellen Lage wäre wohl ein Rücktritt die beste Option, doch daran denkt der Präsident nicht. Aber da die Demokraten bereits die Stimmen für ein mögliches Impeachment zählen und immer mehr Republikaner Bunny in den Rücken fallen, steht er mit dem Rücken zur Wand. Seine Lage wird noch dramatischer dadurch, dass sich die Partei in wenigen Monaten auf einen Spitzenkandidaten für die kommende Präsidentschaftswahl einigen muss- viele Republikaner sind jedoch gar nicht glücklich mit Bunny. Was wird der angezählte Präsident tun? Sieht er einfach zu, wie ihm die Macht entgleitet? Kommt er vielleicht doch noch zur Einsicht? Oder wird er das tun, was inzwischen mehrere Insider prophezeien: Seine fast schon sprichwörtliche Nähe zum Reality-TV für einen letzten großen Coup nutzen?

Prolog

Ulysses Alderman saß allein an einem für zwei gedeckten Tisch im edlen manhattaner Restaurant The Elders, nippte an seinem alkoholfreien Aperitif und verzog trotz dessen Süße das Gesicht, als er den fruchtigen Geschmack auf seiner Zunge spürte. Er war anderes gewohnt, doch seine Ärzte hatten ihm bis auf Weiteres sämtlichen Alkohol verboten. Sechs Stockwerke unter ihm donnerte der wie immer wahnsinnige Verkehr in einer solchen Lautstärke über die 6th Avenue, dass selbst hier oben die Fensterscheiben noch leicht zitterten, aber als abgehärteter New Yorker nahm Alderman das Chaos nicht einmal wahr. Er ignorierte auch den köstlichen Duft nach toskanischem Wildschweinragù und bretonischem Hummer, der wie eine sanfte Frühlingsbrise durch alle Räume des teuer eingerichteten Restaurants zog, sondern warf stattdessen ständig unruhige Blicke zu der von aufwändigen Stuckaturen umrahmten Eingangstür. Ärger kochte in ihm hoch.

Dass dieses Weib nicht wenigstens ein einziges Mal in ihrem Leben pünktlich sein konnte! Doch Alderman hatte keine andere Wahl, als sich in Geduld zu üben- in dieser Hinsicht hatte sich sein Chef sehr klar ausgedrückt.

Das ganze Thema sei eine höchst heikle Angelegenheit, an die man mit größtem Fingerspitzengefühl herangehen müsse, hatte ihm Mr. Fratelli in diesem nur vier Minuten dauernden Gespräch erklärt, während er nebenbei zwei Telefonate geführt, siebenundzwanzig E-Mails durchgesehen und eine Sekretärin zur Schnecke gemacht hatte, die ihm kalten Kaffee gebracht hatte. Oder um ihn wörtlich zu zitieren:

„Das ist ein riesengroßer Fisch, Ulysses, aber wenn wir das vermasseln, sitzen wir bis zum Hals in der Scheiße! Auf gar keinen Fall dürfen wir als ein Haufen alter, reicher, weißer Männer rüberkommen, die nur aus Profitgier diese politische Katastrophe noch schlimmer machen wollen! Das heißt, wenn du die Sache übernimmst, brauchen wir noch jemanden dazu, der jung, nicht weiß, kein Mann und am besten auch nicht hetero ist. Du weißt, wen du anrufen musst."

Ja, das hatte Ulysses gewusst. Und deshalb saß er nun auch in diesem auf europäische Küche spezialisierten Restaurant und vertrieb sich seit mittlerweile dreißig Minuten die Zeit mit alkoholfreien Aperitifs. Trotzdem war es das wert. Als er an den Ruhm und das Geld dachte, die ihm die Show einbringen könnte, rangen Dollarzeichen in seinen Augen mit Sternen um den Platz. Diese Sache würde ihm im Showbusiness noch einmal ganz nach oben katapultieren- keine Sekunde zu früh, denn Aldermans Zeit im Rampenlicht lief allmählich ab. Er war mittlerweile achtundfünfzig und wenn er nicht endlich wieder einen großen Coup landete, würde er bald aus der öffentlichen Wahrnehmung verschwinden.

Ein Kellner trat an seinen Tisch und verneigte sich auf eine Weise, die Ulysses ahnen ließ, dass diese Geste ihn wohl mehr an Trinkgeld kosten würde als in anderen Restaurants das gesamte Essen.

„Wenn Sie erlauben, führe ich die Dame, die Sie erwarten, nun zu Ihnen, Sir."

„Ach, lässt sie sich doch endlich mal blicken?", entfuhr es Alderman, doch dann riss er sich zusammen. „Danke. Für sie auch einen Aperitif, schätze ich."

Der Kellner verschwand mit einer dienstbeflissenen Verbeugung und kehrte kurze Zeit später mit einer schlanken, hochgewachsenen Afroamerikanerin zurück, die sich auf den Stuhl gegenüber von Ulysses fallen ließ, als wäre er nicht mit edlem Samt bezogen, sondern nur ein einfacher Plastikstuhl in irgendeiner Cafeteria. Sie trug geschmackvolle, aber nicht übermäßig teure Kleidung, ihre lockigen Haare waren zu einer Art Bob frisiert und in ihrem scharf geschnittenen Gesicht saßen zwei kluge Augen, die Alderman misstrauisch fokussierten.

„Tag auch, Ulysses."

„Guten Tag, Denise. Du bist zu spät, meine Süße."

Denise LeShaw weitete die Flügel ihrer zierlichen Nase und schnaubte verächtlich. „Auch wenn es dich wundern wird, habe ich noch andere Verpflichtungen. So wichtig bist du nun auch wieder nicht, dass ich sofort alles stehen und liegen lassen würde, wenn du etwas von mir willst."

Ulysses versuchte sich an einem überlegenen Lächeln, doch diverse Liftings hatten seine Gesichtszüge stark verzerrt, sodass es nur zu einer Grimasse reichte, mit der er an den Joker erinnerte- wenn denn dem Joker statt grüner Zotteln ein platinblonder Haarturm aus der Kopfhaut wachsen würde, den sein Besitzer mit so viel Haarspray behandelte, dass er praktisch versteinert war.

„Ich denke, Schönheit, dass du feststellen wirst, dass du dich irrst. Stattdessen glaube ich sogar, dass du im Nachhinein betrachtet Gott auf Knien dafür danken wirst, dass du dich dafür entschieden hast zu kommen."

Denise seufzte, Unglauben sickerte aus jeder ihrer Poren.

„Na gut, Ulysses, was hast du diesmal für mich? Soll ich vielleicht ein Baströckchen anziehen und darin den Botschafter von Kenia am Flughafen begrüßen? Oder eine Sushi-Kochshow moderieren? Oder ist es wieder dieser bekloppte Welche-Frau-im-Bikini-wäscht-am-schnellsten-dein-Auto-Wettbewerb?"

„Besser, meine Süße, viel besser. Hier, guck dir das mal an."

Er reichte Denise eine rote Mappe mit den Unterlagen, die ihm Fratelli heute Morgen geschickt hatte. Während sie las, wich langsam die Skepsis aus ihrem Blick und machte grenzenloser Fassungslosigkeit Platz. Mit offenem Mund starrte sie Ulysses an.

„Das kann doch nicht wahr sein? Hat jemand Fratelli LSD in den Kaffee getan oder was?"

„Ich kann dir versichern, dass es absolut ernst gemeint ist."

Auch Ulysses versuchte nun gar nicht mehr, seine Aufregung zu verstecken. Denise blätterte weiter durch die Mappe.

„Der lässt sich doch nie im Leben auf so etwas ein!"

„Ach was, man muss ihm die Sache nur schmackhaft machen. Wir reden hier von *Dick Bunny,* Herrgott nochmal. Er steht vielleicht mit dem Rücken zur Wand, aber wir wissen beide, dass er niemals zurücktreten wird. Das hier dagegen ermöglicht ihm nicht nur einen Abgang in Würde, oder was er dafür hält, sondern sogar die ersthafte Chance auf eine zweite Amtszeit."

Denise befeuchtete nervös ihre bonbonrosafarbenen Lippen, als hätte sie einen unbekannten, nicht direkt unangenehmen Geschmack im Mund, über den sie sich noch kein endgültiges Urteil hatte bilden können.

„In den meisten anderen Ländern wandert man dafür in den Knast."

„Aber in unserem kann man dafür stattdessen so berühmt werden, wie es nur wenige je zuvor waren. Das ist *die* große Chance für dich, meine liebe Denise. Ich habe bereits die Zusage, das ganze Ding zu moderieren. Aber großmütig, wie ich nun einmal bin, biete ich dir die Chance, dabei an meiner Seite zu sein. Also, Schönheit, wie sieht's aus?"

Dienstag, 12. 11.

Die gespannten Blicke aller Reporter im brechend vollen Press Briefing Room prickeln unangenehm auf meiner Haut, doch als echter Profi ignoriere ich das natürlich und setze lieber mit betont dramatischer Geste meine Designersonnenbrille auf, mit der ich nicht nur noch cooler aussehe, sondern auch im viel zu warmen Licht der vielen Scheinwerfer nicht dauernd blinzeln muss. Ich trage mein lässigstes Gesicht zur Schau, als ich meinen Blick langsam durch den Raum schweifen lasse- diese blöden Säcke sollen glauben, dass ich mir ihre Gesichter genau merke, falls sie etwas sagen sollten, was mir nicht gefällt. Wegen der Sonnenbrille kriegt keiner von ihnen mit, dass ich nur gelangweilt die Flecken auf den nicht mehr ganz strahlend weißen Wänden zähle, höhö. Um diese Mistkerle noch weiter schmoren zu lassen, nehme ich mir richtig Zeit- fast überall, wo kein Fleck auf der Tapete ist, hängen Kabel, die Decke ist schmucklos grau und auch ansonsten fehlt dem Raum eindeutig die Dekoration. Ein paar Bowlingtrophäen würden helfen, vielleicht auch ein Aquarium, am besten mit Haien, damit ich alle Schreiberlinge, die mir gemeine Fragen stellen, möglichst schnell loswerden kann, höhö. Muss mal gucken, ob man Haie im Internet bestellen kann. Oder ich schicke einfach jemanden zum nächsten Zoo.
Unter meinen bestimmt mindestens fünfhunderttausend Gästen- wenn nicht noch mehr, ich bin als Präsident natürlich viel zu wichtig, um Dinge wie Kopfrechnen selbst zu machen- kommt unruhiges Gemurmel auf, aber ich würdige sie keines Blickes. Das haben diese Schweine von der Lügenpresse verdient, dass ich sie warten lasse, nach all den gemeinen Sachen, die sie über mich und meine Regierung geschrieben haben. Dass mein Energieminister Forest Blight privat Bauland in Nationalparks verkauft, soll laut ihnen auf einmal illegal sein, außerdem drucken sie Interviews mit diesen ganzen Schlampen, die lieber froh sein sollten, dass

ihnen ein so wichtiger Mann wie Billy James so viel Aufmerksamkeit schenkt. Und jetzt behaupten sie auch noch, dass dieser dressierte Affe in Kamerarund oder wie das heißt eine Art Mensch sein soll!

Oh ja, diese Leute sind alle sehr böse zu mir gewesen, aber sie werden noch bekommen, was sie verdienen!

Immer mehr Unruhe im Saal. Na gut, ich kann nicht den ganzen Tag hier rumstehen, hab schließlich auch noch andere Sachen vor und die sind sehr wichtig, ich bin nämlich der Präsident! Ich räuspere mich so kraftvoll und königlich wie ein brüllender Löwe:

„Hey, ihr Schreiberlinge. Hiermit begrüße ich euch zur heutigen Pressekonferenz. Ich will heute mit ein paar von den fiesen Gerüchten aufräumen, die ihr über mich verbreitet, also legt los."

Erleichterung macht sich breit und als erstes erhebt sich ein kleines blondes Flittchen von einem dieser linksgrünversifften Lügenblätter, die sich als „seriöse Presse" vermarkten. Aber sie ist ziemlich heiß, ein bisschen wie Svetlana, meine fünfte Ehefrau.

„Mr. President, ich bin Susan Jones von der New York Mail und ich frage Sie: Wann treten Sie zurück?"

Ich und zurücktreten?! Unverschämtheit!

„Schätzchen, damit das mal klar ist: Ich bin der beste Präsident, den dieses Land je hatte und ich trete höchstens dann zurück, wenn einer von euch dreckigen Lügnern gerade hinter mir steht!"

Schneller als ein geschlagener Baseball springt ein magerer junger Mann mit Ziegenbart auf. Er verströmt einen sauren Geruch nach billigem Aftershave und Angstschweiß. Zumindest kann ich mir nicht vorstellen, dass der Gestank von Angstschweiß von jemand anderem in diesem Raum stammen könnte. Ich habe schließlich nie Angst und schwitzen tue ich schon gar nicht.

„Würden Sie nicht lieber freiwillig abtreten, als des Amtes enthoben zu werden? Nach unseren Informationen bereiten die Demokraten bereits das Impeachment vor!"

„Mr. President, was halten Sie davon, dass mehrere namhafte Republikaner diesen Antrag unterstützen wollen?"

Diese Frage kommt jetzt von einem Affen aus der vierten Reihe. Er hat sein Mikrofon angriffslustig erhoben.

„Erstens sind das alles Lügen, zweitens wird jeder, der mich verrät, das bitter bereuen und ähm- eins, zwei...- viertens reden Schwarze nur, wenn sie gefragt werden!"

Ein paar Gutmenschen schnappen entsetzt nach Luft, andere kritzeln wie wild auf ihren Notizblöcken herum. Alles Schlappschwänze. Ich wette, die kaufen sogar Bücher, die schon fertig ausgemalt sind.

Einige verlogene Volksfeinde in der Ecke beginnen „Rassisten raus!" zu skandieren und werden deswegen natürlich sofort von meinen Sicherheitskräften rausgeworfen, aber leider beteiligt sich auch der Rest vom Journalistenpack an dem Aufstand. Wie Steine prasseln Fragen von allen Seiten auf mich ein und tun sogar noch mehr weh.

„Mr. President, wie stehen Sie zu den Vorwürfen des sexuellen Missbrauchs gegen Justizminister James?"

„Mr. President, wann werden Sie endlich die Gelder wiederfinden, die Ihre Mitarbeiter veruntreut haben?"

„Mr. President, haben Sie Verbindungen zum Ku-Klux-Clan?"

„Mr. President, bestreiten Sie, dass Ihr Kabinett in Geldwäsche verstrickt ist?"

„Mr. President, hat Geostorm die Wahlen zu Ihren Gunsten manipuliert?"

„Mr. President, sind wirklich alle afrikanischen Staaten Dreckslöcher?"

„Mr. President, betrügen Sie Ihre Frau?"

Meine Augen finden den Dreckskerl, der die letzte Frage gestellt hat. Es ist ein kleines Schlitzauge mit einer Judennase, der sich vermutlich erschrocken über seinen eigenen Mut hinter seinem Tablet versteckt. Bestimmt ein Schwanzlutscher und trotzdem noch Jungfrau. Wie kann es so einer wagen, über meine Beziehung zu Svetlana zu reden?!!

Ich greife wütend nach einem Wasserglas und werfe es nach ihm. Er geht zu Boden und fängt an zu flennen wie ein kleines Mädchen, dabei ist es kaum zersplittert. Während im Saal endgültig die Hölle losbricht, mehrere Vertreter der Lügenpresse laut fluchend auf dem nassen Teppich ausrutschen, andere mich auf gemeinste Weise beschimpfen und miese Lügen verbreiten- ich habe *nicht* den Strom in allen Häusern Washingtons abgestellt, um meine Haushaltspläne im Kongress durchzupeitschen, das war alles ein Versehen, ich habe die Vorschule nur zweimal und nicht dreimal wiederholt und diese aufmerksamkeitsgeile Pornodarstellerin soll mal lieber blasen üben- und meine Sicherheitskräfte eilig eine lebende Wand zwischen mir und den Schreiberlingen formen, spüre ich den sanften, aber bestimmten Griff einer Hand an meinem muskulösen Arm. Ich drehe mich um und sehe das Gesicht von meinem Pressesprecher Edwin Sturbant, der leider trotz meiner hervorragenden Stylingratschläge immer noch wie ein Pavian mit Brille aussieht. Er guckt unangemessen vorwurfsvoll.

„Kommen Sie besser da weg, Boss, ich regle das für Sie."

„Was soll das denn heißen? Dass du das besser kannst als ich, oder was?"

„Nein, natürlich nicht, ich meine nur, dass, Mr. President, es vielleicht besser ist, wenn ich, der diese Leute, und nicht nur diese Leute, besser kennt, sich um diese Situation kümmert, weil das leider ein bisschen, oder auch mehr als ein bisschen, schwierig geworden ist und Sie Ihre Energien lieber für unser Land, Amerika, also die Vereinigten Staaten, aufsparen oder zumindest besteht die Chance."

Ich habe mal wieder kein Wort verstanden, aber genau das ist ja das Gute an Sturbant: Nicht nur ich verstehe ihn nicht, sondern auch das Journalistenpack nicht und keiner von denen traut sich nachzufragen.

Während also Edwin das Kuddelmuddel auflöst, lasse ich mich von einer Sicherheitseskorte in den Roosevelt Room führen und falle erleichtert in einen weichen Ledersessel. Die Poster von Comichelden, die ich hier aufgehängt habe, beruhigen mich zusätzlich. Meine Fresse, war das wieder anstrengend! Es hat zwar niemand die Medien besser im Griff als ich, sie fressen mir aus der Hand wie Barry, der Tiger in meinem Privatzoo, nur dass ich ihnen anders als Barry kein Valium ins Futter kippen lassen muss. Aber dieses Pack ist in letzter Zeit so unverschämt geworden, dass selbst ich mir Mühe geben muss, damit ich vor ihnen so richtig glänzen kann- so wie heute.

Eine illegale Mexikanerin gießt mir einen Whiskey ein- mit Eis und Zitrone, genau wie ich es mag-, doch als ich das Glas gerade nehmen will, fällt ein Schatten darauf. Ich schaue auf und sehe meinen Innenminister hoch vor mir aufragen. Er heißt Mr. Igor, auch wenn er immer behauptet, er hieße Mr. Cherkisshov. Dabei ist Igor doch so ein guter Nachname, fast so schön wie Bunny. Vielleicht hat er ja eine gespaltene Persönlichkeit. Aber da er, seit ich ihn gecastet habe, mehrmals täglich irgendwelche Leute in Russland anruft- besonders nach wichtigen Meetings-, kann es natürlich auch sein, dass dieser Mr. Cherkisshov noch in Russland ist und Mr. Igor nach ihm sucht. Jedenfalls ist er ein fantastischer Innenminister und ein wirklich kluger Mensch, der mir niemals widerspricht. Dabei war seine Ernennung eher ein Zufall: Er war mit einer russischen Reisegruppe unterwegs, die sich „Wer wird Innenminister?" ansehen wollte, hat nach dem Klo gesucht und ist aus Versehen unter den Kandidaten gelandet. Natürlich habe ich danach die Security und die Leute gefeuert, die für das Casting zuständig waren, aber trotzdem ist er einsame Spitze. Als Minister, meine ich natürlich. Ganz oben an der Spitze bin ja schließlich ich.

Heute hat Mr. Igor eine rote Aktenmappe in der Hand und eine sorgenvolle Miene im haarigen Gesicht.

„Iste schweres Lage gerade, Mr. President", poltert er mit seiner tiefen Stimme. „Eins Skandal kommt zu viele andere Skandale und die Demokraten zählen schon Stimmen für Ja. Wenn das so geht weiter, Sie in ein paar Wochen nicht mehr sind Präsident. Und bald wir haben die Vor-den-Wahlen-Wahlen und die Werte für Umfrage sind in das Keller."

Nun mache ich mir doch ein wenig Sorgen. Es stimmt, die letzten Wochen waren sehr hart für mich und ein Mann mit weniger politischem Geschick hätte die Verschwörung der linksgrünen Gutmenschen wohl nicht überstanden. Ich habe noch viele treue Fans, aber es gibt genug Leute in meiner Partei, die zu dumm sind um zu begreifen, wie großartig ich bin. Obwohl ich Präsident bin, brauche ich die Unterstützung meiner Partei, um Spitzenkandidat zu werden- gar keine so leichte Aufgabe. Und wenn jetzt schon der immer optimistische Mr. Igor Alarm schlägt, muss die Kacke echt am Dampfen sein. Ich kippe den Whiskey in einem Zug herunter und mit der Wärme breitet sich auch die Entschlossenheit wieder in meinem Inneren aus.

„Das ist alles eine Verschwörung, Mr. Igor, eine Verschwörung gegen mich, an der alle beteiligt sind, die Demokraten, die Latinos, die Schwarzen, die Europäer, die Chinesen und sogar die Schulkinder. Hast du gehört, was die alle fordern? Demnächst soll ich womöglich auch noch den Arschfickern Rechte einräumen!"

Dabei sollte es Rechte doch nur für die Rechten geben, höhö.

Mr. Igor wiegt den Kopf hin und her. „Ja, ich habe gesehen Sie da draußen, wie Sie wieder gelaufen sind Amo... Wie iste gelaufen sehr gutt. Aber immer mehr Leute Sie verraten und Sie leider nicht machen dürfen das, was wir machen in Russland mit dreckige Volksfeinde."

„Glaub mir, Mr. Igor, das wird sich ändern, wenn ich erst meine zweite Amtszeit antrete."

„Ach, ick nicht glaube, dass es kommt so weit..."

Mr. Igor wird rot- ist er vielleicht doch Indianer? Das würde erklären, wie er nach nur zwei Tagen in Washington amerikanischer Staatsbürger werden konnte-, seine Hand fliegt zum Mund und er nimmt sie gerade rechtzeitig weg, um zu stammeln:

„Äh, was ick wolle sagen, ich in der Furcht bin, wenn Sie noch einmal werden wollen Kandidat an der Spitze ohne den Rückhalt von die Partei, es nur eine Möglichkeit gibt…"

Während ich noch darüber nachdenke, was er eben gemeint hat- Hände am Mund sind ja ein schwieriges Thema, ich weiß noch, wie sich unten in Namenbier oder wie dieses komische Drecks- lochland heißt, alle aufgeregt haben, nur weil ich mit zwei Fingern an der Oberlippe ein paar Witze gemacht habe-, reicht er mir den Aktenordner und ich überfliege ihn. Normalerweise halte ich mich mit Lesen gar nicht auf, das übernehmen Nullen wie Rosslin für mich, aber leider ist außer Mr. Igor gerade niemand da, der es mir vorlesen kann und von seinem Akzent bekomme ich Migräne. Also kämpfe ich mich selbst durch den Text und spüre, wie ich mir je- dem Wort aufgeregter werde. Mit einem fast schon kindlichen Strahlen in meinem umwerfend attraktiven Gesicht sehe ich Mr. Igor an.

„Das ist ja verrückt! Das ist ja fantastisch! Und das geht tatsäch- lich?"

Mr. Igor nickt mit seinem haarigen Kopf.

„Ja, seit der Kongress hat angepasst eins zwei drei Dinge von die System an unsere moderne Zeit, das ist kein Problem nicht mehr. Wenn Sie müssen gehen, dann Sie gehen so und dazu Sie haben ehrliche Chance, zu wohnen in diesem Haus noch ein paar Jahre länger."

Erneut lese ich mir die wichtigsten Stellen durch. Es klingt perfekt, sehr seriös, ist genau auf die größten meiner zahlreichen Fähigkei- ten zugeschrieben und bietet mir außerdem die Möglichkeit, den Lügenschweinen von den Mainstreammedien so richtig eins aus- zuwischen. Ich stehe auf und sehe Mr. Igor an.

„Wir haben einen Deal. Kümmere dich darum und sorg dafür, dass es jeder aus dem Kabinett mitkriegt."

„Was ist, wenn sie wollen kneifen?"

Pah!

„Sag ihnen, wer kneift, ist gefeuert!"

Mittwoch, 13. 11

Das Foto ist richtig gut. Man sieht darauf mich, wie ich den frisch unterzeichneten Vertrag in der Hand halte, mein stolzestes Lächeln im Gesicht. Aber das wichtigste an diesem Post ist der perfekt formulierte Text, was bestimmt auch der Grund dafür ist, dass es in den ersten acht Stunden 2,4 Millionen Likes bekommt, noch mehr als der tolle Schnappschuss von Svetlana und mir am Strand von Barbados (niemand kann Bademäntel in XXXL so gut tragen wie ich).

„Bürger der Vereinigten Staaten", heißt es da, „in den letzten Monaten haben böse Leute jede Menge gemeine Lügen über mich verbreitet. Die linksgrünversiffte Opposition hat einen Pakt mit den Mainstreammedien geschlossen, unterstützt von ausländischen Machthabern, und sogar viele Männer in meiner eigenen Partei sind zu Verrätern geworden! Sie alle haben nur ein Ziel: Dem größten Präsidenten in der Geschichte der USA zu schaden! Selbst bei den Republikanern sind nur wenige Leute mutig genug, sich dagegen zu wehren. Und in ein paar Monaten sind die wichtigsten Vorwahlen aller Zeiten. Ich kann zwar viele Dinge, die sonst niemand kann, aber nicht einmal ich werde es ohne Unterstützung in dieser Schlangengrube von einer Partei zum Spitzenkandidaten bringen. Meine Feinde denken, sie hätten mich geschlagen. Sie glauben, ich müsste so oder so gehen.
Aber sie werden ihr blaues Wunder erleben! Ich soll gehen? Dann gehe ich auch- aber zu meinen eigenen Bedingungen! Nächste Woche wird die großartigste Fernsehshow der Geschichte starten: BIG BROTHER IS IMPEACHING YOU!
Niemand aus meinem großartigen Kabinett wird sich feige durch die Hintertür verdrücken, nein, wenn wir gehen, dann mit einem großen Knall! Zwei Wochen lang werden wir alle unter ständiger Beobachtung im Weißen Haus bleiben und während jeden Tag

einer aus dem Haus rausgewählt wird und sein Amt verliert, gibt es am Ende nur einen einzigen Sieger mit einem großartigen Preis: Er wird Spitzenkandidat!

Was sagt ihr dazu, ihr feigen Verräter? Seit Neustem erlaubt uns das unsere Verfassung! Reality-TV hat mich groß gemacht, also soll es auch meine Waffe gegen euch sein! Ein Dick Bunny lässt sich nicht feuern- er geht, wann er will und wie er will! Und ich weiß, dass ganz Amerika zusehen wird, während meine Feinde grün vor Neid werden! Es lebe #bigbrotherisimpeachingyou!"

Höhö. Das wird diesen Volksfeinden gar nicht schmecken. Habe in letzter Zeit sowieso am Job des Präsidenten ein bisschen die Lust verloren, man muss sich um so vieles kümmern und hat nur ein paar Stunden am Tag Zeit für wirklich wichtige Dinge wie Golf und Social Media. Aber mit dieser Show werde ich endlich wieder richtig große, historische Dinge schaffen können! Fast jeder meiner Minister ist sowieso durch eine Castingshow an seinen Posten gekommen, die werden mit dem Format schon zurechtkommen- auch wenn natürlich nur ich Spitzenkandidat werden darf. Damit kann ich diesen Arschgesichtern, die gegen mich stimmen wollten, das Grinsen aus dem Gesicht wischen! Denn ich werde uns wieder in den Wahlkampf führen und ihn natürlich auch gewinnen.

Die meisten Minister haben die Nachricht ganz gut aufgenommen, nur vieren musste ich mit der Entlassung drohen. Jetzt allerdings steht meine Frau Svetlana vor mir und guckt mich böse an. Ich bin mir nicht ganz sicher, aber ich glaube, sie ist sauer, dass sie auch mit ins Haus soll und ich sie nicht gefragt habe. Oder vielleicht ist es auch wegen meiner Idee, dass sie sich möglichst oft oben ohne zeigen soll, um nicht so schnell rausgewählt zu werden. Oder vielleicht auch, weil ich ihr kein Kompliment zu ihrem neuen Parfum gemacht habe- sorry, aber es riecht einfach widerlich süß und verklebt meine Gehirnzellen, von denen ich übrigens sehr viele habe. Aber bei Svetlana weiß man es einfach nie, denn sie ist so verdammt empfindlich. Das wusste ich bloß leider noch nicht, als ich sie in einem Hotel an der Arie oder wie auch immer diese Bucht im Mittelmeer heißt, kennengelernt habe. Svetlana musste da damals als Kellnerin arbeiten, um sich ihr Studium zu finanzieren. Das konnte ich natürlich nicht zulassen- eine Frau an der Uni, was hat sie sich bloß dabei gedacht...

„Das kann doch schon wieder nicht wahr sein, Richard", keift sie. Wenn Svetlana wütend ist, hört man ihren osteuropäischen Akzent deutlicher. Dabei hatte ich ihr einen sündteuren texanischen Akzentcoach besorgt, damit sie mal ordentliches Englisch lernt.

„Du bist wirklich vollkommen *krank!* Anstatt mal richtig Politik zu machen, soll wieder das Fernsehen alles regeln! Bist du denn noch nicht lächerlich genug? Und jetzt soll ich mich auch noch für die Kamera prostituieren, nur um deinen Job zu retten?! Es würde ja niemand von *dir* verlangen, dein Oberteil auszuziehen! Und wie kannst du es wagen, so eine Entscheidung zu treffen, ohne mich zu fragen? Ich bin immerhin deine Frau, Richard!"

Dass sie mich Richard nennt, ist ein schlechtes Zeichen. Wenn sie nicht gerade mal wieder sauer ist, nennt sie mich Dicky. Oder Big Dick, höhö.

Aber ich verstehe, dass sie dieses Mal wohl irgendwie Grund hat, wütend zu sein, deshalb greife ich mit meinen schönen, starken Händen nach ihrem Arsch. Normalerweise kann ich sie damit besänftigen, aber heute wird sie nur noch wütender, bestimmt nur, um mich zu ärgern. Sie tritt einen Schritt aus meiner Reichweite, wirft ihr glänzendes hellblondes Haar zurück und funkelt mich zornig an.

„Genau solche Sachen meine ich, Richard! Du hast überhaupt keine Ahnung, was Würde, Stil und angemessenes Verhalten sind, du bist wie eine Wildsau in einem Nobelrestaurant! Ich habe vieles ausgehalten, aber irgendwann ist eine Grenze erreicht! Diesen Müll werde ich nicht mitmachen, nicht für dich und nicht für irgendjemanden sonst!"

„Aber mein Betthäschen, das meinst du doch bestimmt nicht so, du bist sauer, ich verstehe das..."

26

„Dieses Gewinsel hilft dir auch nichts mehr! Ich habe mich entschieden, Richard. Ich gehe zurück nach Kroatien und reiche von da aus die Scheidung ein! Und Roger nehme ich auch mit!"

Ich runzele meine Denkerstirn. „Wieso willst du denn ausgerechnet Roger mitnehmen?"

Svetlana ist so verwirrt, dass sie für einen Moment vergisst, sauer zu sein.

„Was? Weil er mein Sohn ist, natürlich!"

Ihr Sohn?

„Ich dachte, Sylvester ist dein Sohn."

Sie durchbohrt mich mit ihren eisblauen Augen.

„Nein, Richard, Sylvester ist der Sohn von Tatjana, deiner vierten Frau."

Sylvester soll von Tatjana sein? Ich dachte, Tatjana wäre die Mutter von Melody. Ach nein, die war ja von ihrer Schwester, höhö.

Ich schüttele meine Verwirrung ab und will Svetlana mit meinem grenzenlosen Charme dazu bringen, das Gezicke sein zu lassen und sich für die Show lieber noch mal unters Messer zu legen, aber sie hat sich schon umgedreht und ist hinausgestürmt. Vielleicht sollte ich nach Roger suchen und ihn dazu bringen, nochmal mit seiner Mutter darüber zu sprechen, aber dazu müsste ich mich erst einmal daran erinnern, wie er aussieht und wie alt er ist. Hey, nicht einmal ich kann mir alles merken!

Die Dielen vor der Tür des Oval Offices knarren. „Svetlana?", rufe ich hoffnungsvoll. Ha, am Ende haben meine gerissenen Schmeicheleien sie doch rumgekriegt!

Doch statt Svetlana schiebt sich leider mein Vizepräsident Andrew Rosslin in den Raum, kein auch nur halb so schöner Anblick. Rosslin balanciert wie immer mehrere Aktenordner auf seinen schmächtigen Ärmchen, er hat ein Telefon zwischen Wange und Schulter geklemmt und sein verhuschtes Gesicht hat mal wieder die Ausstrahlung von zehn Tagen Geschäftsreise in Kansas.

„Mr. President?", fragt er, während er gleichzeitig mit den Mundwinkeln in einer mir unbekannten Sprache Worte ins Telefon murmelt und mit einem Stift in den Aktenordnern herum kritzelt. Doch bevor er mich wieder volljammern kann, lasse ich ihn lieber gar nicht erst zu Wort kommen.

„Hi Rosslin, wo warst du denn so lange? Hast du nochmal mit dem Rest des Kabinetts gesprochen?"

Ich klopfe ihm zur Begrüßung kräftig auf die Schulter. Rosslin hat seine Ordner ziemlich schnell wieder aufgesammelt und auch das in einer seltsamen Sprache besorgt quäkende Telefon bald wieder aus meinem Whiskeyglas gefischt.

„Ja, Mr. President, es sind jetzt alle einverstanden, aber ich halte diese Show nicht für eine gute Idee…"

„Ach was, die Show ist Spitze, wirklich!"

„Mr. President, ich mache mir große Sorgen wegen der veruntreuten Gelder, außerdem ist der Botschafter von Frankreich sehr verärgert über das Verhalten von Chad Buffalo beim Dinner letzte Woche und wenn sie mir vielleicht noch diese Formulare unterschreiben könnten…"

Rosslin macht sich immer zu viele Sorgen, dieser Mann kann einfach nicht abschalten.

„Diese französischen Snobs sollen sich mal nicht so anstellen! Brathähnchen isst man nun mal mit den Händen, auch wenn es in irgendeiner komischen Soße schwimmt. Und diese Formulare kommen auch ohne mich aus. Aber Rosslin, wenn du gerade nichts zu tun hast, kannst du ja mal in der Küche nachfragen, warum mein Kaffee heute Morgen ein paar Grad zu kalt war."

„Ich werde mir Mühe geben, Mr. President, aber wenn Sie bitte…"

„Na gut, dann will ich dich nicht länger aufhalten."

Ich schubse Rosslin hinaus und spüre, wie trotz der Sache mit Svetlana meine Stimmung immer besser wird. Da auch das Kabinett jetzt mitzieht, steht dieser fantastischen Show nichts mehr im Wege, mit der ich meinen Feinden ordentlich eins auswischen und allen zeigen kann, dass ich immer noch der beste Präsident in der Geschichte der USA bin. Diese Show ist toll. Genial. Großartig. Ich liebe sie.

Tag 1: Sonntag, 24. 11., 19:26

Im Roosevelt Room herrscht ein Gedränge wie beim Superbowl und die Luft ist dicker als ein Sumo-Ringer aus Schlitzaugenland. Also, wörtlich dicke Luft, nicht übertragen, aber das könnte sich bald ändern. Mein gesamtes Kabinett ist hier versammelt und wartet immer ungeduldiger darauf, dass diese verdammten Presseheinis endlich auftauchen und uns in den Wohnbereich lassen. Natürlich haben wir es hier einigermaßen bequem, auch wenn einige Minister stehen müssen, weil ich mir vier der weichen Ledersessel zu einer Liege zusammengeschoben habe. Ich strecke mich wohlig darauf aus und wenn ich jetzt auch noch einen Whiskey und einen schön großen Burger mit Pommes hätte, könnte ich es hier ganz gut noch eine Weile aushalten. Ach ja, ich brauche auch noch eine heiße Blondine um die zwanzig und jemanden, den ich rausschmeißen kann. Was für eine Frechheit, mich hier so lange warten zu lassen! Am besten feuere ich die Moderatoren. Nee, verdammt, das geht ja nicht, weil die ja gar nicht für mich arbeiten. Dann muss ich eben jemand anderen feuern, vielleicht meinen blöden Scheidungsanwalt, der allen Ernstes meint, ich müsse Svetlana im schlimmsten Fall womöglich Unterhalt zahlen! Was die sich einbildet! Als nächstes will sie bestimmt noch Kindergeld von mir.

Auch meine Minister sind ein wenig angespannt. Vienna Radisson, die aufgrund ihrer hervorragenden Qualifikationen (große Titten und lange Beine, außerdem redet sie nicht zu viel) bei „Wer wird Landwirtschaftsminister?" gewonnen hat, durchsucht die ganze Zeit das Zimmer nach den Kameras, damit sie weiß, in welche Richtung sie lächeln und winken muss. Gleichzeitig läuft sie dabei absichtlich langsam, damit bloß keiner glaubt, ihr wäre wichtig, dass sie oft im Bild ist. Vienna, der von gemeinen Menschen immer vorgeworfen wird, sie hätte keine Beziehung zur Landwirtschaft, nur weil sie aus New York City kommt und im Penthouse eines Luxushotels wohnt, kann leider ganz schön anstrengend sein, sobald sie *nicht* die Klappe hält, aber sie sieht gut aus und das ist schließlich das Wichtigste.

Norman R. Arrow, Minister für Innere Sicherheit, streichelt wehmütig den Lauf einer Spielzeugpistole- seine richtigen Waffen haben ihm diese Gutmenschen doch tatsächlich abgenommen! Wie wir uns ohne Waffen vor einem möglichen Amoklauf schützen sollen, daran haben sie natürlich nicht gedacht, diese Loser. Norman selbst kennt sich mit solchen Problemen selbstverständlich viel besser aus- er hat über zweihundert Waffen zu Hause, damit er sich gegen Einbrecher, Vertreter und Leute, die ihren Hund in seinen Hinterhof scheißen lassen, schützen kann. Im Moment arbeitet er gerade an einer Initiative, Waffen an Kindergartenkinder zu verteilen- auch dort könnte es schließlich zu einem Amoklauf kommen!

Na ja, und mein Verteidigungsminister, Geoffrey B. Trembler, pfeift sich schon wieder eine Valium nach der anderen rein, damit er keine Panikattacke kriegt, wenn er irgendwo eine Sirene hört. Der Typ ist so durch, manchmal fängt er schon an zu zittern, wenn der Kühlschrank brummt. Seit er damals im Irak war, ist er irgendwie komisch. Vielleicht hat er deshalb Angst vor Kühlschränken, weil es da so heiß war, dass immer alles darin geschmolzen ist oder so. Aber als Verteidigungsminister macht er einen Superjob, weil er allen bösen Ländern sofort zeigt, was wir nicht mit uns machen lassen. Beim Treffen mit irgendsoeinem Typen namens Atoll oder so ähnlich aus Iranien hat er ihn zum Beispiel erst die ganze Zeit wütend mit seinen tief in ihren Höhlen liegenden Augen angestarrt, ihm dann gedroht, dass er seine Generäle holt, wenn der Iranier weiter so fies zu ihm ist, und hat dann so plötzlich so doll gezittert, dass der Tisch umgefallen ist und diesen Mr. Atoll unter sich begraben hat. Dabei hatte nur ein Kellner eine Sektflasche geöffnet. Mr. Atoll ist abgereist, sobald sie ihn aus dem Krankenhaus entlassen hatten, und seitdem tragen alle Iranier in Washington Schutzkleidung. Übrigens war Trembler seltsamerweise noch kein einziges Mal in irgendeinem Land, wo wir Krieg führen, seit er aus dem Irak zurück ist. Wahrscheinlich, weil er so gut ist, dass er das alles auch von zu Hause aus managen kann.

Ich greife nach meinem Smartphone, immerhin ist mein letzter Social-Media-Post schon fast zehn Minuten her. Also setze ich mein staatsmännisches Gesicht auf- fällt jemanden wie mir natürlich nicht schwer, höhö-, schieße ein Selfie, noch ein paar Hashtags darunter, fertig. Ich mache gerne Selfies im Weißen Haus, vor allem an Orten wie dem Oval Office oder dem Situation Room, damit alle wissen, dass mein Arbeitsplatz so wichtig ist, dass die meisten ihn nicht mal betreten dürfen. Ich verstehe gar nicht, warum Sturbant meint, ich solle geheime Dokumente nicht posten- immerhin muss doch jeder sehen, mit was für tollen Sachen ich beschäftigt bin!

Na gut, wenn es gerade eh nichts zu tun gibt, kann ich auch gleich in den Fernseher gucken, der an der Kopfseite des Raumes flimmert. Der zeigt genau das, was die Zuschauer zu Hause gerade sehen, im Moment ist es ein Schnelldurchlauf aller Kandidaten.

„Die Endziffer 05 hat David Siliconi, Gesundheitsminister."

Siliconis künstliche Bräune kommt ins Bild, er trägt eine Sonnenbrille und auf diesem Foto sieht man die Extensions in seiner blonden Mähne deutlich. Anders als ich kann er leider einfach nicht in Würde altern- aber ich sehe ja sowieso noch so fantastisch aus wie mit zwanzig.

„Siliconi, gelernter Schönheitschirurg und wie so viele andere durch eine Castingshow in die Regierung gekommen, fiel in letzter Zeit durch seinen Plan auf, die zunehmende Übergewichtsrate unter Amerikas Jugend mit kosmetischer Chirurgie zu verringern. Sowohl sein Charme als auch sein Hang zum Dramatischen versprechen ihm gute Chancen auf einen längeren Verbleib im Haus- wenigstens solange, bis er endlich das Geheimnis gelüftet hat, ob sein Hintern Implantate enthält."

Ich werfe einen Blick auf Siliconi. Er hat sich mittlerweile Vienna Radisson auf der Suche nach den Kameras angeschlossen. Eine

Art Foto-Safari, höhö. Den beiden leistet Kyle Kaywest Gesellschaft. Ich verstehe überhaupt nicht, warum alle sagen, dass Kaywest sich nicht zum Arbeitsminister eignen würde. Immerhin hat er die Castingshow spielend gemeistert, kein Wunder, wenn man aus einer Familie von Influencern und Entertainern kommt, und er ist außerdem ein guter Kunde von David Siliconi. Ich finde es immer schön, wenn meine Minister sich gegenseitig helfen können.

„Die Endziffer 08 geht an Boris Santiago, Finanzminister. Santiago ist ehemaliger Lottokönig und berühmt dafür, dass er es in nur einem Jahr vom Millionär zum Tellerwäscher gebracht hat. Mittlerweile darf er sein Talent zur Geldverschwendung in der Planung des Haushaltetats ausleben und nebenbei nach veruntreuten Steuergeldern suchen- wenn er auch innerhalb des Weißen Hauses suchen würde, hätte er vielleicht sogar Erfolg damit. Mal sehen, ob er die Sympathien der Zuschauer genauso schnell verlieren kann wie sein Vermögen."

Boris Santiago gehört zu den Ministern, die stehen müssen. Er plaudert gerade locker mit meinem Verkehrsminister, Steve Jespers. Steve ist ein sehr angenehmer Gesprächspartner, weil er das Maul kaum jemals aufkriegt. Er kommt aus irgendeinem texanischen Kuhdorf, lässt Straßen sperren, wenn er irgendwo hinwill, und fährt auch in Washington mit einem Pickup herum. Seine Ferien verbringt er meistens auf deutschen Autobahnen, damit er mal richtig auf die Tube drücken kann- jedenfalls, solange ihm keine Baustelle den Weg versperrt. Wegen Steves Hut und Boris´ Hautfarbe sehen die beiden aus wie ein texanischer Grenzbeamter und ein Enchiladafresser, der ihn gerade um ein Visum anbettelt, höhö.

„Unter der Endziffer 15 kann man für Margaret Dunkirk anrufen, Ministerin für Kriegsveteranen. Kürzlich schaffte sie es auf Seite eins sämtlicher Zeitungen, indem sie einen beinamputierten Vietnam-Veteranen dafür verhöhnte, dass er sich die Beine „von ein paar Schlitzaugen hat abhacken lassen!" Ein weiteres Problem von Mrs. Dunkirk ist, dass sie weiterhin von glaubhaften Distanzierungen zu rechtsextremistischen Gruppierungen so weit weg ist wie vom Idealgewicht. Wir geben ihr nicht viel Zeit im Haus."

Margaret Dunkirk kann ich gerade nicht sehen, aber ich verfolge das auch nicht weiter. Denn erstens weiß ich aus Erfahrung, dass sich die Mühe nicht lohnt, nach ihr zu suchen, und zweitens gehen in diesem Moment die Spotlights an und endlich betreten die beiden Moderatoren den Raum. Das Getuschel hört auf, wie ein summender Bienenschwarm den Raum zu füllen und alle Köpfe drehen sich. Ulysses Alderman, der hier den ganzen Laden schmeißt, genießt das sichtlich, während die billige schwarze Schlampe neben ihm sich erst einmal zurück hält- wahrscheinlich ist sie sowieso nur da, damit Alderman was zum Angucken hat, höhö.

„Teilnehmer an der größten Show aller Zeiten, herzlich willkommen bei „Big Brother is impeaching you"!" Aldermans Stimme dröhnt sonor durch den Roosevelt Room.

„Erlaubt mir, mich zuerst vorzustellen, falls es hier drinnen oder da draußen jemanden tatsächlich gibt, der mich noch nicht kennt: Mein Name ist Ulysses Alderman und ich werde diese Sendung für euch moderieren!"

Die Buschtrommel neben ihm räuspert sich. Ist sie vielleicht erkältet? Alderman wirkt aus unerfindlichen Gründen ein bisschen verlegen.

„Ach ja, und das hier ist Denise LeShaw, die, äh... das zusammen mit mir tun wird. Wie auch immer, während wir hinunter in den Wohnbereich gehen, erkläre ich euch noch einmal die Regeln. Ihr werdet die nächsten zwei Wochen hier im Weißen Haus unter ständiger Beobachtung verbringen- wenn ihr so lange dabei bleibt, natürlich!"

Er lacht über seinen eigenen Scherz. Ich stimme ein, auch wenn er nicht so lustig ist wie zum Beispiel ich. LeShaw räuspert sich schon wieder. Sie sollte besser mal zum Arzt gehen.

„In dieser Zeit dürft ihr nicht nur dem Publikum *faszinierende* Einblicke in euer Seelenleben erlauben, sondern es werden jeden

Tag einige ausgewählte Bewohner eine Challenge zu absolvieren haben. Und diese Challenges heißen nicht nur so, sie sind *wirklich* Herausforderungen, weil jeder Sieg und jede Niederlage über euren Verbleib im Haus entscheiden könnte!"

Auf unserem Weg in den Wohnbereich kommt es zu einer kurzen Unterbrechung, als meine Bildungsministerin, Venus Mirris, auf ihren High Heels das Gleichgewicht verliert, gegen Vienna Radisson stößt und die beiden polternd die Treppe herunterfallen. Venus hat an mehreren kleineren Schönheitswettbewerben teilgenommen, wurde dann irgendwann Miss Illinois und schließlich Miss America, bevor sie bei „Wer wird Bildungsminister?" gewann. Sie ist schon deshalb wichtig, weil Vienna alleine nicht als Gegengewicht für ein einigermaßen gut aussehendes Kabinett reicht- nicht, solange Margaret Dunkirk, Rosslin, Sturbant oder Forest Blight dabei sind. Als die beiden sich wieder entwirrt haben, redet Alderman weiter.

„Die Zuschauer werden außerdem jeden Tag für ihren Favoriten anrufen. Wer dabei die wenigsten Stimmen hat, bekommt einen Punkt, der nächste zwei Punkte und so weiter. Zusammen mit den Challenges entsteht so eine Tabelle- und diese Tabelle entscheidet, wer aus dem Haus rausfliegt und damit gleichzeitig sein Amt verliert. Heute wird natürlich noch keiner rausgeschmissen, dafür an einigen Tagen gleich mehrere. Am Ende bleibt ein Bewohner übrig- und der hat die Ehre, die Republikaner als Spitzenkandidat in die nächsten Wahlen zu führen!"

Ein paar Minister klatschen, weil ihnen nichts Besseres einfällt. Ich natürlich nicht, wenn ich applaudiere, dann nur mir selbst.

Wir sind im ersten Stock angekommen. Alderman führt uns durch die Räume und macht bedeutungsvolle Gesten, während Denise LeShaw an ihrer Aufgabe scheitert, möglichst dekorativ herumzustehen und ansonsten still zu sein. Bitch, das ist doch nicht so schwer!

„Ihr bekommt gleich eure erste Aufgabe, nämlich die Betten im Blue Room, Red Room und Green Room untereinander aufzuteilen. Der East Room dient als Aufenthaltsraum und auf der anderen Seite haben wir für euch eine Küche und ein Badezimmer eingebaut."

„Und dann gibt es natürlich noch jede Menge Kameras, deren Position wir euch nicht verraten", fügt Alderman mit einem Augenzwinkern hinzu. „So, wir lassen euch jetzt allein", sagt er abschließend. „Schlaft gut, wir gehen wieder in den Situation Room." Die Tür schließt sich leise klickend hinter den beiden. Die Show hat begonnen.

22:24

Der Rest des Abends verläuft dann ganz gemütlich. Bei der Zimmeraufteilung gab es ein bisschen Ärger, als Rosslin, dieser Verräter, plötzlich behauptete, nur weil ich Präsident sei, dürfe ich trotzdem keine zwei Betten belegen. Frechheit! Ich wollte Rosslin natürlich sofort feuern, aber er meinte, dass ich ihn gar nicht mehr feuern *könne;* sein Amt verlieren könne er nur durch das Publikum. Am Ende habe ich ihm dann sein Bett gelassen, aber seine Decke geklaut, als er gerade im Bad war. Der Loser hält hier bestimmt eh nicht lange durch und sobald er draußen ist, bekomme ich auch sein Bett wieder, höhö.

Im Moment brütet Rosslin über einem Stapel Papiere, die er allen Ernstes mitgenommen hat. Ich weiß anders als er natürlich, dass dieses Land auch ein paar Tage ohne diesen Müll auskommt und beschäftige mich lieber mit ernsthafter Politik: Ich checke die neusten Hashtags und setze überall Perlen meiner Weisheit darunter. Während Wesley Smith, der Handelsminister, die Akustik des Badezimmers mit ein paar derben Flüchen ausprobiert (dieses Weichei soll sich mal nicht so anstellen, wenn ich nicht immer als erster duschen würde, müsste ich auch mit kaltem Wasser auskommen), tauschen Vienna Radisson, Venus Mirris und Kyle Kaywest nebenan Vertraulichkeiten aus.

„Und er hat sie dann eiskalt sitzen lassen, als sie ihm gesagt hat, dass es ja vier Kinder werden müssen, weil sie vier Schwangerschaftstests positiv hatte", erzählt Venus gerade.

„Wie gemein von ihm", ruft Vienna geschockt.

„Na ja, kann ich aber verstehen. Ich würde auch nicht für vier Kinder sorgen wollen- da musst du dir ja auch einen Wagen kaufen, wo die alle rein passen und das wird bei einem Cabrio echt schwierig."

Das ist jetzt Chad Buffalo, der beste Außenminister der Welt. Andere von diesen diplomatischen Vollpfosten versuchen es ja allen Ernstes mit Verhandlungen- Chad sagt einfach allen, was wir haben wollen. Diese Zielstrebigkeit kommt bestimmt noch von seiner Zeit als Quarterback in der NFL. Vienna allerdings ist empört.

„Du bist so fies, Chad! Raus mit dir!"

Venus schließt sich an. „Ja, ist echt so! Zu so was gehört doch auch Verantwortung, wenn du die sitzen lässt, kann sie den Kindern ja gar nichts bieten! Keine Markenklamotten, keine Schönheits-OPs, keinen Sportwagen zum sechzehnten Geburtstag!"

„Typisch Männer", kommentiert Kyle, den ich schon lange im Verdacht habe, heimlich ein Schwanzlutscher zu sein, „immer wollen sie nur Spaß haben, aber niemals kümmern sie sich um die Konsequenzen!"

„Ja, und um die Folgen auch nicht", beklagt sich Venus.

Chad hat keine Chance, er wird aus dem Red Room geschmissen. Während die Tür hinter ihm krachend ins Schloss fällt, wirft er mir einen verdatterten Blick zu, den ich mit einem anmutigen Achselzucken beantworte. Frauen zicken eben manchmal rum, wie diese hysterischen Emanzen, die dauernd irgendwelche von meinen Freunden der Vergewaltigung beschuldigen! Manche Menschen wissen einfach nicht, wie man sich benimmt.

Venus erzählt inzwischen weiter. Ihre Stimme wird schriller, wie immer, wenn sie sich aufregt. Ich hätte mir doch Ohrenstöpsel einpacken lassen sollen. Oder noch besser, einen Knebel.

„Aber er hat sie nicht nur verlassen, er hat auch gesagt, sie ist dumm! Ist das nicht ultramies von ihm?"

„Das sagen Männer immer, wenn ihnen nichts anderes einfällt", weiß Kyle. Mich kann er natürlich damit nicht meinen, denn wenn ich zu anderen Leuten sage, dass sie dumm sind, dann *sind* sie auch dumm.

„Ist echt so! Zur mir sind die auch immer so gemein, die meinen es auch nie ernst mit mir, die so etwas sagen, die tun nur so", heult Venus.

„Ich finde niemals Typen, die es ernst meinen!"

Pause. Dann Kyle, vorsichtig: „Also ich meine sowas immer ernst."

„Ja, aber Typen wie dich finde ich halt nicht!" Venus steigert sich mittlerweile richtig rein. Kyle hält nun beleidigt die Klappe, als er checkt, dass bei Venus nicht einmal ein Wink mit dem ganzen Zaun reicht. Meine munter weiter quasselnde Bildungsministerin bekommt davon scheinbar absolut nichts mit. Aber selbst schuld, wenn Kyle nicht klar sagt, was Sache ist. Ich habe es ihm einmal gesagt, ich habe es ihm tausend Mal gesagt: Frauen wollen eine etwas *handfestere* Kontaktaufnahme, vor allem von wichtigen Männern, und nicht dieses erbärmliche Herumgedrucke, aber der Idiot hört ja nicht. Vielleicht wegen dieser ganzen gemeinen Lügen, die die Mainstreammedien deswegen über mich verbreiten, aber immerhin hat mir diese Taktik bisher fünf Frauen und sechs oder sieben Kinder gebracht, höhö. Also fünf Ehefrauen- die anderen zähle ich schon gar nicht mehr.

Wesley Smith kommt mit einem weißen Frotteehandtuch um die mageren Hüften herein, wirft mir einen wütenden Blick zu- hallo, ich bin immerhin sein Chef!- und verschwindet im Nebenzimmer. Ich höre ein wenig hysterisches Gefiepe von Venus, dann knallt wieder eine Tür. So langsam verstehe ich, wie es für die ganzen Leute sein muss, die keinen eigenen Wolkenkratzer haben. Warum tun die sich das bloß an?

Eigentlich kann man mit Wesley super auskommen, weiß gar nicht, warum er wegen so einer Lappalie wie kaltem Wasser gleich so dünnhäutig wird. Wesley war früher General in der Army, die ihn dann rausgeschmissen hat, weil er heimlich Waffen aus ihren Lagern geklaut und an Warlords verscherbelt hat. Ich habe sein Geschäftstalent natürlich sofort erkannt und ihn zum Handelsminister gemacht. Seit er im Amt ist, hat er schon sieben Abkommen aufgekündigt, von denen auch andere Länder als die USA profitieren.

Während sich alle so langsam für die Nacht einrichten, bleibt es chaotisch. Bernhard T. Netherbrook III, Minister für Wohnungsbau, zittert mit Trembler um die Wette; er hat seit mehreren Stunden keine Zigarre mehr geraucht. Zwar hatte er in der Küche ein kleines Lagerfeuer angezündet, um den Rauch einzuatmen, aber da hat sich die Sprinkleranlage sofort drum gekümmert; es stinkt trotzdem immer noch überall nach Qualm. Bernie ist auch ein Klassetyp, vielleicht der erste Mann auf seiner Position, der erkannt hat, dass mehr Wohnungen leider zu niedrigeren Immobilienpreisen führen. Aber er tut dagegen, was er kann. Vienna und Venus gehen mir mittlerweile ernsthaft auf den Zünder; erst heult sich Venus Ewigkeiten lang so richtig aus, dann trommelt Vienna auch noch mitten in der Nacht lautstark gegen die Badezimmertür, weil Steve Jespers sich aus irgendeinem Grund drinnen eingesperrt hat und sie aufs Klo will. Warum können sie nicht morgen einfach alle außer mir herauswählen, frage ich mich noch, bis ich endlich wegdämmere und vom großartigsten Menschen aller Zeiten träume: Mir selbst natürlich.

Tag 2: Montag, 26. 11., 12:41

Bewohner des Weißen Hauses!", dröhnt die künstlich verfremdete Stimme, die wohl die Stimme Gottes darstellen soll, dumpf aus den Lautsprechern. Ist natürlich Quatsch, weil ja jeder weiß, dass die Stimme Gottes so klingt wie meine.

Im East Room bricht hektische Aktivität aus. Forest Blight verliert vor Schreck sein Gebiss, Vienna dreht sich wie eine Blöde um die eigene Achse, weil sie immer noch nicht weiß, wo die Kameras sind, Venus fällt betont dramatisch in Ohnmacht, in der Erwartung, dass irgendwer sie schon auffangen wird. Leider steht sie neben Chad, schlägt aber dank des weichen Teppichbodens einigermaßen sanft auf. Ich lasse mich von der Überraschung natürlich nicht im Geringsten beeindrucken; die Couch zittert nur deshalb wie ein außer Kontrolle geratener Massagesessel, weil Trembler neben mir sitzt und dummerweise muss ich im gleichen Moment auch noch husten. Aber man müsste noch dümmer als ein Demokrat sein, um das falsch zu interpretieren.

„Jetzt gilt es für euch, Bewohner", fährt die geheimnisvolle Stimme fort. Bestimmt sitzt da eh nur der Praktikant hinter.

„Zwei von euch müssen jetzt das tun, was Menschen seit Urzeiten tun müssen: Euch allen das tägliche Essen erarbeiten. Die ausgewählten Bewohner werden nämlich in der ersten von sehr vielen Challenges antreten; haben sie Erfolg, schickt die Küche euch allen ein Vier-Gänge-Menü hoch, ansonsten gibt es nur Wasser und Brot. Und natürlich wirkt sich die Challenge auch auf das Punktekonto aus."

Spannungsvolle Stille. Venus ist mittlerweile wieder aufgestanden und tut so, als würde sie auf ihren Nägeln herum kauen, was sie natürlich nicht tut, weil es ziemlich teure künstliche Nägel sind. Trembler zittert immer noch, Netherbrook hat sich eine Pseudozigarre aus Klopapier gebastelt und beißt nervös darauf. Von denen ist einfach keiner so cool wie ich. Forest Blight klaubt sehr, sehr langsam sein Gebiss wieder auf; er hatte schon einige Jahrzehnte an der Spitze eines hervorragenden Braunkohlekonzerns hinter sich, ehe er Energieminister wurde.

„Und die ausgewählten Bewohner sind- Chad und Margaret!"

Venus Mirris fällt schon wieder in Ohnmacht, zielt dieses Mal auf Kyle, aber der ist zu langsam. Ich bin inzwischen ganz zufrieden, denn Sachen wie Essensbeschaffung sind ganz klar unter meiner

Würde, wie es die Senderleitung ganz richtig erkannt hat. Die haben hier immerhin noch den Respekt vor mir, der mir zusteht. Das letzte Mal, dass ich mich ordentlich wertgeschätzt gefühlt habe, war vor ein paar Monaten bei irgendwelchen Rothäuten. Die haben sich erst alle ganz feierlich aufgestellt, Schaufeln geholt, auf die Erde gezeigt und mir dann so ein hübsches Beil geschenkt! Sogar was Gutes zu rauchen gab es! Die wissen wenigstens noch, was Manieren sind, auch wenn sie aus irgendeinem Grund alle rumgebrüllt haben, als ich das Beil eingesteckt habe. Sie wollten dann mein Toupet haben, was nachvollziehbar ist, weil es ja eine echt coole Frisur hat, aber wenn sie eins möchten, können sie sich doch im Dick-Bunny-Fanshop ihr eigenes kaufen. Verstehe einer die Rothäute.

Margaret Dunkirk und Chad haben den Wohnbereich inzwischen verlassen und nun erwacht einer der Fernseher an der Wand zum Leben, der eine der Showarenen im Erdgeschoss zeigt. Die Einrichtung ist relativ aufwändig, mit plüschigen roten Sesseln, glatt polierten Tischplatten und jeder Menge Spotlights in unterschiedlichen Farben, die aber alle stark im Kontrast zum groben, grauen Teppich und den nackten Wänden voller Kabel stehen. Erinnert mich ein bisschen an den Partykeller von einem meiner Kumpels aus meinen Teenagerjahren- die, äh, natürlich erst ein paar Jahre zurückliegen, ist ja klar. Dessen Familie war aber so arm, dass sie sich nicht einmal einen eigenen Privatjet leisten konnten, deswegen habe ich mich nicht lange mit ihm abgegeben.

Alderman und LeShaw erwarten Chad und Margaret schon.

„Hallo, ihr beiden", beginnt Denise LeShaw. „Seid ihr bereit, zum ersten Mal seit Monaten richtig zu arbeiten?"

Chad, dieser Idiot, sagt auch noch Ja, während Margaret die Presseschlampe mit ihren Blicken durchbohrt. Es kommt eher selten vor, dass Schwarze sie ansprechen.

„Da wir nun die freundliche Begrüßung hinter uns haben, können wir ja loslegen", meint Alderman. Heute trägt er einen schicken dreiteiligen Anzug, wahrscheinlich aus Mailand oder einem anderen Land in dieser Ecke.

„Es ist auch nicht nötig, dass wir uns besser kennenlernen, weil wir euch dank der Kameras bereits besser kennen, als euch lieb sein kann!"

Chad lacht blöde, LeShaw grinst gequält und Margaret guckt immer noch wie mein Tiger Barry, wenn er mal wieder Verstopfung hat.

Auf der anderen Seite des Raumes gehen Spotlights an und beleuchten eine Reihe von doppelseitigen Portraits. Was soll das denn werden?

„Es geht heute um Teamwork", erklärt Denise LeShaw. „Kommt mal bitte hier herüber- ja, so ist es gut. Also, ihr seht nun beide diese zwanzig Portraits vor euch. Nun werden wir auf Margarets Seite fünf goldene Schlüssel- Ulysses, wo hast du die verdammten Dinger hingetan?- legen. Margaret, du musst nun Chad die Leute auf den Portraits beschreiben, hinter denen die Schlüssel versteckt sind. Was aber wichtig ist: Du darfst nur positive Adjektive benutzen- du musst dich also genau umgekehrt wie sonst verhalten! Und die Position des Bildes darfst du auch nicht erwähnen."

„Ihr habt zwei Minuten Zeit für die fünf Schlüssel", fährt nun Alderman fort, den es tüchtig ärgert, dass diese Bananenfresserin das Kommando in seiner Sendung übernommen hat. Oder vielleicht ist er auch nur so genervt, weil er gleichzeitig mit der linken Hand in der Schublade von einem der Tische am Kopfende des Raumes herumkramen muss und von Denise´ Blicken fast durchbohrt wird, bis er endlich fünf Schlüssel herausholt und sie mit großem Getue hinter den Bildern verteilt- hinter welchen, kann ich nicht sehen. Skandalös!

„Aber für jedes negative Wort gibt es zehn Strafsekunden, also passt auf!"

Vielleicht hätte ich das doch lieber selbst übernehmen sollen. Ich kann sehr höflich und positiv sein, während Margaret damit gewisse Probleme hat.

„Wenn ihr bereit seid: Auf los geht es… los!"

„Also, Chad, der erste Schlüssel ist hinter dem Bild von… von diesem Fatzke mit dieser hässlichen Brille…"

Mööööp!

„Was für ein Fatzke mit einer Brille?"

„Na dieser kleine… ähm… Charakterkopf mit einer nicht ganz geraden Nase."

„Was, der hier?"

Mittlerweile kann man als Fernsehzuschauer sehen, wo die Schlüssel liegen. Dadurch merkt man zum Beispiel, dass Chad gerade gegen ein Bild auf der völlig falschen Seite der Reihe tippt.

„Nein, der mit dem Karohemd, das aussieht wie ausgekotzt."

Mööööp!

Chad hämmert voller Verzweiflung gegen ein anderes Portrait. Es klingt, als würde er eine Tür einschlagen wollen.

„Ja, genau!"

„Noch eineinhalb Minuten", ruft Alderman.

„Ok, der nächste Schlüssel ist bei dem Schlitzauge da drüben…"

Mööööp!

„Entschuldigung, bei dem Asiaten mit den kurzen Haaren."

„Bei dem hier?"

„Nein, bei dem anderen."

„Der?"

„Nein, der auch nicht. Scheiße, warum sehen diese Reisfresser nur alle gleich aus?"

Mööööp!

Chad probiert in seiner Verzweiflung alle Asiaten durch und findet schließlich den richtigen.

„Noch dreißig Sekunden!"

„Beweg deinen Arsch, verdammt! (*Mööööp!*) Der dritte Schlüssel ist bei dieser Schla… Frau mit den langen Locken, die aussieht wie eine Nu… äh, ich wollte sagen nett. Ja. Nette Frau. Genau."

Der arme Chad Buffalo steht nur völlig planlos da. „Das reicht als Beschreibung nicht!"

„Na ja, also sie ist eine Ne… sie ist ein Affenm…. sie ist eine Bananen… sie ist schwarz, verdammt noch mal!"

Chad landet schon wieder am falschen Ort.

„Nein, die Schlampe mit dem roten Lippenstift!"

Mööööp!

„Zeit ist um", brüllt Alderman triumphierend. Vienna Radisson vergräbt das Gesicht entsetzt in den Händen.

„Margaret, du hast Chad zwar gut angeleitet, aber hast es einfach nicht geschafft, deinen Ton zu mäßigen. Deshalb gibt es heute leider nur Brot und Wasser für euch."

Die Schadenfreude von Denise LeShaw ist fast mit den Händen greifbar.

„Wie redest du eigentlich mit mir, du schwarze Sau? Nehmt beim nächsten Mal gefälligst Bilder von richtigen Menschen!"

Alderman schnappt empört nach Luft, LeShaw wendet sich nur genervt ab. Venus Mirris fällt mal wieder in Ohnmacht, dieses Mal auf Boris Santiago. Die Alte sollte sich lieber daran gewöhnen, auf dem Boden aufzuwachen. Deswegen ist es sehr unverantwortlich von Boris, sie aufzufangen. So lernt sie ja gar nichts daraus, obwohl Venus zugegeben allgemein nur sehr selten etwas lernt.

Margaret und Chad kriechen nun mit betretenen Gesichtern aus der Showarena. Dass Margaret das nicht wuppt, war mir schon vorher klar. Ich hätte damals bei „Wer wird Kriegsveteranenminister?" doch jemand anderen nehmen sollen, aber ihr Vater hat mir mal aus einer Klemme geholfen, als ich Ärger mit so ein paar Schnüfflern von der Steuerfahndung hatte. Aber ich weiß trotzdem nicht, warum alle sagen, sie solle rassistisch sein. Man muss es schließlich ansprechen dürfen, wenn andere Völker den Weißen einfach unterlegen sind, vor allem, wenn man das nur ganz neutral und mit Blick auf die Fakten feststellt. Diese Vorwürfe gegen Margaret sind bestimmt wieder ein Teil der Verschwörung von der linksgrünversifften Opposition.

Sauer bin ich trotzdem, auch auf Chad, diesen Idioten. Seit ich das letzte Mal wegen ganz gemeiner Vorwürfe bezüglich meiner Steuererklärung im Knast war, musste ich nicht mehr mit Wasser und Brot auskommen. Ich glaube, als Strafe klau ich mir wenigstens sein Brot, höhö.

14:03

Was für eine miese Leistung! Natürlich musste ich das ansprechen, dabei aber vorsichtig und diplomatisch bleiben, Margaret und Chad ermutigen, statt sie zu demotivieren. Eins meiner größten Talente natürlich.
„Also, das war ja mal richtig scheiße! Beim nächsten Mal gebt ihr euch gefälligst mehr Mühe! Wenn es noch gehen würde, hätte ich euch schon längst gefeuert!"
Die beiden sind jedoch nicht dankbar für meine aufbauenden Worte, sondern müssen die Beleidigten spielen, bestimmt nur um mich zu ärgern. Manche Menschen wissen einfach nicht, wie man sich benimmt. Chad mosert sogar angepisst, ich solle es doch besser machen. Dabei kann ich doch eh alles besser als er!
Aber auch die anderen Bewohner sind nicht begeistert.
David Siliconi macht ein Gesicht wie Kermit der Frosch, wenn er die Schnauze voll hat: „Also, das Mittagessen hätte ich mir anders vorgestellt."
Edwin Sturbant: „Ich möchte natürlich, und das sage ich hier in aller Deutlichkeit, damit das auch alle verstehen, keine Kritik äußern, auch weil, aber natürlich nicht nur, diese Aufgabe auch für mich nicht einfach, höchstens machbar, gewesen wäre, aber vielleicht wäre es doch für uns, nämlich für uns alle, von Vorteil gewesen, wenn ihr mit ein bisschen, oder auch mehr als ein bisschen, Sensibilität, die von Leuten in unserer und in ähnlichen Positionen tagtäglich erwartet wird, an diese Challenge herangegangen wärt, was natürlich kein Befehl oder eine Beschwerde sein soll, sondern eher eine Anregung."
Alle im Chor: „Hä?"

Venus Mirris: „Du warst da unten aber auch echt ultrafies, Margaret!"

Vienna Radisson: „Ja, fast so freundlich wie mein Exmann!"

Forest Blight: „Warum gibt es nur Wasser und Brot? Bin ich etwa im Gefängnis? Oder hat mich jemand heimlich ins Altenheim gebracht?!"

Steve Jespers: „Immerhin hat uns unser Herr unser täglich Brot gebracht oder etwa nicht?"

Bernhard Netherbrook: „Nicht der Herr, Chad und Margaret."

Kyle Kaywest: „Dann soll dein Herr gefälligst auch Wein aus dem Wasser machen!"

Mr. Igor: „Ihr solltet sein zufrieden mit dem, was ihr habt. In Russland, ich oft war froh zu haben Wasser und Brot. Natürlick nur solange es auch gab Wodka."

Er denkt kurz nach und ich könnte schwören, dass seine Augen feucht sind.

„Viel von der Brot ich habe dann auch gegeben kleine Schwester und Brüder, damit am wenigsten die waren satt. Ist nicht gut, wenn gibt nicht genuck Brot."

Forest Blight: „Genau, und fader Haferschleim, in den sie noch Valium kippen, um uns ruhig zu halten. Ich will nicht ins Altenheim!"

Meine Leute müssen wohl die konstruktive Kritik noch lernen, aber man kann ja auch nicht erwarten, dass sie so gut sind wie ich. Verstehe gar nicht, wen sie mit diesem Herren meinen, ich hatte mit dem Brot und Wasser doch gar nichts zu tun. Bei mir hätten sie was Besseres gekriegt.

Margaret hat währenddessen den Vorwürfen zunächst schweigend gelauscht, jetzt sitzt sie mit verschränkten Armen in ihrer Ecke und guckt uns alle noch böser an als sonst. Ihre fettigen braunen Locken kleben an ihrem Kopf wie Donuts an den Händen eines schwitzenden Cops.

„Jetzt haltet mal alle eure Fresse! Wenn ihr das alle so gut könnt, dann kümmert *ihr* euch doch das nächste Mal ums Essen!", knurrt sie und klingt dabei wie ein Kettenhund mit Polyester oder Po-Lippen oder wie auch immer diese Viecher in der Nase heißen.

„Machen wir auch und zwar besser", kontert Boris Santiago.

„Wenn mir diese Linksfaschisten nicht meine Waffen abgenommen hätten, könnte ich uns ja ein paar Tauben schießen", grummelt Norman Arrow.

„Na toll, schon wieder so ein Enchilada, der einer Amerikanerin ihren Job wegnehmen will", faucht Margaret Boris an.

„Bei der Wahl zur Miss Peoria hat mir damals auch eine Mexikane-rin die Krone weggenommen", beklagt sich Venus.

„Hatte im Knast viel Ärger mit denen", knurrt Billy James.

„Und sie legen sich viel zu selten unters Messer", fügt David hinzu.

„Deswegen kann man aber doch trotzdem nicht solche Wörter wie du verwenden, Margaret", wagt Rosslin einen Versuch und hebt den Kopf von seinen Papieren. In die war er bisher so sehr vertieft, dass er gar nicht gemerkt hat, dass ich sein Brot gegessen hab. „Wie stehen wir damit denn da?"

„Mir doch egal, wie du Schlappschwanz dastehst! Und ich rede, wie es mir passt! Ihr habt mir den Job gegeben, mich um ein paar Krüppel zu kümmern und das habe ich auch gemacht oder etwa nicht?", ist ihre gefauchte Antwort.

„Sprich bitte nicht so von den Veteranen, das sind gute Leute", flüstert Trembler matt. „Man hat es sehr, sehr schwer, wenn man aus dem Krieg wiederkommt, das kann ich euch sagen…"

„Du bist echt ultragemein, Margaret", piepst Venus. „So kannst du doch nicht über die Leute reden, die für uns die Russen besiegt haben!"

„Hä? Mich niemand besiegt hat! Nicht die Armut, nicht die Polizei, nicht russischer Winter eiskalter und ganz bestimmt nicht Geoffrey Trembler!"

„Anwesende ausgenommen", fügt Vienna eilig hinzu, während Venus offenbar immer noch darüber nachdenkt, was sie Falsches gesagt hat. Das Gefühl kenne ich natürlich überhaupt nicht.

„Ohne die Veteranen hätten die Kubaner uns in der Schweine-bucht bestimmt geschlagen", gibt Kyle zu bedenken.

„Haben sie das nicht sowieso?", fragt Rosslin. Typisch, der Typ hat mal wieder absolut keine Ahnung! Als ob irgendwer jemals ameri-kanische Soldaten besiegen könnte!

„Die Schweinebucht?", fragt Chad. „Haben da nicht irgendwie dressierte kubanische Schweine oder so eine Bucht in Florida an-gegriffen oder so?"

Margaret hat sich inzwischen immer noch nicht beruhigt.

„Wenn ihr eine Kriegsveteranenministerin wollt, die zu diesen gan-zen verschissenen Minderheiten höflich ist, dann nehmt halt kein Mädchen aus Alabama, sondern so einen linksgrünversifften Großstadtidioten, der mit diesen ganzen Ratten Tür an Tür wohnt!"

„Ich will nicht ins Altenheim!"

Protokolle aus dem Sprechzimmer, Tag 2

1. Venus Mirris:

„Also, ich finde das ja alles total aufregend, so mit den ganzen Kameras und so, da kannst du ja nicht mal sicher sein, ob die dich nicht filmen, wenn du auf dem Klo bist- voll gruselig eigentlich!

Aber anderseits ist die Community echt klasse hier drinnen, das sind sooo gute Leute, da macht das eigentlich voll Spaß, auch wenn man dich vielleicht auf dem Klo filmt- und unter der Dusche, hihi.

Ich glaube auch, das ist voll wichtig, dass wir hier sind, dann kön-nen wir nicht nur die Politik verbessern, die unser Land macht-was ja echt wichtig ist, weil wir uns doch alle den Weltfrieden wün-schen!-, sondern wo wir hier alle unter diesen schrecklichen Be-dingungen leben, lernen wir auch, wie es den ganzen armen Men-schen geht, die immer so leben müssen. Ich weiß noch, eine Freundin von mir von der High-School musste während ihres Stu-diums auch ihre Wohnung mit anderen Leuten teilen und nebenbei trotzdem noch arbeiten und als ich das gehört habe, hab ich gesagt, wenn das alles so schrecklich ist, will ich lieber erst gar nicht studieren..."

Ton wird abgestellt, Mirris bekommt davon nichts mit und redet weiter.

2. Steve Jespers:
Stille.
Big Brother: „Steve, gibt es denn nichts, was du sagen willst?"
„Nein."
Denkpause.
Big Brother: „Wie wäre es denn, wenn du uns erzählst, wie du dich im Haus fühlst, das muss doch auch ungewohnt für dich sein?"
„Nein."
Big Brother: „Also hast du schon einmal so gelebt?"
„Nein."
Big Brother: „Und wieso ist diese Situation dann nicht ungewohnt für dich? Möchtest du uns nicht vielleicht darüber etwas erzählen?"
„Nein."
Big Brother: „Dann grüße doch wenigstens irgendjemanden!"
„Hallo, ihr da draußen."
Big Brother (gibt auf): „Sag doch bitte noch irgendwas!"
Sehr lange Denkpause.
„Gott schütze Amerika."

3. Forest Blight:
(sehr laut) „Ich gehe nicht ins Altenheim! Niemals! Das können die sich abschminken! Alles eine Verschwörung, das sind diese Ökospinner, die allen einreden wollen, wir müssten die Umwelt schützen! Dabei ist der Klimawandel nur ein Märchen, die wollen uns bloß unsere sauberen Energien wie Atomkraft und Braunkohle wegnehmen! Aber ohne mich! Ich werde das niemals zulassen! Da müssten die mich schon in ein Altenheim abschieben, um mich mundtot zu machen!"

48

Pause.
„Ich gehe nicht ins Altenheim!"
(zur Seite) „Wo bin ich hier noch gleich?"

21: 42

Ich bewundere gerade das beindruckend spielerische Zusammen-
spiel der Muskeln auf meinem mächtigen Unterarm, als die Tür
fast geräuschlos aufgeht- womit sie einen starken Gegensatz zu
Venus bildet, die seit dem Mittagessen nicht mehr die Klappe gehalten hat.
Ulysses Alderman und Denise LeShaw kommen herein, beide
unverschämt gut gelaunt.
„Na, ihr Bewohner? Fühlt ihr euch schon beobachtet?"
Dieses Mal lacht nicht einmal Chad über Aldermans Scherz, alle
wollen nur die Ergebnisse wissen. Ich mache mir keine großen
Sorgen, immerhin wissen alle, wie großartig ich bin, aber von den
anderen Losern könnte es jeden treffen. Ich hoffe, es fliegen nicht
Vienna oder Venus, weil es dann gar nichts mehr zum Angucken
gäbe. Andererseits wäre es dann natürlich viel leiser hier.
Bernhard Netherbrook kommt mit Dackelblick auf die beiden Moderatoren zu und zittert dabei fast so sehr wie Trembler- ich bilde
mir fast ein, dass der Boden unter seinen Füßen vibriert, was er
sonst nur bei mir tut, weil meine mächtigen Schritte einfach zu
kraftvoll für ihn sind. Die Klopapierzigarre in Bernies Mundwinkel
ist nass und zerkaut.
„Bitte, bitte, bitte, kriegen wir bald was zum Rauchen? Ihr könnt
uns doch nicht leben lassen wie Hunde!"
Grausamkeit steht in Aldermans Augen. „Das entscheidet das Ra-
ting- die besten Zehn kriegen eine bis zehn Zigaretten, je nach
Position."

„Hä, Hunde rauchen doch gar nicht...", überlegt Chad in seinem üblichen Denktempo (ein bisschen langsamer als Forest Blight ohne Rollator).

„Aber Vögel tun das doch, oder, es gibt doch die Rauchschwalbe! Aber womit kauft die sich ihre Kippen eigentlich?" Venus´ kleine Redepause beim Auftauchen der Moderatoren scheint nun leider beendet zu sein.

Bernie wirft sich in die Richtung auf die Knie, in der er die nächste Kamera vermutet. Wenn er es genau wissen will, sollte er mal Vienna fragen. Die scheint inzwischen genau zu wissen, wo die Dinger sind, damit sie bloß nicht in die falsche Richtung lächelt.

„Bitte, bitte, ihr da draußen, ruft für mich an, ich leide hier!"

„Damit bist du für heute zu spät, das Ranking steht schon fest."

Le Shaw weist auf den Fernseher, der flackernd zum Leben erwacht. Links ist eine Karte der USA, rechts stehen unsere Namen.

„Die Vergabe verläuft- da wir hier immer noch in einer Demokratie leben, obwohl einige von euch alles Menschenmögliche getan haben, um das zu ändern- über die Bundesstaaten und natürlich auch getrennt nach demokratischen und republikanischen Stimmen."

„Also passt auf die Swingstates auf", empfiehlt Alderman grinsend.

„Hinzu kommen natürlich noch die Ergebnisse von der heutigen Challenge- die Margaret auf den letzten und Chad auf den vorletzten Platz fallen lässt!"

Die Tabelle passt sich Aldermans Worten an.

„Also, dann legen wir mal los", ruft Denise LeShaw freudig. Wir beugen uns vor.

„Und Kalifornien geht- natürlich gilt auch hier das The-Winner-takes-it-all-Prinzip –an ... Boris Santiago!"

Die Moderatoren fahren mit der Stimmenvergabe fort. Die Spannung ist geradezu greifbar, Venus fällt in Ohnmacht, Geoffrey Trembler zittert wie die Erde in Japanien.

„Alabama geht an Margaret Dunkirk!"

„Sieger in Texas ist Steve Jespers!"

„Dick Bunny holt sich Florida!"

„Pennsylvania geht an Igor Cherkisshov! Ach, ich sehe gerade, dass allein aus dem Bezirk Moscow County dreihunderttausend Stimmen für ihn abgegeben wurden, obwohl dort nur zweitausend Menschen leben! Wie seltsam- offenbar mögen dich die Leute in Pennsylvania, Mr. Igor!"

„North Carolina ist fest in der Hand von Dick Bunny!"

Und nach ein paar spannungsvollen Sekunden, wird endlich die Tabelle eingeblendet. Grellweiß steht sie auf dem dunkelblauen Hintergrund und brennt sich schmerzhaft in unsere Augen. Venus, die gerade erst wieder aufgewacht ist, fällt schon wieder in Ohnmacht, aber mittlerweile weiß die kleine Tussi, wer sie auffängt und wer nicht. Ich fotografiere währenddessen lieber das Ergebnis ab, um es sofort bei Instagram zu posten.

Tag 2:

1. Vienna Radisson.
2. Igor Cherkisshov.
3. Dick Bunny.
4. Venus Mirris.
5. Kyle Kaywest.
6. Boris Santiago.
7. David Siliconi.
8. Norman R. Arrow.
9. Edwin Sturbant.
10. Geoffrey B. Trembler.
11. Chad Buffalo.
12. William James.
13. Bernhard T. Netherbrook III.
14. Forest Blight.
15. Steve Jespers.
16. Wesley Smith.
17. Margaret Dunkirk.
18. Andrew Rosslin.

Ha, ich wusste es doch! Ich kriege jetzt Rosslins Bett, höhö!

Aber was für eine Schweinerei, dass ich nur Dritter bin! Wie kann Mr. Igor es wagen, besser zu sein als ich?! Ganz zu schweigen von Vienna Radisson, dieser kleinen Schlampe! Bestimmt nehmen diese ganzen Idioten ihr dieses gekünstelte Gutmenschentum ab! Na warte, die kann was erleben!

Bernie bricht gerade weinend zusammen, weil er es einen weiteren Tag ohne Zigaretten aushalten muss. Rosslin und Margaret Dunkirk packen beleidigt ihre Koffer. Natürlich gebe ich ihnen zum Abschied meinen Lieblingssatz mit auf den Weg:

„Ihr seid gefeuert!"

Tag 3: Dienstag, 27. 11., 13:04

Der Praktikant mit der Stimme Gottes reißt uns genau im richtigen Moment aus den neusten Streitereien um die Verteilung des warmen Wassers. Ich habe dabei einen wohldurchdachten, fairen, einfach perfekten Schlüssel vorgeschlagen: Für mich als Präsidenten so viel warmes Wasser, wie ich will, den Rest kriegen meine Untergebenen. Aber Vienna und Kyle wollen das nicht akzeptieren! Kyle, dieser Verräter, will allen Bewohner gleich viel warmes Wasser geben und Vienna hat sogar vorgeschlagen, dass ich- ich als Präsident!- zum Ausgleich für die letzten Tage GAR kein warmes Wasser mehr kriegen soll! So langsam nervt mich diese arrogante kleine Schlampe wirklich. Ich habe ihr vorgeschlagen, in den nächsten Tagen mal nicht zu duschen, dann braucht sie auch kein warmes Wasser- obwohl, durch Chad und Billy James, der sich seit seiner Zeit im Knast weigert, eine Dusche zu betreten, riecht es hier schon schlimm genug-, aber wie auch immer, das war natürlich auch wieder nicht richtig. Mit anderen Worten, der Praktikant kommt mit perfektem Timing.

„Bewohner des Weißen Hauses", dröhnt er, „jeder neue Tag bringt auch eine neue Challenge. Und in der heutigen Challenge geht es nicht mehr miteinander, sondern gegeneinander."

Spannungsvolle Stille. Ich lasse mich von der allgemeinen Aufregung nicht anstecken und denke wieder einmal daran, dass ich viel göttlicher klinge als dieser Typ. Ja, wenn ich damals schon gelebt hätte, wäre einiges anders gelaufen. Zum Beispiel ist es doch totaler Bullshit, dass Moses für seine blöden Gebote zu so einem Berg latschen und die Dinger runter schleppen musste! Ich hätte die Gebote einfach gepostet, höhö.

„Ihr werdet in einem Duell antreten, das großen Einfluss auf euren Punktestand haben wird", fährt der Praktikant mit der Stimme Gottes fort.

„Das heißt, dass ihr so oder so etwas Vernünftiges zu essen kriegt- aber der Sieg ist umso wichtiger, weil eine Niederlage Punktabzug gibt. Antreten werden... Bernie und Geoffrey!"

Venus bekommt Schnappatmung vor Erleichterung, fällt aber diesmal immerhin nicht in Ohnmacht. Ist wohl auch besser so, weil die Extensions an ihrem Haupthaar mittlerweile schon zur Hälfte aus Teppichflusen bestehen. Bernie rutscht seine gerade erst gedrehte Klopapierzigarre aus dem Mundwinkel; er hat seit gestern Abend alle Bewohner in der Top Ten verzweifelt um Zigaretten angefleht. In meiner unendlichen Großzügigkeit habe ich ihm einen fast aufgerauchten Stummel gegeben, über den er hergefallen ist wie ein ausgehungerter Hund über einen Knochen. Als Präsident muss man halt auch manchmal ein Wohltäter für seine Untertanen, äh, Untergebenen sein.

Aber Geoffrey Trembler ist überhaupt nicht glücklich mit der Entscheidung. Er sitzt auf der äußersten Sofakante und beißt sich seine sowieso schon ziemlich lädierten Fingernägel blutig. Nur ein leises Stöhnen kommt aus seinem Mund, aus dem sich langsam Worte formen. Leider kann kein Schwein diese Worte verstehen.

Venus hat ein bisschen Mitleid.

„Hey, Geoffrey, was hast du gesagt?"

Nun kann man Trembler einigermaßen verstehen.

„Ich... ich da draußen... verantwortlich... wie damals im Irak... Nein! Das ist zu viel Druck!"

Fassungslose Stille im Raum. Ich kann Geoffrey verstehen- er ist genau deshalb ein so guter Befehlsgeber, weil er Aufgaben perfekt an seine Untergebenen abschieben kann. Vielleicht ist er sogar der erste Verteidigungsminister, der während seiner gesamten Amtszeit Washington D.C. kein einziges Mal verlassen hat. Das hält mich natürlich nicht davon ab, zu lachen und ihn eine Pussy zu nennen.

Auch die anderen sind skeptisch.

„Meinst du das im Ernst?", fragt David Siliconi. „Hier wären genug andere Leute froh über die Chance, ihre Position zu verbessern!"

„Die Challenges sind gar nicht so schlimm, da muss man echt keine Angst vor haben", weiß Chad.

„Wir kriegen doch zu essen so oder so, da wir auch können schicken dich ohne Sorgen", setzt Mr. Igor hinzu.

„Feigling! Ein wahrer Amerikaner flieht nicht vor einer Herausforderung!"

Das ist jetzt Forest Blight; ich bin mir zwar nicht sicher, ob er weiß, worum es geht, aber das stört ihn nur selten wirklich. Wenn er nur nicht immer so schreien würde, sobald bei seinem Hörgerät die Batterie schwach wird.

„Angst ist kein Grund sich zu schämen, jeder fürchtet sich doch vor irgendwas", beschwichtigt Vienna.

„Das stimmt! Ich habe zum Beispiel Angst vor Spinnen- die haben so eklig viele Beine- und vor Schlangen- sind die nicht alle giftig?- und vor Flüchtlingen mit Messern und vor tiefem Wasser und vor Wespen und vor großen Hunden- außer vor dem von meiner Großtante, der war echt total süß- und vor engen Räumen und davor, dass mal eine Schönheits-OP schief geht und natürlich auch vor..." Ich blende Venus´ Gefasel aus.

Geoffrey ist inzwischen knallrot angelaufen.

„Geht mir nicht auf den Sack mit eurem Gelaber von Angst! Ich habe keine Angst! Es ist nur... es ist was ganz anderes... auf jeden Fall ist es keine Angst wegen so einer blöden Challenge, klar? Ich will bloß einfach nicht."

Der Praktikant mit der Stimme Gottes weidet sich an seinem Elend.

„Wenn du die Challenge verweigerst, Geoffrey, wird sich das leider sehr negativ auf deinen Punktestand auswirken..."

„Scheiß auf meinen Punktestand!"

Trembler springt auf und stürmt aus dem Raum, man hört die Badezimmertür zuschlagen. Habe letztens gehört, dass gerade Männer viele Stunden ihres Lebens auf dem Klo verbringen, um mal Ruhe vor der Familie zu haben. Kann ich gar nicht verstehen, wenn Svetlana mich genervt hat, habe ich immer sie ins Badezimmer gesperrt, nicht umgekehrt.

Der Praktikant mit der Stimme Gottes klingt inzwischen ein bisschen verwirrt.

„Also, wenn sich Geoffrey Trembler weigert, brauchen wir jemand anderen für die Challenge, gibt es vielleicht Freiwillige?"

„Ja, gibt es", sagt Wesley Smith entschlossen. Gestern ist er auf dem drittletzten Platz gelandet und braucht dringend Punkte.

„Dann haben wir unsere Teilnehmer! Bernie und Wesley, begebt euch nun in die Showarena im Erdgeschoss!"

Meine Minister für Handel und Wohnungsbau verschwinden aus dem Wohnbereich und tauchen kurze Zeit später auf dem Bildschirm des Fernsehers wieder auf. Die zweite Challenge hat begonnen.

„Hallo, ihr Beiden", heißt ein bestens gelaunter Alderman Bernie und Wesley willkommen. Sein Teint ist so orange, als hätte er in den letzten beiden Tagen jede Menge Zeit gehabt, unter der Höhensonne zu liegen. Also, äh... nicht dass es... grundsätzlich... etwas gegen diese Hautfarbe zu sagen gäbe, es gibt viele gute

Leute, die so aussehen, aber bei Alderman... es sieht bei ihm einfach nicht natürlich aus, okay?

„Ich hoffe, ihr hattet eine angenehme Nacht, denn mit der Ruhe ist es für euch jetzt vorbei."

„Vor allem für dich, Bernie, wird die heutige Challenge vermutlich sehr interessant", meint Denise LeShaw mit einem Ausdruck in den Augen, den man unmöglich deuten kann- das heißt, den ich unmöglich deuten kann und das kommt schließlich so ziemlich auf dasselbe heraus.

„Denn dabei werden dir deine ganz besonderen Talente als Minister für Wohnungsbau bestimmt sehr von Nutzen sein." Bernie will etwas einwerfen, aber sie redet einfach weiter.

„Es sollte deine Aufgabe sein, dafür zu sorgen, dass alle Amerikaner eine bezahlbare Wohnung finden können, aber was hast du stattdessen gemacht? Du hast sogar noch Sozialwohnungen abreißen lassen und das freigewordene Bauland an Investoren verkauft! Verhält sich so ein Wohnungsbauminister?"

Bernie ist empört. Ich auch. Wie kann es diese bananenfressende Nutte wagen, so mit meinen Ministern zu sprechen? Auch wenn ich mich in den letzten Tagen schon fast an ihre Frechheit gewöhnt habe, das geht zu weit!

„Ich bin ein seriöser Geschäftsmann, der nur das Beste für die amerikanische Wirtschaft im Sinn hat- der Markt gibt es einfach nicht her, jedem eine richtige Wohnung zu verschaffen", verteidigt er sich, doch LeShaw lässt ihn gar nicht zu Wort kommen.

„Wir können uns deine verlogenen Ausflüchte später anhören- für euch ist es jetzt Zeit, euch mal ein bisschen anzustrengen!"

Bunte Spotlights beleuchten das Material der heutigen Challenge, die von Alderman sofort erklärt wird.

„Also, ihr seht dort die Modelle von je fünf Wohnblocks, die auf genauso vielen Klappen stehen. Diese netten Schaumstoffpüppchen davor sind die Familien, die ihr auf die Wohnblocks verteilen müsst. Dabei ist es wichtig, dass die Familien zusammenbleiben und die Wohnungen immer nur auf eine bestimmte Anzahl von

Personen ausgelegt sind- es ist also ein bisschen wie Tetris, ihr müsst gucken, was passt. Aber Achtung! Immer wieder wird sich eine Klappe öffnen und einen Wohnblock verschlucken, bis nur noch zwei übrig sind! Die Leute, die eine Wohnung brauchen, bleiben euch aber erhalten, die kommen dann da unten wieder raus. Und ja, es gibt eine Lösung, denn theoretisch kriegt man sie alle in zwei Blöcken unter, ihr müsst bloß gucken, wie ihr das verteilt. Ihr habt zwei Minuten Zeit, wer dann mehr Leute untergebracht hat, gewinnt! Alles verstanden? Dann auf die Plätze... fertig... los!"

Eine Sirene dröhnt und Bernie und Wesley beginnen, hektisch mit den Püppchen herumzuwursteln. Wesley beginnt überlegt, zählt erst die Wohnungen in den grell orangenen Schaumstoffblöcken und guckt, wie groß die Familien sind, dann verteilt er sie langsam. Bernie ist hektischer, stopft wahllos Leute in Wohnungen, die passen. Beim Ende des zweiten Wohnblocks hat er allerdings zwei Familien über und fängt an, umzuschichten.

„Und von irgendwo kommt so ein gemeiner Immobilienhai und lässt einen ganzen Wohnblock verschwinden", ruft LeShaw schadenfroh. Ein Tröten wie von einem depressiven Clown ertönt und eine Klappe öffnet sich. Leider verliert Bernie ausgerechnet den Wohnblock, den er schon perfekt ausgefüllt hatte, während Wesley Glück hat: Bei ihm verschwindet ein Wohnblock, an dem er noch gar nicht gearbeitet hatte.

Bernie grabscht sich die Personen aus Wohnblock eins und verteilt sie auf drei und vier. Die beiden Familien, die nicht mehr in den zweiten Wohnblock reinpassen, stopft er kurzerhand in den fünften. Wesley hat die Familien inzwischen in einem viel zu kompliziert wirkenden System gleichmäßig auf die verbleibenden vier Wohnblocks verteilt.

„Und der böse Grundstücksspekulant ist wieder da! Ein weiterer Wohnblock wird aufgekauft!"

Wesley verliert den Wohnblock mit den meisten Bewohnern, was ihn zunächst etwas zu ärgern scheint, aber er hat die Figuren schnell in freien Wohnungen der anderen Häuser untergebracht.

Bei Bernie verabschiedet sich Wohnblock vier. Von den jetzt wieder obdachlosen Figuren kriegt er ein paar in Wohnblock zwei rein, den Rest verschiebt er in Wohnblock fünf, der mittlerweile ziemlich voll wirkt.

„Mann, sind diese Immobilienhaie heute fies! Schon wieder ein Wohnblock weg!"

Nun gerät auch Wesley in Bedrängnis. Ein paar seiner Figuren bekommt er auf die letzten beiden Wohnblocks verteilt, aber eine Handvoll bleibt übrig. Bei Bernie verschwindet blöderweise Wohnblock fünf, was ihn in ernsthafte Schwierigkeiten bringt. Panisch versucht er, die Bewohner umzuverteilen. Seine Bewegungen sind fahrig, Schweißperlen glitzern auf seinem dünnen Oberlippenbart.

„Und die Zeit ist... um!"

Alderman freut sich diebisch. „Dann schauen wir uns doch mal die Ergebnisse an! Wesley, du hast noch sieben Figürchen auf der Hand- schade! Aber du hast dreiunddreißig in den Häusern untergebracht- sehr gut! Tja Bernie, bei dir sind leider noch einundzwanzig Schaumstoffpüppchen obdachlos und nur neunzehn sitzen im Warmen und Trockenen. Damit geht der heutige Sieg ganz klar an Wesley! Aber als kleines Trostpflaster für dich, Bernie: Da ihr heute gegeneinander angetreten seid, musstet ihr nicht für alle Bewohner das Essen erspielen- das heißt, auch für dich gibt es mehr als nur Wasser und Brot!"

Hoffnung tritt in Bernies Gesicht. „Auch Zigaretten?"

„Ich sprach von Essen. Kann man Zigaretten etwa essen?"

„Versuchen kann man es bestimmt, aber vielleicht kein zweites Mal", scherzt Denise.

Niedergeschlagen schleicht Bernie aus der Arena. Die Klopapierzigarre in seinem Mundwinkel hängt schlaff herunter, als wäre sie genauso traurig wie er.

14:23

Ich schaufle mir gerade die dritte Portion Hummer vom Buffet auf meinen immer noch viel zu leeren goldenen Teller, genieße es, das Aroma von all diesen Herrlichkeiten verheißungsvoll auf meiner Zunge zu spüren und denke darüber nach, wie schön jetzt so ein netter kleiner Golfplatz wäre, als ich hinter mir eine wütende Stimme höre:

„Hey, was soll das denn werden, Dicky?"

Ich denke erst, dass irgendjemand anderes gemeint sein muss, weil mich schließlich jeder mit „Mr. President" anspricht, aber als ich mich umdrehe, sehe ich David Siliconi vor mir, der mich wütend anguckt. Erst stemmt er auch noch seine Hände in die Hüften, aber dann fällt ihm vermutlich ein, dass seine Haut an dieser Stelle wirklich nicht noch mehr Druck vertragen kann und er nimmt sie schnell wieder weg.

„Der Hummer ist für alle da und du hast schon mehr als die Hälfte davon verputzt!"

David muss zu lange unter der Höhensonne gelegen haben, wenn er so respektlos zu mir spricht, denke ich zutiefst beleidigt.

„Für uns alle? Ich bin hier immerhin der Präsident!"

Doch David scheint in sehr angriffslustiger Stimmung zu sein. Ich will ihm gerade großmütig verzeihen, dass er so frech zu mir war, als er schon wieder nachsetzt.

„Präsident von was, Dicky? Vom Wohnbereich? Im Moment regierst du die USA nicht mehr!"

Normalerweise vermeidet er es, sich aufzuregen, weil er nach den ganzen Schönheits-OPs sein Gesicht nicht mehr so gut verziehen kann; heute sieht er deshalb am ehesten wie das uneheliche Kind von Ronald McDonald und Schlumpfine aus, bloß mit braunorangener Haut, höhö. Dass ich ihn freundlich darauf hinweise, gefällt ihm jedoch überhaupt nicht.

„Mir dir kann man einfach nicht sachlich diskutieren!"

„Und du musst dir mal wieder Fett absaugen lassen!"

Wie immer, wenn es irgendwo Streit gibt, taucht sofort Vienna auf und will wissen, was los ist. Ich fasse ihr die wichtigsten Streitpunkte kurz zusammen, aber sie ist natürlich zu blöd, sich darauf einen Reim zu machen.

„Also nochmal: David greift deine Position als Präsident an, weil er sich mal wieder Fett absaugen lassen muss und Hummer seine Haut nur noch orangener werden lässt- immerhin ist das bei Flamingos ja auch so?"

„Lass dir doch selber Fett absaugen, Dicky, das ist in meiner Klinik diesen Monat im Zwei-für-Eins-Angebot. Mit einmal kommst du ja eh nicht aus", mosert David, dieser dreckige Verräter.

„Doktor Frankenstein, du scheinst vergessen zu haben, dass es ohne Dick keiner von uns so weit nach oben geschafft hätte", schaltet sich Billy James ein. Immerhin einer, der noch weiß, was sich gegenüber seinem Präsidenten gehört.

„Stimmt, wenn er dich gegenüber all den armen Frauen, die du missbraucht hast, nicht rausgeboxt hätte, wärst du zum Beispiel immer noch im Knast", zickt Vienna.

„Nein, eingeknastet haben sie mich wegen ein paar von meinen... Nebeneinkünften und außerdem war ich natürlich unschuldig, wenn du kleine Schlampe es unbedingt wissen willst!"

Die beiden könnten noch den ganzen Tag so weitermachen, aber ich habe andere Probleme und die sind viel wichtiger, schließlich sind es meine.

„Könnt ihr mal aufhören, so über mich zu reden, als ob ich nicht da wäre? Das Problem ist hier ja eigentlich David."

„Ich wünschte, du wärst tatsächlich nicht da", kontert Siliconi. „Es gäbe viel weniger Ärger, wenn du in einem Sanatorium wärst!"

„Wieso Senatorium? Ich bin Präsident, nicht Senator!" Was denkt der sich eigentlich?

„Hä? Ich geh auch nicht ins Sanatorium!" Forest Blight wieder.

„Seid doch mal alle ruhick! Sehr gutt für die Vertrauen von die Leute in ihre Regierung, zu sehen, wie ihr alle streiten tut vor die Auge von die Kameras, hm? Dafür es gibt immer noch die Haus von die Abgeordneten und der Senat."

„Mr. Igor hat recht! Ich spüre hier gerade voll fiese negative Vibes, das ist echt nicht schön", zirpt Venus. Sie holt eilig eine Sprühflasche aus ihrer Handtasche und versprüht irgendsoein Zeugs, dessen Gestank nur Bernie zu gefallen scheint- Räucherstäbchenduft, wie sie behauptet. Aber so bescheuert es auch ist, es zeigt Wirkung. Alle brummen irgendetwas, atmen tief durch und ich lade mir schnell noch eine Portion leckeren Hummer auf den Teller, solange David abgelenkt ist, höhö.

„Wir dürfen uns nicht... verrückt machen lassen. Das ist alles so schon beängstigend und gefährlich genug, ohne dass ihr die Stimmung noch anheizt. Ich erinnere mich, im Irak... da war auch schlechte Stimmung. Leute, die Angst hatten... haben sich gestritten... hinter jedem Felsen ein Iraker mit einer AK-47... finstere Zeiten... man wusste nie, wem man trauen kann..." Geoffrey B. Trembler verstummt.

Steve Jespers, der bisher stumm in der Ecke gesessen hat, lässt ein raues Lachen hören, was bei ihm ungefähr so häufig ist wie ein freier Parkplatz in Manhattan.

„Ich habe gehört, dass du schon vorher ein dreckiger Feigling gewesen bist. Deine Kameraden haben mir erzählt, dass du sogar Angst hattest, allein zum Klo zu gehen!"

Ich lache. Trembler wird wütend.

„Das stimmt so nicht!"

„Schöner stolzer Amerikaner!" Chad Buffalo spuckt verächtlich aus.

„Lieber ein nicht stolzer Amerikaner mit Zigarette als ein stolzer Amerikaner ohne", winselt Bernie.

Er und Trembler zittern inzwischen im gemeinsamen Takt.

Protokolle aus dem Sprechzimmer, Tag 3

1. Bernhard T. Netherbrook III
„Also, natürlich wissen alle, dass ich ein sehr erfolgreicher Geschäftsmann war, bevor ich hier ins Haus gekommen bin. Ich habe Bauland und Wohnungen aufgekauft, Leute rausgeschmissen, ordentlich spekuliert und fette Gewinne gemacht. Damals dachte ich, das ist alles, was im Leben zählt. Deswegen habe ich auch als Minister für Wohnungsbau so weitergemacht. Aber jetzt weiß ich: Die Gewinne, das Geld, die Immobilien, die Taschentücher mit eingestickten Initialen- all das ist nicht wert, wenn man gleichzeitig NICHTS ZUM RAUCHEN HAT! Bitte gebt mir eine Zigarette! Bitte! Nur eine einzige! Oder auch eine halbe! Egal was, irgendwas!"

2. Geoffrey B. Trembler
(zittert stark) „Alles was die Leute über mich sagen, ist eine dicke, fette Lüge! So dick wie diese Fotze von der New York Mail, die behauptet, ich hätte damals als General meine Einheit im Stich gelassen! Ich bin *nicht* durch die Hintertür des Stützpunktes geflohen und zum Flughafen gefahren! Ich bin *nicht* weggelaufen! Und dass ich mich im Irak nicht alleine aufs Klo getraut hätte, stimmt auch nicht! D... ddd... dddddas ist alles nicht wahr! Die Leute kennen mich einfach nicht und sagen, ich wäre feige! Ich habe auch keine Angst vor Kühlschränken! Nicht mal vor Bügeleisen- obwohl, die zischen immer so fies...! *(zittert zu sehr, um weiterzusprechen)*

3. William James
„Nachdem ich gehört habe, was die Leute über mich erzählen, sollte ich wohl mit ein paar Gerüchten aufräumen. Ich war nur *einmal* im Knast. Und als ich drinnen war, war ich mit „Big Jimbo" Jackson nur gut befreundet. Und diese kleinen Dreckschweine vom Dezernat für Wirtschaftskriminalität sollen sich um ihren eigenen Scheiß kümmern! Und ganz besonders an Maria, Jennifer,

Audrey, Elise, Nelly, Caroline, Susan und wie ihr alle heißt: Wenn ihr jetzt zuguckt, dann schreibt euch hinter die Ohren, dass ihr lieber dankbar sein sollt, was ich mit euch gema... für euch getan habe. Eure verschissenen Anzeigen beeindrucken niemanden!"

21: 17

Der Moment der Wahrheit ist wieder gekommen. Gebannt schauen wir auf den Monitor, wo erneut die Ergebnisse des Tages eingeblendet werden.
„Dick Bunny holt sich North Dakota", ruft Ulysses Alderman.
„Hawaii geht an Igor Cherkisshov", bemerkt Denise LeShaw.
„Michigan an Chad Buffalo!"
„In New Jersey siegt Vienna Radisson."
Schon wieder habe ich das Gefühl, das viele Stimmen für Mr. Igor aus Orten kommen, in denen gar nicht so viele Leute wohnen dürften. Na ja, vielleicht fahren die extra dahin, um für Mr. Igor anzurufen oder so. Ob dieser Mr. Cherkisshov auch für ihn gestimmt hat?
„Und hier kommt endlich die Tabelle!"
Die Aufregung in LeShaws Stimme ist fast greifbar.

Tag 3:
1. Vienna Radisson.
2. Dick Bunny.
3. David Siliconi.
4. Igor Cherkisshov.
5. Bernhard T. Netherbrook III.
6. Venus Mirris.
7. Kyle Kaywest.
8. Boris Santiago.
9. Chad Buffalo.
10. Edwin Sturbant.
11. Norman R. Arrow.
12. Wesley Smith.

13. Forest Blight.
14. Steve Jespers.
15. William James.
16. Geoffrey B. Trembler.

Das Trembler fliegen würde, war klar, nachdem diese Pussy die Challenge verweigert hat. Trotz seiner Niederlage steigt Bernie aber massiv im Ranking, das Publikum steht wohl auf Gewinsel, denn auch Vienna und David schneiden gut ab. Aber ich kriege diese Bitch noch!
Schade, dass Billy James auch raus ist. Aber deswegen verabschiede ich ihn natürlich trotzdem mit einem freundlichen „Du bist gefeuert!"
Höhö.

Tag 4: Mittwoch, 28.11., 12:47

Der Tag hat gleichzeitig gut und schlecht angefangen.
Schlecht: Steve lässt sich mal wieder erst dann aus dem Badezimmer herauslocken, als Chad damit droht, die Tür einzutreten. Mittlerweile besetzt er das Bad fast immer, sobald es frei wird, was echt blöd ist, da wir nur eins haben und auch ich es gelegentlich brauche, aber höchstens drei Stunden täglich. Die Zeit, in der ich mein Toupet jeden Morgen zum Trocknen in der Dusche aufhänge, zählt natürlich nicht mit, weil ich da ja nicht im Bad bin.
Ebenfalls schlecht: Danach begannen mal wieder diese nervigen Diskussionen über das warme Wasser. Meinen Einwand, dass Sportler und Soldaten auch kalt duschen, lässt Vienna nicht gelten. Als ich auf ihr hysterisches Gefiepe erwidere, sie solle ihre Hormone mal in den Griff bekommen, zickt sie zurück, ich sei frauenfeindlich. Vienna nervt inzwischen echt extrem. Früher war sie mal so schön still und friedlich, was ist plötzlich los mit ihr? Bestimmt hat sie ihre Tage. Oder noch schlimmer, einen eigenen

Willen, denn wenn mein Amt auf dem Spiel steht, ist das ein ganz schlechter Zeitpunkt für Mitarbeiter, so etwas zu entwickeln.

Gut: Mein heutiger Insta-Post bringt es gleich in der ersten Stunde auf anderthalb Millionen Likes. Auch die Kommentare sind super. @theramp34 schreibt: „Warum kann er nicht einfach da drinnen bleiben?" Es rührt mich, dass meine treuen Fans am liebsten immer sehen würden, was ich den ganzen Tag so Tolles mache.

Auch gut: Weil er sich gestern sechs Zigaretten erspielt hat, ist Bernie endlich wieder gut drauf. Jedenfalls bis neun Uhr morgens, dann hat er sie aufgeraucht und geht wieder allen auf den Sack.

Und jetzt, wo Chad und Boris lauthals an die Badezimmertür ballern- leider nur mit den Fäusten und nicht mit einer Knarre, wie Norman traurig anmerkt-, Vienna und Venus wieder über irgendwelchen Dünnsinn reden und David der Verräter gerade Kyle von einer neuen Nase zu überzeugen versucht, meldet sich wieder der Praktikant, der die Stimme Gottes spielt.

„Bewohner des Weißen Hauses!"

Alle verstummen- gerade bei Venus ist das sehr ungewöhnlich. Bernie fällt vor Überraschung die Küchenrollenzigarre aus dem Mund, die er sich gemacht hat, weil das Bad die ganze Zeit blockiert ist und er nicht an das Klopapier herankommt.

„Ein neuer Tag, eine neue Challenge. Dieses Mal wird jedoch nur ein Bewohner von uns berufen- und auf seinen Schultern wird die Verantwortung liegen, mehr als nur Brot und Wasser mit nach Hause zu bringen!"

Spannungsvolle Stille schließt sich an. Viele hatten noch keine Challenge, ich auch nicht, aber ich bin darüber nicht besonders traurig: Ich bin auch so gut genug und außerdem sehen die Challenges viel zu sehr nach Arbeit aus. Für so etwas habe ich schließlich Angestellte. Wird auch Zeit, dass es wieder richtiges Essen gibt- beim Frühstück waren nur noch Brötchen übrig, die sogar für McDonald´s zu labberig gewesen wären.

„Steve", dröhnt der Praktikant mit der Stimme Gottes. „Du wirst dich heute unserer Challenge stellen!"

Lärmendes Gemurmel. Venus fällt *schon wieder* nicht in Ohnmacht, sondern haucht nur: „Oh je, ob der arme Steve sich dieser Herausforderung gewachsen fühlt?"

„Er ist ziemlich still gewesen in den letzten Tagen", meint Vienna. Damit könnte sie ausnahmsweise mal recht haben, aber ich habe da nicht besonders drauf geachtet. Wenn Steve für seine Verhältnisse redselig ist, heißt das meistens, man hört ihn atmen.

„Steve, jetzt komm aus dem Badezimmer, du musst zur Challenge", drängt ihn Chad.

„Sie werden ja wohl kaum zulassen, dass schon wieder jemand die Challenge verweigert", überlegt David der Verräter laut.

„Raus da, Steve, ich muss kacken", brüllt Forest Blight.

Die Tür fliegt auf und ein sehr mürrisch aussehender Steve- auch wenn das bei ihm schwer zu sagen ist, weil er immer guckt, als hätte jemand seine Cornflakes mit Chili gewürzt und er sowieso die mimischen Fähigkeiten eines Nashorns hat- erscheint im Türrahmen. Sogar im Bad trägt er seinen Cowboyhut.

„Na gut, meinetwegen. Aber danach lasst ihr mich in Ruhe!"

Ohne ein weiteres Wort verschwindet er aus dem Wohnbereich. Kein Wunder, er hat ja auch heute schon zehn Worte verschwendet, höhö.

Der Fernseher an der Wand geht nun an. Steve steht zwischen Alderman und LeShaw und sieht so fehl am Platze aus wie ein Bauarbeiter beim Warschauer Opernball. Oder heißt das Ding Waliser Opernball? Egal, jedenfalls irgendwas in Frankreich.

„Hallo Steve", begrüßt ihn Alderman, „du bist sicher schon ganz versessen darauf zu zeigen, was in dir steckt."

„Nein."

Alderman ist ein bisschen verunsichert.

„Du brennst nicht darauf, dich bei unserer heutigen Challenge zu beweisen?"

„Nein."

„Warum denn nicht?"

„Darum nicht."

Alderman gibt auf und guckt ein bisschen verdattert, LeShaw übernimmt.

„Also, Steve, in dieser Challenge hast du die alleinige Verantwortung dafür, dass du und deine Mitbewohner heute etwas Warmes zu essen kriegen."

Steve ist sichtlich unbeeindruckt.

„Deine Aufgabe ist denkbar einfach- macht mal die Spotlights da drüben an, danke-, denn du musst nur eine einzige Sache erledigen."

Die aufgebaute Showlandschaft kommt ins Bild. Sie sieht ein bisschen aus wie ein Drive-In-Café für Mofafahrer, höhö.

Denise zeigt mit einer weit ausladenden Handbewegung darauf.

„Hier haben wir für dich fünf Mofas platziert und vor jedem liegt ein Eiswürfel. Wenn du jetzt den Motor anlässt- keine Sorge, wir haben die Räder blockiert-, kannst du die Eiswürfel zum Schmelzen bringen. Du hast zwei Minuten für alle fünf."

„Und wenn Abgase auf die Polkappen wirklich so wenig Auswirkungen haben, wie du und deine Kollegen immer behaupten, wird das ein hartes Stück Arbeit für dich", fügt Alderman hinzu. Er und Denise LeShaw lachen, aber ich verstehe gar nicht, was daran so komisch sein soll. Immerhin wissen wir alle, dass das Poleis nur wegen der Sonne schmilzt und Steve hat gerade gar keine Sonne dabei.

„Hast du noch irgendwelche Fragen, Steve?", will Ulysses Alderman wissen.

„Nein."

Steve steigt mit ausdrucksloser Miene auf das erste Mofa. Mit seinem Hut sieht er aus wie ein Cowboy, dem Pferde zu altmodisch geworden sind.

„Zeit läuft!"

Der Motor erwacht röhrend zum Leben und spuckt blaue Abgase aus. Durch den Luftzug bewegt sich der Eiswürfel ein Stück, aber er schmilzt nicht. Steve knurrt und schaltet höher, klemmt den

Gashebel in der dafür vorgesehenen Halterung fest. Dreißig Sekunden sind um, langsam taut der erste Eiswürfel an.

„So das nie etwas wird", grummelt Mr. Igor.

Das scheint Steve nun auch verstanden zu haben, denn er läuft zu den anderen Mofas, lässt auch dort die Motoren an und schaltet in den höchsten Gang.

„Eine Minute ist um!"

Der erste Eiswürfel ist auf die Hälfte geschrumpft, Steve rennt zwischen den Mofas hin und her und gibt überall Gas. Langsam aber sicher verabschieden sich auch die anderen Eiswürfel.

„Noch dreißig Sekunden!"

Eiswürfel 1 ist weg. Steve feuert die anderen vier Mofas verzweifelt an- er ruft sogar ein oder zwei Worte-, dann versucht er, Mofa 1 umzudrehen, um die anderen Eiswürfel noch schneller zu schmelzen. Der Versuch scheitert zwar, aber aus den anderen Würfeln wird trotzdem immer schneller Wasser.

„Oh Gott, das ist so aufregend", seufzt Venus und fällt langsam in Kyles Arme. Wahrscheinlich wird sie kurz nach dem Ende der Challenge wieder zu Bewusstsein kommen.

„Und die Zeit ist... um!", brüllt Alderman. Alle Augen richten sich auf die Eiswürfel- oder vielmehr eben nicht auf die Eiswürfel, denn sie sind geschmolzen. Steve hat es geschafft! Chad macht einer Siegerfaust und reißt sie in die Luft, Vienna vollführt einen kleinen Tanz und Forest versucht herauszufinden, warum wir alle jubeln. Vielleicht hätte man ihn doch in einem Pflegeheim statt im Weißen Haus einsperren sollen.

„Steve, du hast alle Eiswürfel rechtzeitig geschmolzen und euch damit ein weiteres Gourmet-Mittagessen erspielt!"

Denise LeShaw klingt gegen ihren Willen beeindruckt.

„Ja."

„Was ist da für ein Gefühl?"

„Ein gutes."

Auch Alderman klingt mittlerweile etwas verzweifelt.

„Hast du denn sonst gar nichts zu sagen?"

Steve überlegt. Überlegt lange.
„Gott schütze Amerika."
Dann verschwindet er.

„Steve, du warst fantastisch!", quiekt Venus.
Er brummt etwas und verschwindet im Bad, ich höre das Schloss klicken.

16:02

„Steve?" Kyle Kaywest klopft an die Badezimmertür. „Willst du nicht langsam mal wieder rauskommen?"
„Falls du Probleme mit deinem Stoffwechsel hast, in meiner Klinik gibt es gerade künstliche Darmausgänge im Ausverkauf", bietet David der Verräter an.
„Wir haben einen ganzen Haufen davon für so eine Horde Rentner aus Staten Island bestellt, aber die Dinger wurden über Port Said verschifft und als sie angekommen sind, war die Hälfte unserer Kunden schon an Altersschwäche eingegangen."
„Hä? Falls ihr darauf wartet, dass ich den Löffel abgebe, das könnt ihr vergessen! Ich gehe nicht ins Altersheim! Und ich will auch nicht nach Staten Island! Aber ins Bad will ich schon, denn ich muss mal ganz dringend!"
Sogar Forest Blight hat den Ernst der Lage erfasst. Steve ist selbst beim Mittagessen nur kurz am Buffet aufgetaucht und wenn mich nicht alles täuscht, hat er seinen Teller mit ins Bad genommen. Sehr seltsames Verhalten, wobei es mir schon oft bei irgendwelchen Gala-Dinners passiert ist, dass meine Tischnachbarn plötzlich ihre Teller genommen haben und irgendwo anders hingegangen sind. Vielleicht ist das ein globaler Trend. Aber ich muss auch dringend ins Bad, weil ich da meine Pillen zum Muskelaufbau drin habe- auch wenn ich die ja eigentlich gar nicht brauche- und es außerdem Zeit wird, neuen Selbstbräuner aufzutragen. Also klopfe

ich mit und ignoriere, dass das raue Holz vielleicht ganz üble Dinge mit meiner Maniküre anstellen könnte.

„Komm sofort daraus, du Hinterwäldler, sonst feuere ich dich!"

„Der Typ braucht doch professionelle Hilfe", findet David. Das alarmiert offenbar Forest.

„Das haben sie damals auch zu mir gesagt! Fall darauf nicht herein, Steve, das ist eine Falle! Ich gehe nicht wieder ins Altersheim!"

Forest wirkt ein bisschen angespannt, vielleicht weil er so dringend aufs Klo muss, vielleicht aber auch, weil sein elektrischer Rollator gerade am Ladekabel hängt und er selbst laufen muss. Gemeine Menschen haben ihm immer vorgeworfen, dass seine Energiepolitik deshalb so unnachgiebig ist, weil sein Rollator so viel Strom braucht. Dabei liegen ihm bloß die vielen Arbeitsplätze in der Kohle- und Atombranche am Herzen und natürlich will er es keinem von unseren Bürgern zumuten, durch den Lärm von Windrädern beim Schlafen gestört zu werden. Aber Forest wird sich gedulden müssen, schließlich hat mein Toupet Vorrang, das übrigens NICHT aussieht wie ein Bündel Bananen- noch so fiese Fake-News.

Die Tür geht auf. Ich habe keine Spülung gehört, Steve scheint sich also tatsächlich nur da einzuschließen, um seine Ruhe zu haben oder er ist einfach ein Ferkel. David der Verräter wird also wohl auf seinen Darmausgängen sitzen bleiben- es sei denn, jemand anderes kauft sie ihm ab. Mir fällt dabei Nadia ein, meine zweite Frau, in deren fettem Arsch bestimmt gleich zwei oder drei Darmausgänge Platz hätten. Ach nein, die mit dem fettem Arsch war ja Natalja, meine dritte Frau. Nadia war die mit den fetten Schenkeln, jedenfalls als sie älter wurde. Höhö: Auf den Darmausgängen sitzen bleiben. Bin wieder sehr lustig.

Steve hat sich inzwischen in den Green Room verzogen, weil dort gerade sonst keiner ist. In meinem kurzem Moment der Unaufmerksamkeit- und damit das klar ist, meine Aufmerksamkeit, meine Geduld und meine Arbeitstage sind die einzigen Dinge, die bei mir manchmal kurz sind!- hat Forest das Bad erobert. Bernie weint leise vor sich hin.

„Lasst mich nach Hause, bitte lasst mich nach Hause, ich pfeife auf mein Amt, ich werde es schon irgendwie mit meiner kleinen Firma und ihren sieben Tochtergesellschaften schaffen, aber ich halte das hier nicht mehr aus!"

Kyle zeigt Mitleid. „Ich habe meine vier Zigaretten schon aufgeraucht, sonst würde ich dir ja was abgeben."

„Aber Rauchen ist ganz schlecht für die Nasenröhren und Zungenflügel und den... ähm, Blutstoff im Blut! Denn Rauchen tötet und das heißt, dass man einen wichtigen Teil seines Lebens verliert", wendet Venus ein.

„Ich dachte, du hast auch fünf Zigaretten bekommen?", fragt Kyle irritiert.

„Die habe ich im Klo runtergespült."

Während Kyle und Boris sich auf Bernie setzen, um ihn daran zu hindern, Venus umzubringen, haben sich Vienna, Mr. Igor und David um Steve geschart, der davon ungefähr so begeistert scheint wie von einem Magengeschwür.

„Ist wirklich alles in Ordnung mir dir?", wagt sich Vienna vor. „Du wirkst so abwesend in letzter Zeit."

„Du meinst abweisend", korrigiert sie David. „Immerhin ist er ja noch hier."

„Nee, ich meine, er ist, als wäre er gar nicht richtig da."

Edwin Sturbant, der die letzte halbe Stunde damit verbracht hat, Norman R. Arrow seine Meinung zur Nahostpolitik zu erzählen, natürlich ohne ein einziges verständliches Wort, dreht sich zu ihnen um.

„Ich denke, dass man unter bestimmten Umständen, es gibt ja viele Dinge, die Menschen beeinflussen, zum Beispiel schwere persönliche Krisen oder wenn man vom Ehepartner verlassen wird oder seinen Job verliert oder natürlich bei Mobbing oder bei Traumata wie etwa im Krieg, in Syrien oder im Jemen oder woanders, dass manche dieser Dinge, auch wenn die vielleicht hier nicht der

Fall sind, dazu führen können, dass man sowohl geistig als auch körperlich abwesend ist oder es zumindest so scheint und dann kann man bestimmt auch abweisend sein."

Alle: „Hä?"

„Steve ist aber nicht abwesend oder im Jemen oder beides, er ist hier bei uns", gibt Kyle zu bedenken.

„Vielleicht geht es hier gar nicht um Wesenheiten- egal ob ab- oder an- oder was ganz anderes, sondern um Wesen", schlägt Venus vor.

„Wesen? Du sprechen von Wesen von fremde Planeten?", fragt Mr. Igor.

„Was, so wie Edwin?" David der Verräter klopft sich johlend auf seine modellierten Schenkel. Nicht zu verwechseln mit Model-Schenkeln, das wären nämlich meine- wie überhaupt mein ganzer Körper modelhaft ist.

„Jetzt haltet doch mal alle eure Fresse!", brüllt Steve plötzlich wütend. Alle drehen sich überrascht zu ihm um.

„Ich habe sonst nicht so viele Menschen um mich herum", erklärt mein Verkehrsminister. „Es nervt mich. Und euer gottverdammtes Bemuttere nervt mich noch viel mehr!"

„Aber wir meinen es doch nur gut", piepst Venus niedergeschlagen.

„Ich habe den Vater, den Sohn und den Heiligen Geist, wenn ich Beistand nötig habe, da brauche ich nicht auch noch euch!"

Mit diesen Worten verschwindet er im Red Room und knallt die Tür hinter sich zu. Da er gerade eben so viel gesagt hat wie sonst in einer Woche, hat er wohl für seine Verhältnisse sein Herz ausgeschüttet. Jetzt trösten Vienna und Kyle Venus, die wegen Steves harschen Worten angefangen hat zu heulen. Alles Pussys hier.

„Viele Leute denken, sie allein stärker. Auch ich habe gedacht „Ich Igor, ich sein wie wilder Braunbär, ich kommen klar allein." Aber auch die, die sind am stärksten, noch mächtiger, wenn sie haben Gemeinschaft, wo sie helfen und ihnen wird geholfen. Du mir

glauben, Steve, ist gewesen harte Schule für mich, um zu lernen",
brüllt Mr. Igor durch die verschlossene Tür.

Protokolle aus dem Sprechzimmer, Tag 4

1. Vienna Radisson
„Ich finde diese Show einfach fantastisch! Klar, es gibt hier ja ein
paar Leute, die keine gute Stimmung machen und überhaupt keinen Teamgeist haben. Dick zum Beispiel und Norman, das sind
schon ziemliche Chauvis und totale Egoisten! Aber immerhin
kümmern sich die anderen Leute umeinander und ich bin mir sicher, dass uns diese Show noch lange im Gedächtnis bleiben
wird! Und sie wird bestimmt auch einen wesentlichen Teil dazu
beitragen, die Politik in unserem wunderbaren Land zu verbessern." *(setzt sich gerade hin, merkt, dass ihr Skript ins Bild gekommen ist und versteckt es hastig unter ihrem Minikleid)*

2. Wesley Smith
„Ich weiß, dass mir die Leute Vorwürfe machen, aber ich bin auch
hier, um diese Vorwürfe zu entkräften. Es ist eine böswillige Unter-
stellung, ich hätte in meiner Zeit beim Militär Waffen unterschlagen
und zu meinen eigenen Gunsten gewinnbringend verkauft! Wenn
Sie mich fragen, sollten sich die Leute, die sich so etwas ausden-
ken, lieber Gedanken darüber machen, warum sie mit derartigen
Gerüchten die Innere Sicherheit aufs Spiel setzen. So etwas ist
kein patriotisches Verhalten, sondern potenziell gefährlich und an
der Grenze zum Landesverrat!"

3. Edwin Sturbant
*(ungekürzt, weil nicht einmal die Sendeleitung nachvollziehen
konnte, was er meinte)* „Es ist natürlich für uns alle eine große
Herausforderung, eine Chance und vielleicht auch ein Risiko, weil
ja viele Chancen mit Risiken Hand in Hand gehen, so wie die Kin-

dergartenkinder, wenn sie eine Straße überqueren und auch noch ältere Kinder, was ja auch richtig ist, weil das die Verkehrssicherheit erhöht und immer noch viele Autofahrer sehr rücksichtlos fahren, fast so wie die Franzosen und auch die Italiener, obwohl man die hiesigen Autofahrer leichter versteht, dafür können sie nicht so gut kochen wie die Italiener und die Franzosen. Aber wenn wir hier unsere Aufgabe, die natürlich mehr ist als einfach nur in einem Haus zu hocken und uns filmen zu lassen, sondern noch viele andere Aspekte hat, wie etwa die Wiedererlangung unserer Vorbildfunktion, vernünftig erfüllen, dann können wir vielleicht das dringend, vielleicht sogar am dringendsten benötigte Vertrauen der Bürger zurückgewinnen, was auch höchste Zeit ist, sonst haben wir hier bald Zustände wie in der Sowjetunion, ich meine natürlich die ehemalige Sowjetunion, Russland, aber nicht nur Russland, oder auch wie in Afrika..." *(die Sendeleitung gibt auf, der Ton wird abgedreht)*

21:19

„Na, seid ihr schon auf die Ergebnisse von heute gespannt?", frohlockt Alderman.
„Es könnte erste Härtefälle geben", warnt Denise LeShaw.
„Aber besonders interessant ist, abgesehen von der Frage, wer das Weiße Haus verlassen muss- inzwischen ist es nur noch einer pro Tag-, natürlich das Duell um Platz eins", fährt sie fort.
„Der Diskussion in den sozialen Medien nach zu urteilen, könnte es auf ein Kopf-an-Kopf-Rennen zwischen Dick Bunny und Vienna Radisson hinauslaufen. Eure Streitereien sind bereits so legendär, dass unsere Fans sie als „El Plástico" bezeichnen!"
Keine Ahnung, was das heißen soll, ich kann kein Französisch, aber bestimmt heißt es was Tolles, weil sich nicht einmal diese kleine schwarze Schlampe jemals trauen würde, wirklich schlecht über mich zu reden, immerhin bin ich der Präsident.

Ulysses übernimmt das Ruder. „Mal sehen, ob sich das auch in den heutigen Ergebnissen niederschlägt. Oregon geht an... Dick Bunny!"

„In West Virginia siegt Vienna Radisson", ruft LeShaw.

„In Mississippi Dick Bunny!"

„Delaware geht an David Siliconi!"

„Und Pennsylvania schon wieder an Igor Cherkisshov!"

Und dann wird endlich die Tabelle eingeblendet.

Tag 4:
1. Dick Bunny.
2. Vienna Radisson.
3. Igor Cherkisshov.
4. Kyle Kaywest.
5. David Siliconi.
6. Venus Mirris.
7. Boris Santiago.
8. Steve Jespers.
9. Edwin Sturbant.
10. Norman R. Arrow.
11. Chad Buffalo.
12. Wesley Smith.
13. Forest Blight.
14. Bernhard T. Netherbrook III.

Bernie bricht in Tränen der Dankbarkeit aus. Ich freue mich für ihn, vor allem, weil sein Geheule nervt.

„Hey Bernie- brauchst du Feuer?"

Er sieht mich hoffnungsvoll an.

„Wieso? Hast du etwa eine Zigarre für mich?"

„Nein, aber du bist gefeuert!"

Tag 5: Donnerstag, 29. 11., 11:48

Warum fliegen eigentlich jeden Tag nur ein bis zwei Bewohner raus? Wenn wir nicht unsere Waffen hätten abgeben müssen- nachts, wenn er glaubt, dass alle schlafen, hört man Norman wei- nen-, hätte ich der Hälfte meines Kabinetts vermutlich schon eine Nottherapie gegen Bleimangel verpasst. Dieses geistlose Gut- menschengelaber! Ich selbst sage natürlich nur wichtige und schlaue Dinge. Aber der Mist, den die anderen verzapfen- das hält kein Mensch aus. Am schlimmsten ist Boris´ Gejammer. Es war vermutlich ein Fehler, einen Mexikaner ins Kabinett zu berufen, aber da er durch seinen Lottogewinn nie richtig gearbeitet hat und also auch keine Arbeitsplätze wegnehmen konnte, habe ich Boris für ein Musterexemplar gelungener Integration gehalten. Aber sei- ne Überempfindlichkeit hat er nicht abgelegt- überlege schon, eine Mauer vor dem Red Room zu bauen. Hier ein kleines Beispiel:

Boris: „Ihr Weißen könnt euch doch alle nicht vorstellen, wie es ist, wenn die Leute einen behandeln, als würde man nicht hierher ge- hören!"

Forest: „Hä? Wieso „würde"?"

Ich (sehr lustig): „Wir müssen mehr Enchiladas nach Mexiko ex- portieren!"

David der Verräter: „Ich könnte dir eine neue Hautfarbe verpassen, wenn dir das hilft."

Chad: „Du kannst aber nur orange, nicht weiß."

Vienna (sehr nervig): „Jetzt hört aber mal alle mit euren dummen Witzchen auf! Ihr haltet euch immer für so lustig, dabei ist sogar Ulysses Alderman witziger!"

Venus: „Ja, ihr seid sooo gemein! Ihr könnt den Boris doch nicht einfach zurückschicken in diese schlimmen Länder, das sieht man doch auch immer im Fernsehen, mit diesem ganzen Krieg und dem Hunger und den Fliegen und dem Tod und so- obwohl, eigentlich toll, wie schlank die alle sind, wie machen die das bloß? Ob ich das auch mal versuchen sollte?"

Wesley: „Venus, du meinst Afrika."

Edwin: „Ich glaube, dass das, was Venus und vielleicht auch andere sagen wollten, jedenfalls in diesem Moment, ist, dass in vielen Ländern, in Afrika, aber nicht nur, sondern auch in Lateinamerika, in Asien, selbst in Europa, die Lage nicht so ist, wie sie sein sollte, aus unserer Sicht, wahrscheinlich auch aus der Sicht der Einheimischen, wobei da ja auch die Mentalität, die sich von Land zu Land unterscheiden kann, zum Teil extrem oder auch weniger, sogar wenn die Länder benachbart sind, wie zum Beispiel die Türkei und Griechenland, wobei die immerhin gemeinsam haben, dass man dort viel Knoblauch isst, den ich ja persönlich nicht sehr mag, eine Rolle spielt, was Abschiebungen in diese Länder schwierig macht, ethisch oder moralisch und aus weiteren Gründen."

Alle: „Hä?"

Boris (sehr beleidigt, warum auch immer): „Ich bin übrigens Amerikaner und kein Mexikaner."

Praktikant mit der Stimme Gottes: „Bewohner des Weißen Hauses! Ein neuer Tag ist angebrochen und dieser Tag wird auch neue Aufgaben mit sich bringen..."

Wesley: „Aber kein richtiger."

Boris: „Mindestens genauso richtig wie du!"

Venus: „Ich meine, vielleicht gibt es ja eine Möglichkeit, dass der Körper nur glaubt, dass er verhungert, damit er total viel Gewicht verliert."

Praktikant mit der Stimme Gottes: „Wenn ihr mal für eine Sekunde still wärt, könnte ich euch ja eure heutige Aufgabe erklären..."

David: „Fettabsaugungen dürften einfacher sein, die gibt es eh gerade im Angebot."

Wesley: „So ein Enchilada hat doch nicht zu entscheiden, wer ein Amerikaner ist und wer nicht!"

Praktikant mit der Stimme Gottes: „SCHNAUZE!"

Alle halten die Klappe, ich koche trotzdem vor Wut, dass dieser Verlierer so mit mir redet. Wenn ich hier wieder raus bin, sollte ich ihn wegen irgendetwas festnehmen lassen.

Praktikant mit der Stimme Gottes: „Geht doch. Heute wird es wieder ein Eins-gegen-Eins-Duell geben, das großen Einfluss auf eure Wertung haben wird. Und zwar zwischen… Dick Bunny und Mr. Igor!"

Für einen Moment steht alles still. Ziemlich gut für mich, dass ich nun endlich die Chance bekomme, mich von Mr. Igor abzusetzen. Wäre ja ein riesiger Skandal, wenn er im Ranking schon wieder vor mir landet. Dieses Duell kommt also genau zum richtigen Zeitpunkt. Und dass ich gewinnen werde, ist natürlich eh klar.

Mr. Igor und ich gehen nun unter den tief beeindruckten Blicken der anderen aus dem Wohnbereich und über eine der breiten Treppen ins Erdgeschoss des Weißen Hauses, bis wir endlich in der Showarena ankommen. Es ist ein kleiner Schock, wie wir erst noch über schneeweiße Treppenstufen und teure tsunamische Läufer, oder wo auch immer die Dinger herkommen, gehen, nur um dann durch eine der Türen in den strahlend weißen Wänden (fast so weiß wie die Bäche, neben die Forest Blight seine Fabriken gestellt hat, höhö) zu treten und plötzlich in der nicht einmal annähernd so hübschen Showarena zu landen. Hier sind die Wände nackt, überall liegen Kabel und es riecht viel zu doll nach dem Tee, den der Inder mit dem Tablett verschüttet hat- seine Schuld, warum steht er auch hinter der Tür? Während ich mich umsehe, überlege ich, eine Sonnenbrille aufzusetzen, weil ich damit diesen krassen Übergang unterstreichen kann und ich damit zweitens noch viel cooler aussehe. Aber dann lasse ich es doch, weil die Spotlights noch nicht an sind und ich durch die Sonnenbrille so wenig sehe, dass ich am Ende noch in die Scherben der Teetassen trete.

Alderman und LeShaw kommen in diesem Moment aus dem Situation Room. Mr. Igor wirkt nachdenklich, ich gebe natürlich den lässigen Staatsmann, der sich von diesem Druck nicht im Geringsten aus der Ruhe bringen lässt. Das fällt mir ja sowieso nicht schwer.

„Da sind ja unsere Lieblingsgefangenen", ruft Alderman. „Hoher Besuch bei uns hier unten!"

Heute wirkt er nicht ganz so fit wie in den letzten Tagen, sein Gesicht hat einen Stich ins Graue und er zuckt immer wieder zusammen und greift sich an den Magen. Ein paar meiner Angestellten sahen auch so aus, meistens kurz vor ihrer Kündigung. Das waren dann die, die nicht einmal zehn Aktenordner auf einmal tragen konnten und immer meinten, sie hätten noch wichtigere Sachen zu tun, als mir einen vernünftigen Kaffee zu holen. Genau diese Angestellten hätte ich sowieso bald rausgeschmissen, aber Alderman kann ich ja leider nicht feuern. Vielleicht sollte ich schnell den Sender kaufen oder noch besser, verstaatlichen. Ach nee, dann ist er ja Beamter und ich kann ihn erst recht nicht entlassen.

Denise LeShaw scheint besser drauf zu sein, so gut, dass sie nicht einmal vor ihrem Präsidenten auf die Knie fällt, wie sie eigentlich sollte. Bevor dieses Land vor die Hunde ging, hätte ich sie dafür wenigstens brandmarken können.

„Heute habt ihr eine sehr schwere Aufgabe vor euch, denn ihr müsst dabei euer Gehirn anstrengen", erklärt sie spöttisch.

„Wir sind alle sehr gut mit dem Gehirn, ich natürlich am besten", stelle ich gleich mal klar.

„Das freut mich."

Sie grinst, bestimmt weil sie froh ist, dass ich sie so gut überzeugt habe.

„Jedenfalls er gut genug ist, um zu schaffen die meiste Politik von die Tag ganz ohne zu benutzen es…"

Ich sehe Mr. Igor an und er fügt eilig hinzu: „Äh, naturlick nur weil er kann denken mit die ganze Körper!"

Tja, was soll ich sagen- Mr. Igor weiß halt einfach Bescheid!

„Dann werdet ihr bestimmt keine Schwierigkeiten mit dem heutigen Test haben", fährt LeShaw fort. „Mr. Igor, du bist Innenminister, das heißt, du solltest die USA eigentlich sehr gut kennen. Aber das wirst du heute beweisen müssen. Und Dick, du als Präsident müsstest sowieso alles besser können als deine Mitarbeiter."

Sie kennt mich fast so gut, als würde sie mich heimlich über Kameras beobachten... oh, ach ja, richtig...

„Eure Aufgabe ist simpel", schaltet sich nun Alderman ein. „Hier sind zwei große Karten der USA ausgebreitet, eine für jeden. Wir erzählen euch gleich etwas über einen Bundesstaat- und ihr müsst ihn auf der Karte finden! Es gibt fünf Runden, möge also der Bessere gewinnen!"

Kleinigkeit. Der Bessere bin ja ich, außerdem sind die USA mein Land, was soll also schief gehen?

Wir setzen uns vor die Karten, die mich an ein Puzzle erinnern, das ich als Kind hatte. Aber das Puzzle war irgendwie doof, die Teile waren so schlecht sortiert, dass bei dem System nicht mal ein Brite durchgeblickt hätte. Auch nummeriert waren die Dinger nicht. Klarer Produktmangel!

„Seid ihr bereit? Dann beginnen wir mit etwas einfachem- wo in den USA leben die meisten Menschen?"

Kalifornien oder nicht? Das ist doch irgendwo- na, irgendwo hier drüben.

LeShaw übernimmt. „Die meisten Einwohner hat... Kalifornien! Dick, du hast deine Hand leider auf Washington- knapp daneben. Und Mr. Igor, das da ist Alaska. Also keine Punkte für euch beide."

„In welchem Bundesstaat liegt der höchste Berg der USA?"

Bestimmt irgendwo im Westen. Obwohl- Moment mal! Ich habe doch neulich diesen einen Wolkenkratzer in Manhattan gekauft, als mir meine Villa einfach zu eng wurde und der ist bestimmt höher als ein Berg! Also muss das in New York sein!

„Und der höchste Berg bei uns ist... der Mount Denali in Alaska! Der ist nicht in New York und, Mr. Igor, ganz bestimmt nicht in Florida!"

Boah, dieser Test ist ja echt gemein! Viel zu schwer! Ich sollte den Menschen feuern oder noch besser ausweisen lassen, der sich diesen Scheiß ausgedacht hat! Mr. Igor brummt schlecht gelaunt irgendwas auf Russisch.

„Gut, jetzt kommt Frage Nummer drei", kündigt LeShaw an.

„Wo in den USA müssen sich die Einwohner zwar daran halten, was ihnen die Regierung vorschreibt, dürfen aber nicht wählen und haben nur einen kleinen Teil der amerikanischen Bürgerrechte?"

Hä? Ist das eine Scherzfrage?! Die können doch nicht einfach ihren Präsidenten verarschen! Ich verschränke trotzig meine Arme und mache gar nichts.

„Scheint so, als hätte Dick keine Ahnung- dabei bist du auch deren Präsident, Dick- und Mr. Igor hat es mit dem Bermudadreieck versucht- nette Idee, aber leider falsch. Die Rede ist nämlich von Puerto Rico."

Puerto was? Das haben die doch erfunden!

Alderman stellt uns jetzt Frage vier.

„In welchem Bundesstaat liegt unsere wunderbare Hauptstadt, Washington D.C.?"

Na, das muss ja wohl Washington sein! Höhö, denken die wirklich, ich bin so blöd?

„Dick setzt auf Washington, Mr. Igor versucht es mit New York- beides naheliegend, aber falsch! Wir sind hier nämlich in einer Sonderzone, die zu keinem Bundesstaat gehört! Oh je, das läuft aber gar nicht gut, was?"

„Na gut, eine letzte Frage noch- welcher Bundesstaat müsste aus reinen Gründen der Logik eigentlich die Vorsilbe „East" tragen?"

Die Frage ist schon wieder total blöd formuliert, kein Wunder, dass ich kein Wort verstehe, versuche einfach irgendwas im Osten, das wird schon stimmen.

„Also, bei Mr. Igor ist es Maine geworden- aber wir meinen natürlich Virginia- nämlich als Gegenstück zu West Virginia! Und das ist ja unglaublich- Dick hat Virginia gefunden! Dick, damit hast du tatsächlich noch gewonnen!"

Das war Virginia? Tja, sogar meine Hände sind halt schlau!

„Natürlich hab ich gewonnen, ich bin ja schließlich der Präsident! Ich habe in all diesen Staaten auch ganz viele Fans, selbst wenn ich sie gar nicht kenne! Jeder andere würde das nicht schaffen, aber ich kann alles- außer natürlich die illegale Einwanderung zu stoppen, *ohne* um jedes Land der Welt eine Mauer zu bauen, damit deren Einwohner *ganz* bestimmt nicht zu uns kommen!"

12:23

Als Mr. Igor und ich in den Wohnbereich zurückkehren, rechne ich natürlich damit, dass alle anderen Bewohner schon sehnlichst auf meine triumphale Rückkehr warten, damit sie mir zu meinem überragenden Sieg gratulieren können. Stattdessen nimmt zunächst kaum niemand von mir Notiz. Wesley Smith dreht sich kurz um, brummt ein kurzes „Gut gemacht, Boss" und wendet sich dann wieder seinem Gespräch mit Norman zu, dem er offenbar ein paar Bomber andrehen will, die „hinten von einem Flugzeugträger runtergefallen sind, die perfekte Ergänzung für deine *fantastische* Sammlung, hervorragend gegen lästige Nachbarn". Wesleys Vater war Gebrauchtwagenhändler und er hat mir mal erzählt, dass er ohne dessen Kniffe nie so gute Deals mit diesen saudischen Wüstensöhnen gemacht hätte. David der Verräter dagegen wirft mir einen ätzenden Blick zu.
„Na, da hast du aber gerade nochmal Glück gehabt, dass du einmal richtig geraten hast, Dicky!"
Ich werde wütend. Wetten, dass David der Verräter nicht einmal annähernd so gut gewesen wäre wie ich?
„Willst du Cyborg aus Plastik etwa behaupten, dass ich mein eigenes Land nicht kenne?"
„Dicky, du würdest dich selbst in einer Badewanne verlaufen. Ich hatte Blinde in meiner Klinik, die in dieser Challenge besser gewesen wären als du."

„Ich kenne die Vereinigten Staaten und alle ihrer fünfhundert Bundesstaaten besser als meine Westentasche!"

„Ich glaube, Hosentasche würde besser passen- immerhin ist dein Hintern schon fast so groß wie Connecticut."

Obwohl ich ihm am liebsten eine scheuern würde, will ich ihm zeigen, dass er mich nicht aus der Ruhe bringen kann. Wetten, das wird ihn ärgern?

„Wenn du auch nur ein bisschen mehr aus Kunststoff bestehen würdest, könnte McDonalds dich als Beigabe im HappyMeal verkaufen!"

Darauf fällt David dem Verräter nichts Besseres ein als: „Und aus dir könnten sie genug Frikadellen machen, um New York City für ein Jahr mit Hamburgern zu versorgen!"

„Ich verfrachte dich in deine eigene Klinik, du Verräter!"

Ich verpasse David einen kraftvollen rechten Haken, der ihn trifft wie der fleischgewordene Zorn Gottes. Trotz der bestimmt unerträglichen Schmerzen hält er sich auf den Beinen und schubst mich gegen den Couchtisch. Nur aufgrund der Überraschung stolpere ich und knalle schmerzhaft gegen das Sofa, das meinen mächtigen Körper nicht aufhalten kann und umfällt. Venus kreischt und fällt- Überraschung!- in Ohnmacht und da Kyle gerade im Bad ist, schlägt ihr Kopf dumpf auf dem Teppich auf. Na ja, viel an Gehirnmasse hat sie ja ohnehin nicht zu verlieren. Bevor ich David zu Fettcreme verarbeiten kann, hat sich Chad mit einem Tackle auf mich gestürzt und hält mich fest. Dass er seine Footballer-Fähigkeiten nicht verlernt hat, hat er ja schon oft auf Pressekonferenzen und bei Staatsdinners bewiesen. Glück für David, dass Chad immer noch so stark ist, dass nicht einmal ich ihn abschütteln kann, sonst würde es gleich sehr, sehr übel für ihn werden. Der Verräter muss jetzt schon von Wesley gestützt werden, auch wenn dieser so tut, als würde er ihn zurückhalten.

„Sind wir hier im Kindergarten? Ihr solltet euch was schämen!"

Viennas Stimme klettert blitzartig die Tonleiter hoch, bis sie klingt wie eine Hundepfeife. Was denkt sie, wer sie ist? Meine Mutter etwa? Die sieht übrigens dank David selbst mit siebenundneunzig immer noch jünger aus als Vienna, auch wenn sich die Luftwaffe beschwert, dass Mums Körper seit ihrer letzten Operation so viel Metall und Plastik enthält, dass sie immer auf deren Radarschirmen auftaucht, höhö.

„Ihr könnt euch doch nicht einfach prügeln, wenn euch keine Argumente mehr einfallen, was sollen da die Zuschauer denken? Los, vertragt euch gefälligst!"

Mich mit dem Verräter vertragen? Wie soll das denn gehen?

„Hier ist total die negative Energie drin, das ist furchtbar", flüstert Venus schwach.

„Wie sollen wir den Weltfrieden erreichen, wenn wir nicht einmal bei uns hier drinnen Frieden schaffen können?"

„Damit das auch alle verstehen: Wer mich verrät, wird sehr, sehr ernste Konsequenzen zu spüren bekommen! So erarbeitet man sich Respekt und nicht etwa mit deinem lächerlichen Gutmenschen-Gelaber vom Weltfrieden! Frieden mit meinen Feinden schließen? Bin ich etwa Hartmut Kartoffel?"

Mehrere Ausdrücke huschen über Viennas Gesicht, dann scheint ihr ein Licht aufzugehen.

„Ich glaube, du meinst Helmut Kohl."

„Also, groß genug wäre dein Arsch", meldet sich David der Verräter zurück.

Ich will einen Stuhl nach ihm werfen, aber Mr. Igor fängt ihn- was bildet der sich eigentlich ein?- locker mit einer Hand auf.

„Sie bleibe locker, Boss. Solle denken Publikum hier ist seriöse Politiksendung oder hier ist Fightclub, hä?"

Mr. Igor ist wirklich klug. Fast so klug wie ich.

„Fightclub ist eine tolle Idee! Dann schalten noch mehr Leute ein! Vienna, Venus, zieht euch doch mal bis auf die Unterwäsche aus und macht Schlammcatchen im Vorgarten!"

Würde jetzt eine Fliege in Viennas Blickfeld fliegen, ich wette, sie würde verdampfen wie ein Meteorit in der Atmosphäre. Die Alte hat echt überhaupt keinen Humor. Doch bevor sie etwas sagen kann, spricht zum Glück Mr. Igor weiter.

„Hey Boss, einfach Geduld, es ist nicht nötig jetzt zu nehmen bittere Rache an David…"

„Danke", kommentiert der Verräter.

„… dafür ist noch Zeit, wenn sie sind Präsident in Amtszeit mal zwei."

Ich denke kurz nach. Ich muss David dem Verräter tatsächlich jetzt nicht unbedingt aufs Maul hauen. Es gibt noch andere Möglichkeiten.

„Solange David nicht mehr so fiese und provo… provozihi… provorozier… angriffslustige Sachen sagt, ist das für mich okay."

13:03

David sitzt nun geknebelt im Kleiderschrank. Problem gelöst.

13:58

Warum ist Vienna nun wieder so zickig? Seit sie sich umziehen gegangen ist, guckt sie mich böse an.

16:12

Der Krieg ums Badezimmer geht weiter. Als David der Verräter mit leicht grünem Gesicht und Abdrücken von Kleiderbügeln am ganzen Körper aus dem Bad getaumelt kommt, geht zwischen Steve und Boris gleich wieder der Streit um die Nachfolge los.

„Du musst doch gar nicht, du willst nur deine Ruhe haben!"

„Verschwinde, du Enchilada! Erst nehmt ihr uns unsere Jobs weg und jetzt wollt ihr auch noch unsere Klos haben!"

„Ich bin hier geboren!"

„Du bist vor allem ein Schmarotzer im System! VIERZEHN Millionen Dollar amerikanisches Geld hast du in den Ofen geschoben!"

„Deswegen hast du trotzdem nicht mehr Recht auf das Bad als ich!"

„Tja, wenn David nicht so lange gebraucht hätte...", wirft Chad Buffalo ein. Er ist ziemlich am Ende der Schlange.

„Ich musste mir den Mund mit Seife ausspülen", mosert David der Verräter.

„Dass dieser Arsch mit Ohren mich knebelt und in einen Schrank sperrt- geschenkt. Aber dass er zum Knebeln auch noch seine dreckige Unterwäsche benutzt, geht zu weit! Mir ist immer noch schlecht!"

Während Steve und Boris nun in einen Ringkampf verwickelt sind, nutzt Chad die Gelegenheit und drängelt sich an den beiden vorbei.

„Du bist ein Wohlfahrtsschmarotzer in Gottes liebstem Land", brüllt Steve, der mittlerweile knallrot im Gesicht ist. Zusammen mit seinem Hut sieht er dadurch aus wie ein Cowboy, dessen Mutter ein bisschen zu gut mit den Indianern ausgekommen ist, höhö.

„Ich glaube kaum, dass Gott dieses Land am liebsten ist, wenn hier Leute wie du frei herumlaufen!"

„Wir sollten euch alle abschieben und dafür sorgen, dass ihr niemals wiederkommt!"

„Wie wäre es mit einer Mauer?", schlägt Wesley vor. „Das hat in Deutschland ja auch funktioniert und ich kenne jemanden, der ganz billige Baustoffe verkauft..."

Diese deutsche Mauer muss wirklich sehr gut sein, immerhin laufen da jedes Jahr noch Millionen Touristen drauf rum. Oder war diese Mauer in Griechenland? Irgendwo in der Alten Welt jedenfalls. Und Mauern baue ich ja persönlich sehr gerne.

„Und die Mauer hat die Deutschen keinen Cent gekostet, das haben alles die Russen übernommen", fügt Norman hinzu.

„Wirr Leute sehr groß zugig! Ich zwar nix Mauer gebaut, ich handwerklich nicht begabt bin. Aber meine Cousin er hat Baufirma, er

baut tolle Mauer, ganz schnell, ganz kleine Preis, keine Bauvor-
schriften, keine Problem."

Ich überlege schon, Mr. Igor zu sagen, er soll meiner Sekretärin
mal die Nummer von seinem Cousin geben, aber dann fällt mir ein,
dass ich gar nicht weiß, wer im Moment meine Sekretärin ist. So
etwas war immer Rosslins Job und der ist ja jetzt auch gefeuert.
Na ja, irgendwen werde ich schon dazu bringen, sich darum zu
kümmern. Mr. Igors Vorschlag klingt jedenfalls super. Ich hatte
schon mal bei diesem schwedischen Restaurant, die auch DIY-
Möbel verkaufen, nach einer Mauer gefragt, aber die haben gesagt, eine DIY-Mauer in der richtigen Länge haben sie, die passt
bloß nicht auf das Dach von meinem Porsche.

Forest Blight hat mittlerweile auch mitgekriegt, worum es geht.

„Ja, raus mit diesem Pack! Amerika nur für Amerikaner! Oder
schiebt sie alle in Altenheime ab, das haben sie verdient!"

„Gibt es eigentlich auch in Altenheimen Schönheitswettbewerbe?",
überlegt Venus. „Wenn ja, muss ich das unbedingt versuchen,
wenn ich erst einmal alt bin."

Sie macht eine kurze Denkpause. „Aber dann besser nicht mehr
im Badeanzug."

„Du bist doch nur ein reaktionäres, rassistisches Nationalistenar-
schloch", brüllt Boris inzwischen Steve an.

„Wenigstens habe ich kein von amerikanischen Bürgern sauer
verdientes Geld verschwendet!"

Nachdem wir alle herzlich gelacht haben, schiebt Steve hinterher:
„Einmal abgesehen von Steuergeldern, natürlich."

Doch auch das lässt Boris nicht gelten.

„Ihr, die ihr Vierteln wie der Bronx höchstens dann nahekommt,
wenn ihr mit dem Auto eine Panne habt, wisst doch gar nicht, was
für ein Leben Leute wie ich führen! Für diese Steuergelder sind wir
regelrecht ausgeblutet, jawohl! Viele Menschen, die ich kenne,
haben kaum genug Geld zum Leben!"

„Weil ihr ein faules, diebisches Pack seid", kontert Steve. Natürlich kann Vienna eine so offensichtlich vernünftige Aussage nicht so stehen lassen.

„Hey Steve, halt mal die Luft an. Wir alle wissen, wie sehr der Pöbel unsere Kassen belastet, aber ohne illegale Mexikaner hätte das Hotel, in dem ich wohne, gar kein Personal und wer würde dann mein Penthouse sauber machen, hm?"

„Du, Vienna, du hast da einen Denkfehler drin, wenn der Steve die Luft anhält, kann er dir doch gar nicht antworten", wendet Venus ein.

Steve schnaubt nur und verzieht sich eilig ins Bad, das Chad in diesem Moment freigibt.

Protokolle aus dem Sprechzimmer, Tag 5

1. Kyle Kaywest

„Ich finde, die Stimmung war in den letzten Tagen so ein bisschen am Kippen, da war viel Wut drin, was ich eigentlich schade finde, weil die Welt Liebe viel nötiger hat als Hass... und ich hoffe auch, dass ich in den nächsten Tagen ein bisschen mehr im Fokus stehe, damit ich beweisen kann, dass ich nicht nur hier bin, weil meinem Dad der Sender gehört- schöne Grüße übrigens, Daddy. Ach ja, und auch schöne Grüße an Apple, Nike, McDonalds, Ford und Bulgari, weil sie mich sponsern und ich ja früher oder später ein bisschen Product Placement machen muss."

2. Norman R. Arrow

„Ich wette, in unserem Land regiert schon die Anarchie, solange ich hier eingesperrt bin! Wir brauchen mehr Waffen für die Sicherheit, Ausgangssperren, vielleicht sollten wir darüber nachdenken, Atomwaffen für den privaten Gebrauch freizugeben und die Todesstrafe einzuführen für alle Linksfaschisten, die uns Amerikanern die Waffen wegnehmen wollen! Unser Land ist bedroht! Kaufen Sie sich am besten einen Panzer, denn was machen Sie, wenn Sie Ihre Kinder zur Schule bringen und man Sie mit Handgranaten bewirft, hm? Ein herkömmlicher SUV hält das nicht aus! Außerdem müssen wir in eine Technologie investieren, die es uns ermöglicht, Waffen mittels Sonde in den Mutterleib zu schleusen, damit unsere Kinder keinen Augenblick ungeschützt sind! *Und* wir brauchen Selbstschussanlagen in Geschäften und auf öffentlichen Plätzen!" *(wischt sich den Schaum vom Mund)*

3. Boris Santiago

„Also, wenn ich hier schon kostenlos mit der ganzen Welt reden kann, möchte ich erst einmal Diego sagen, dass Mama ihn schön grüßen lässt und fragt, ob er Sonntag zum Essen kommt. Und Maria, ich soll dir von Bartoloméo sagen, dass sein Telefon kaputt ist und er deshalb deine Anrufe nicht beantwortet und Camilla, falls du gerade zuguckst, Oma hat mir gesagt, sie ist sehr böse auf dich und sie redet erst wieder mit dir, wenn du dich nicht mehr mit diesem Weißen triffst. Sie sagt, die Weißen behandeln uns wie Dreck und kriegen schon unser Geld, dann müssen wir ihnen nicht auch noch unsere Töchter geben. Und dass du dir den Präsidenten ansehen sollst, wenn du das nicht glaubst. Und Señora Sanchez, ich soll im Namen der gesamten Familie Santiago herzlichen Glückwunsch zur Hochzeit Ihrer Tochter ausrichten. Und ich möchte natürlich alle Leute ermutigen, für mich anzurufen. Ich würde nämlich gern noch länger hier drinnen bleiben, weil mich hier Unterkunft und Essen nichts kosten. Ach ja, und Mama, ich finde es ziemlich gemein von dir, dass ich hier die ganze Zeit für dich den Boten machen darf, nur weil das Sprechzimmer gratis ist!"

21:45

Und wieder einmal ist es Zeit für die Punktevergabe. Alderman und LeShaw freuen sich schon diebisch.

„So langsam brechen Gräben auf zwischen den Favoriten und den Mitläufern, nicht wahr, Ulysses?"

„Du hast völlig Recht, Denise- obwohl ich nicht glaube, dass bisher mehr Kandidaten rausgeflogen sind, als in unserer Regierung im gleichen Zeitraum gefeuert worden wären!"

Denise grinst, dann richtet sie ihre kalten Augen auf mich. Es gefällt mir nicht, dass eine Frau mich so ansieht, als hätte sie Macht über mich. Zum letzten Mal wurde ich in der dritten Klasse so angesehen- meine blöde Lehrerin war wirklich ein Biest. Ach ja, und dann noch ein paar Jahre später, als ich Ärger mit einer anderen Frau hatte, aber dann hat sie doch noch ihr Schweigegeld genommen.

„Arizona geht an... Boris Santiago!"

Alderman eröffnet die Punktevergabe.

„Und Colorado an... Dick Bunny!"

„In Tennessee gewinnt... Dick Bunny!"

„Maine geht an... Igor Cherkisshov!"

Und dann kommt endlich die Tabelle.

Tag 5:
1. Dick Bunny.
2. Boris Santiago.
3. Vienna Radisson.
4. Igor Cherkisshov.
5. David Siliconi.
6. Kyle Kaywest.
7. Venus Mirris.
8. Chad Buffalo.
9. Wesley Smith.
10. Edwin Sturbant.
11. Forest Blight.
12. Norman R. Arrow.
13. Steve Jespers.

Tja, Steve ist raus- dann kann man endlich mal wieder aufs Klo, ohne stundenlang warten zu müssen. Fantastisch! Außerdem setze ich mich langsam an der Spitze fest- also so, wie es sein sollte. Mr. Igor hat etwas nachgelassen, aber ihn retten sehr viele Stimmen aus Kamtschatka, Irkutsk, Tschetschenien und Tuwa. Wusste gar nicht, dass das alles zu den USA gehört. Selbst ich bin manchmal überrascht, wie groß unser fantastisches Land tatsächlich ist. Ist bestimmt das größte Land der Welt.

„Hey Steve, du bist gefeuert!"

Ich weiß gar nicht, warum alle so genervt die Augen verdrehen. Ich bin doch total lustig.

Tag 6: Freitag, 30. 11., 12:34

Der Praktikant mit der Stimme Gottes meldet sich wieder und unterbricht meine hochphilosophischen Gedanken darüber, ob mein weizenblondes Toupet wirklich mit meiner natürlich absolut echten Bräune zusammenpasst oder ob ich damit aussehe wie ein Maiskolben beim Barbecue. Ich persönlich mag ja T-Bone-Steak sowieso lieber, aber wenn man so etwas auf dem Kopf trägt, laufen einem nur massig Straßenköter hinterher. Dann schon lieber der Maiskolbenlook. Oder ist es mal wieder Zeit für eine neue Haut- oder Haarfarbe oder sogar für beides?

Höhö, das war natürlich nur ein Scherz. Als würde ich jemals irgendetwas tragen, was mir nicht hervorragend steht. In Wirklichkeit hab ich mir selbstverständlich gerade die neusten Bikinibilder von irgendwelchen heißen Bitches auf Instagram angesehen.

„Bewohner des Weißen Hauses", quasselt der Praktikant mit der Stimme Gottes inzwischen, „auch dieser Tag wird wieder eine Challenge enthalten!"

So langsam nervt der fast so sehr wie Vienna und Venus, vor allem, da man ihn in wirklich allen Zimmern hört. Das schaffen Venus und Vienna allerdings auch ohne Lautsprecher, höhö.

„Heute werden sich vier Bewohner der Herausforderung stellen müssen- haben sie Erfolg, gibt es nicht nur Fünf-Sterne-Küche, sondern auch etwas Vernünftiges zu trinken!"

Mr. Igor spitzt die Ohren. Chad sieht aus wie ein Hund, dem man einen riesigen Knochen hinhält. Venus rümpft ihre aktuelle Nase, Edwin Sturbant murmelt etwas, aber es lohnt sich nicht hinzuhören, denn man versteht bestimmt eh nicht, was er sagt.

„Norman, Venus, Edwin und Mr. Igor", verkündet der Praktikant endlich.

„Geht nach unten in die Showarena!"

Der Praktikant verstummt, die ausgewählten Bewohner verschwinden und tauchen nach ein paar Minuten im erwachenden Fernseher wieder auf. Norman wirkt missmutig, Mr. Igor hoffnungsvoll, Edwin sieht aus, als würde er gleich etwas sagen, was er aber zum Glück doch nicht tut und Venus dreht sich wie ein Karussell um die eigene Achse, lächelt, winkt und sucht die Kameras. Bestimmt hat Vienna ihr gezeigt, wo sie sind, aber Venus` drei Gehirnzellen sind meistens schon damit ausgelastet, sie ans regelmäßige Atmen zu erinnern.

Nun kommen Ulysses Alderman und Denise LeShaw aus dem Situation Room, Alderman kichert in sich hinein, wahrscheinlich hat er gerade einen besonders guten Furz verheimlicht, zumindest sehe ich dabei immer so aus wie er jetzt. Natürlich kann man das nicht nachprüfen, weil man im Fernsehen ja nichts riecht. Jedenfalls kommen die einzigen Fürze, die ich gerade rieche, von mir selbst, höhö. Denise hat eine nervige überlegene Miene aufgesetzt.

„Sooo, meine lieben Gefangenen, heute habt ihr eine besonders schwierige Aufgabe vor euch, denn euer logisches Denken wird massiv auf die Probe gestellt", kündet Alderman hochtrabend an.

„Und dabei werdet ihr eine spezielle Aufmachung benötigen, deshalb solltet ihr euch erst einmal in den Nebenraum begeben, da sitzen die Kollegen von der Maske, die helfen euch", erklärt LeShaw. Auch sie kichert jetzt, wahrscheinlich hat sie auch gefurzt.

Einige spannungsvolle Minuten lang passiert nichts. Ich vertreibe mir die Wartezeit, indem ich Rotzkugeln auf David den Verräter abschieße und dann unschuldig gucke, sobald er sich umdreht. Er blitzt mich böse an, kann mir aber nichts nachweisen, höhö.

Dann hört man aus dem Nebenraum, in dem es scheinbar leider keine Kameras gibt, Gemurmel.

„Wenn man mich wirklich zwingt, so etwas anzuziehen, steht das Ende unserer Zivilisation noch näher bevor, als ich gedacht habe!" Norman.

„Das ist ja noch uncooler als das Rübenkostüm, das ich damals zur Wahl der Miss Zuckerrübe in Illinois anziehen musste!" Venus.

„Seid ihr Amerikaner eigentlich alle geworden bekloppt? Ich sehen aus wie damals auf Karneval in Köln!" Mr. Igor.

„Ich habe das Gefühl, und zwar kein unbestimmtes oder vages, sondern ein sehr deutliches Gefühl, dass wir, die hier drinnen eingesperrt sind und früher einmal die Regierung gebildet haben, hier nur benutzt werden, für das Millionenpublikum in den USA und auch anderswo, damit wir uns komplett zum Narren, beziehungsweise zur Närrin, machen, wenn wir in diesen Dingern da raus gehen und dass, wo wir in unserer Funktion als Regierungsbeamte doch eigentlich ernsthafte Politik machen sollten!" Edwin.

„Stellt euch nicht so an, abgesehen von uns beiden, dem Kamerateam und dreihundert Millionen Fernsehzuschauern wird euch keiner darin sehen!", ruft Alderman spöttisch.

Zögern. Gegrummel, auch von David, der schon wieder eine Rotzkugel abbekommen hat. Dann öffnet sich die Tür zum Nebenraum und sie kommen ins Bild marschiert. Alle bei uns im East Room brechen in brüllendes Gelächter aus.

Die Prozession wird von Norman angeführt, der mit Schlapphut, Latzhose und Karohemd aussieht wie ein waschechter Bauer aus der tiefsten Provinz- also noch hinter Kansas.

Ihm folgt Mr. Igor, gekleidet in ein Wolfskostüm aus Plüsch. Unter dem zähnestarrenden Maul guckt sein missmutiges Gesicht heraus, auf der Brust des Kostüms steht „Wolfi."

Dann kommt Edwin, er trägt ein grauweißes Ziegenkostüm, stilecht mit Euter auf der Höhe seiner Eier. Die Hörner an beiden Seiten seines Kopfes hängen schlaff herunter und er sieht aus, als würde er am liebsten Alderman und LeShaw damit aufspießen.

Den Schluss bildet Venus. Bei ihr sind wenigstens die Beine verschont geblieben, dafür trägt sie einen großen, fast runden Plüschkohlkopf wie ein Kleid. Eine Krone aus Kohlblättern rundet ihre Erscheinung ab.

Während sie fast mit Blicken erdolcht wird, erklärt Denise die Aufgabe. Zu heroischer Musik- fast so gut wie ich, wenn ich unter der Dusche singe- gehen Spotlights an und es wird ein auf den Boden gemalter Fluss sichtbar. Darauf steht ein pedalbetriebenes Kart mit Platz für zwei Personen.

„Heute wollen wir euren Sinn für Logik testen mit einem absoluten Klassiker unter den Rätseln: Der Bauer, der nacheinander einen Wolf, eine Ziege und einen Kohlkopf über einen Fluss bringen muss! Dabei ist es wichtig, dass niemals die Ziege mit dem Kohlkopf oder der Wolf mit der Ziege unbeaufsichtigt bleibt, weil sonst natürlich jemand gefressen wird!"

Edwin rückt ein wenig von Mr. Igor ab, der ihn abschätzend mustert und dann den Kopf schüttelt.

„Das ist eine Aufgabe für Norman, aber ihr könnt ihm helfen, zum Beispiel indem ihr ihn darauf hinweist, dass ihr gleich verspeist werdet. Ihr habt fünf Minuten Zeit, alle drei über den Fluss zu bringen. Und natürlich muss jedes Mal der Bauer mitfahren. Also dann- mögen die Spiele beginnen!"

Die vier laufen zum Fluss und diskutieren eifrig.

„Also ich finde ja, dass wir als erstes den Kohlkopf rüberbringen sollen, weil der am Schwächsten ist." Aus Venus´ Stimme ist Angst herauszuhören.

„Aber dann ist der Wolf mit der Ziege allein", widerspricht Edwin. Das war der sinnvollste Satz, den ich jemals von ihm gehört habe- und vor allem der kürzeste, höhö.

„Dann fahre ich halt erst einmal mit Wolfi herüber", beschließt Norman.

„Wolfi" knurrt. „Du mich noch einmal nennen Wolfi und du dir angucken Rote Beete von unten!"

„Radieschen, Mr. Igor, Radieschen", wirft Venus ein.

„Dann du dir halt Radieschen Rote Beete von unten!"

„Den Mond anheulen kannst du später", grummelt Norman. Genau diese Art von guten Parolen hat ihn zu einem so erfolgreichen Politiker gemacht- und nicht etwa die Waffenlobby, das sind Fake-News.

Wolfi steigt grummelnd hinter Norman in das Kart, da meldet sich plötzlich Edwin die Ziege.

„Hey, aber jetzt ist die Ziege mit dem Kohlkopf alleine, was heißt, dass sie, also ich, den Kohlkopf, der mit ihr alleine ist, fressen könnte, wie es Ziegen nun mal so tun."

„Ziegen sowieso ALLES fressen tun", grummelt Mr. Wolfi. „Meine Tante eine gehabt hat, die sogar die Haferkekse gefressen hat, die gebacken hat meine Cousine. Und wenn ihr nicht wissen, warum das ist besonders, dann ihr nie habt gesehen meine Cousine backen. Mit ihre Kartoffelbrot wir haben voll mit Pflaster gemacht der Innenhof von meine Onkel."

„Ich bin es ja gewohnt, dass mich Männer vernaschen wollen, aber nicht so!", ruft Venus schrill.

„Dann nehme ich eben die Ziege mit. Steig aus, Wolfi."

Mr. Igor knurrt warnend. Norman ist unbeeindruckt.

„Wenn ich jetzt meine Waffen hätte, würde ich einen so gefährlichen Wolf zum Abschuss freigeben!"

Edwin und Wolfi tauschen die Plätze. Langsam setzt sich das Kart in Bewegung.

„Eine Minute ist rum", warnt Alderman.

„Mach dich nicht so breit! Was ist das da an mein Rücken?"

„Hey, das ist mein Euter! Da kann ich nichts für!"

„Na toll, so weit ist es mit mir gekommen, dass ich mir vom Pressesprecher des Präsidenten sein Euter in den Arsch drücken lassen muss!"

„Wenn du, womit ich dich sowohl in deiner Position als Minister für Innere Sicherheit als auch als Privatperson, so privat, wie man als Politiker überhaupt sein kann, meine, nicht sofort oder wenigstens innerhalb der nächsten zwei, maximal drei Sekunden, deine Klappe hältst, bekommst du gleich noch etwas ganz anderes und vermutlich Schmerzhafteres als mein Euter zu spüren, nur damit du gewarnt bist!"

Norman setzt Edwin die Ziege am anderen Ufer ab und fährt zurück. Dann stutzt er.

„Und nun? Wen auch immer ich mitnehme, er wäre ja dann mit der Ziege allein!"

„*Ich* bleibe ganz bestimmt nicht mit Edwin allein", sagt Venus verschnupft.

„Dann ich gehen mit dir, irgendwen du mitnehmen mussen", knurrt Wolfi.

Er steigt ins Kart und sie setzen wieder über den Fluss.

„Hilfe, ein Wolf", meckert Edwin die Ziege.

„Und nun?"

Alle stehen ein wenig ratlos da.

„Passen wir zu dritt ins Kart?", schlägt Norman vor.

„Nein, das ist gegen die Regeln", zickt Denise LeShaw, während Alderman brüllt: „Noch zwei Minuten!"

„Angenommen, wir überzeugen Wolfi davon, dass er eine Ziege ist…"

„Und was, wenn der Wolf, der vom Bauern, um den es hier geht, satt ist und daher kein Interesse an der Ziege oder sonst irgendwelcher Beute, von der Wölfe ja sonst so viel jagen, zeigt, jedenfalls nicht für die Dauer der Überquerung?"

„Da kannst du ja gleich sagen, der Wolf ist Vegetarier und will nur den Kohlkopf", kichert LeShaw.

„Nee, nee, ich nix Vegetarier!"

„Ich lass mich auch nicht von Wolfi vernaschen!"

Denkpause. Große Ratlosigkeit. Ich finde es schon bescheuert, dass der Bauer seine Tiere einfach frei laufen lässt. Zwei Transportboxen und das Problem wäre gelöst. Aber mich fragen sie natürlich nicht. Außerdem fällt mir ein, dass man eine Menge Überzeugungskraft brauchen würde, um Mr. Igor und Edwin in eine Transportbox zu locken. Bei Mr. Igor könnte es klappen, wenn man eine Wodkaflasche hineinlegt.

„Und wenn ich jetzt die Ziege wieder mitnehme? Dann könnte ich danach den Kohlkopf rüberbringen und dann wieder die Ziege!", fällt Norman ein.

„Noch eine Minute!"

„Geniale Idee! Los, beeil dich", ruft Venus.

„Edwin, schwing dein Euter hier rüber!"

Die Ziege steigt ins Kart.

„Irgendwie ist dein Euter noch größer geworden."

„Ich zeig dir gleich, wie groß mein Euter ist!"

Anderes Ufer, Edwin die Ziege steigt aus und Venus der Salat ein. Norman bemüht sich, das Kart möglichst schnell auf die andere Seite zu bringen. Venus springt raus, er wendet.

„Noch dreißig Sekunden!"

„Beeil dich, Norman", quiekt Venus.

„Hüpf rein, Ziege!"

Edwin springt ins Kart.

„Ich habe dir schon tausendmal gesagt, du sollst mit meinem Euter aufpassen, das tut weh, wenn du darauf sitzt!"

„Wie zum Teufel kann dir ein Euter aus Gummi wehtun?"

„Nun, es kann, unter bestimmten Bedingungen, wie etwa jetzt gerade, dazu kommen, dass man, als Mensch, wobei das bestimmt auch bei Tieren funktioniert, eventuell sogar bei Pflanzen, wobei die Pilze einen Sonderfall darstellen könnten, eine emotionale, oder vielmehr geistige Verbundenheit zu einem anderen Wesen, mit dem man eine bestimmte Beziehung hat, spüren kann, sodass es möglich ist, sich in dessen Rolle hinein zu versetzen, auf empathischem Wege, und dabei möglicherweise herauszufinden, wie es ist oder sein kann, ein Euter zu haben…"

„Dein Psychiater möchte ich wirklich nicht sein."

Die beiden erreichen das andere Ufer und springen aus dem Kart. Nur eine Millisekunde später ertönt die Schlusssirene.

„Ihr habt es geschafft!" Denise LeShaw sieht enttäuscht aus, Alderman übernimmt.

„Endlich mal eine gute Leistung von euch! Ihr habt euch eine Belohnung verdient- neben einem prall gefüllten Buffet gibt es dieses Mal auch eine reich bestückte Bar! Aber als größte Belohnung dürft ihr jetzt diese Kostüme auszuziehen!"

„Na endlich, ich hatte schon befürchtet, ich müsste bis ans hoffentlich noch weit entfernte Ende meiner Tage mit diesem Euter herumlaufen, auch wenn einem die Zeit hier drinnen bestimmt noch länger vorkommt", schnauft Edwin. Er weist auf die Tür zum Nachbarraum.

„Nach dir, Wolfi."

„Du mich nicht nennen Wolfi!"

15:04

Plock. Plock.

Norman sitzt im East Room und schießt mit einem selbst gebastelten Katapult auf eine mit Buntstift gemalte Zielscheibe an der Wand. Das nervt, weil mich der Lärm bei meiner nachmittäglichen Social-Media-Session stört. Plock. Plock.

Mit Zahnstochern, Gummibändern und einem Eislöffel hat er tatsächlich ein ziemlich gutes Katapult hergestellt. Norman ist sehr gut darin, Waffen aus dem Nichts zu erschaffen. Einmal hat er einen nervigen Journalisten mit zwei Linealen und einem Radiergummi ins Krankenhaus gebracht.

Plock. Plock.

Die Kiesel hat er auf der Fensterbank aufgesammelt. Er ist immer noch sehr traurig, dass er seine Knarren nicht mitnehmen durfte.

Plock. Plock.

Langsam reicht es auch mal.

Plock. Plock.

SCHNAUZE!

Plock. Plonk.

Der letzte Kiesel hat Venus an der Stirn getroffen, die im falschen Moment aus dem Nachbarzimmer gekommen ist. Höhö.

„Bist du eigentlich völlig geisteskrank?", keift sie, während sie sich wieder aufrichtet.

„Dich sollten sie doch einbuchten!"

Ich weiß gar nicht, was ihr Problem ist. Ihr Make-up konnte ein bisschen Rot gebrauchen, wenn auch nicht gerade auf der Stirn. Na ja, man kann nicht alles haben.

„Was läufst du mir auch ins Visier?", kontert Norman. „Nur ein Idiot stellt sich zwischen einen Mann und sein Ziel!"

„Kannst du deine Weltkriegsfantasien vielleicht mal eine Sekunde abstellen?", mosert Vienna, die unbemerkt- bei ihr sehr ungewöhn-lich- dazugekommen ist.

„Das hier ist kein Betonbunker in Russland", springt ihr David der Verräter bei.

„Was du schon wieder wolle mit Russland?"

„Niemand will dein Land beleidigen, Mr. Igor, kein Grund zur Pa-nik."

„Nicht einmal wir in Russland so oft reden über Russland wie ihr Amerikaner. Immer alles zu tun haben soll mit Russland", mault Mr. Igor.

„Ihr seid doch alle ein Haufen weichgespülter, idiotischer Gutmen-schen", faucht Norman. Schaum sammelt sich vor seinem Mund, ich würde fast denken, er putzt sich die Zähne, aber er hat ja gar keine Zahnbürste.

„Wie soll sich ein Mann zu wehren wissen, wenn er keine Waffe hat? Ein Mann ohne Waffe ist wie ein Mann ohne Schwanz!"

„Und was ist mit den Frauen?", will Vienna wissen, während Venus mault:

„Das ist aber noch lange kein Grund, auf mich zu schießen!"

Norman R. Arrow denkt nach.

„Na ja- die Waffenindustrie will ja auch ihr Geld und schließlich kann es sogar in der Küche mal gefährlich werden..."

„In der Küche? *In der Küche?!!* Dieser schwanzgesteuerte Chauvinismus ist doch mal wieder typisch", ruft Vienna wütend. „Wo bist du aufgewachsen? In einer fundamentalistischen Sekte?"

„Nein, in einer braven, gottesfürchtigen Farmerfamilie in Arkansas, wo die Leute noch die richtigen Ansichten haben!"

Vienna verzieht angewidert das Gesicht.

„Das ist ja noch viel schlimmer. Lass mich raten, die Ehe ist ein Naturgesetz und die Evolution Unsinn?"

„Dafür, dass du eine Frau bist, hast du es ziemlich schnell kapiert."

Venus hat eine Weile lang die Klappe gehalten, was bei ihr Absicht sein kann, aber vielleicht dauert es auch einfach so lange, bis sich ein neuer Gedanke in ihrem Kopf einnistet. Nun sagt sie unvermittelt: „Darsinn."

Alle gucken sie an. „Was?!"

„Darsinn", wiederholt sie unbeeindruckt. „Die Evolution ist kein Unsinn, sondern Darsinn. Ihr wisst schon, Darsinn bedeutet, dass wir alle einmal Affen waren. Aber das kann ich mir gar nicht vorstellen, ich war jedenfalls kein Affe, ich meine, das würde ich doch merken, dann hätte ich ja mal voll viele Haare gehabt und alles. Da müsste es ja Fotos geben oder so."

„Venus, Schätzchen, du meinst Darwin", sagt Kyle schließlich.

David: „Schlag bitte deinen Kopf gegen die Wand."

„Aber ich habe gerade neue Extensions drauf", beklagt sich Venus.

Protokolle aus dem Sprechzimmer, Tag 6

1. David Siliconi.

„Das sind doch alles Flaschen hier drinnen! Ich könnte jetzt was Nützliches tun, zum Beispiel es zum Kriterium für eine Green Card machen, dass man sich in den Staaten mindestens zwei Schönheits-OPs unterzieht, stattdessen muss ich mir dieses geistlose Gelaber von Venus anhören, das senile Gestammel von Forest und es gleichzeitig aushalten, mit Dicky in einem Haus zu wohnen. Mit ihm zu arbeiten war schon schlimm genug! Aber wenn ich das hier gewinne, kann ich in diesem Land mal so richtig aufräumen! Übrigens, haben Sie sich schon einmal Gedanken darüber gemacht, wie sie mit einem neuen Gesicht aussehen würden? Lachen die Leute hinter ihrem Rücken über Sie? Und der Kummerspeck auf Ihrer Hüfte, was hat der Ihnen zu sagen? Aber machen Sie sich keine Sorgen- Ihnen kann geholfen werden! Checken Sie www.Klinik-Siliconi-OMG.com!"

2. Igor Cherkisshov.

„Es sein fantastische Sache, zu sein hier. Ich sehr froh, dass ich gekommen in die Staaten aus wunderbar Russland, denn deshalb ich machen können diese klasse Job. In Russland, ich nur..."
(Liebe Zuschauer, leider müssen wir Ihnen von einem Hackerangriff auf unseren Sender berichten. Es gab keine nennenswerten Schäden, jedoch ist fast die ganze Aufzeichnung von Mr. Igors Beitrag im Sprechzimmer verloren gegangen. Was er über seine Heimat gesagt hat, wird wohl daher für immer ein Rätsel bleiben.)
(Und das ist auch besser so! LG, Geostorm.)

21:30

Wie jeden Tag werden auch heute wieder die Stimmen ausgezählt.

Alderman: „South Carolina geht an Dick Bunny!"
LeShaw: „Arkansas ist fest in der Hand von Norman R. Arrow!"
„Igor Cherkisshov holt sich Vermont!"
„Colorado geht an Vienna Radisson!"
Und dann, nach ein paar spannungsvollen Sekunden, kommt endlich die finale Tabelle.

Tag 6:
1. Igor Cherkisshov.
2. Dick Bunny.
3. Vienna Radisson.
4. Norman R. Arrow.
5. David Siliconi.
6. Venus Mirris.
7. Boris Santiago.
8. Edwin Sturbant.
9. Kyle Kaywest.
10. Forest Blight.
11. Chad Buffalo.
12. Wesley Smith.

„Hey, Wesley!"
„Dick…"
„Du…"
„Sag es nicht!"
„Du bist…"
„Ich flehe dich an, sag es einfach nicht!"
„Du bist ge…"
„Dick, dieser Witz ist so was von nicht mehr lustig!"
„Du-hu bist ge-hefeuert!"
Höhö, ich war schneller als er.

22:14

Da wir uns heute Alkohol erspielt haben, feiern wir unseren Sieg natürlich auch. Der Abend lässt sich gut an: Ich habe Forest kalten Tee ins Glas getan und ihm erzählt, es wäre Whiskey. Daraufhin hat er eine halbe Stunde lang wilde Geschichten von seinem Rollstuhl mit Raketenantrieb erzählt („hundertachtzig, hundertneunzig Kilometer pro Stunde in der Ebene, überhaupt kein Problem, damit habe ich immer Rennen gegen Rockerbanden gewonnen!"), jetzt sitzt er zusammengesunken auf der Couch und pennt.

Ich nehme große Schlucke von meinem Whiskey und genieße es, wie auf das Brennen in der Kehle die Wärme folgt, die sich in meinem Bauch ausbreitet.

Boris betrachtet den Tequila angewidert.

„Salz und Zitrone? Ihr Barbaren! Das trinken so nur Touristen, jawoll!"

Dann schüttet er das Zeug pur in sich hinein und verzieht sein Enchiladagesicht.

David der Verräter schmollt im Red Room, weil er auf ärztliche Anweisung keinen Alkohol trinken darf. Selbst schuld, warum hört der Loser auf seinen Arzt? Oder warum behandelt er sich nicht einfach selbst? An seiner Stelle würde ich mir dann dauernd Whiskey, Hamburger mit Pommes, heiße Frauen und jede Menge Golf verschreiben. Und das müsste dann ja auch gut für meine Gesundheit sein, weil das mein Arzt sagt! Klasse Idee eigentlich! Muss sofort mal gucken, ob man Doktortitel im Internet kaufen kann.

Venus redet wirres Zeug, aber das tut sie ja meistens.

„Und dann hat er, hat er, hat er gesagt, er mag Katzen, aber eigentlich mag er Hunde und das war so gemein, weil mit Katzen kann man ja nicht spazieren gehen und er hat dann immer der Katze das Halsband umgelegt- sogar noch öfter als mir, hihi. Aber die Katze, also die Katze, wie hieß die noch gleich, Mieze oder so, irgendwas mit M, die wollte immer nicht. Ich glaube auch, Katzen haben überhaupt keinen Sinn für den Weltfrieden. Weltfrieden, das war es. Nein, Weltfrieden hieß die Katze nicht, das fängt ja nicht mit M an…"

Mr. Igor kippt stumm einen Wodka nach dem anderen. Bisher sitzt er noch aufrecht.

23:21

Habe ein paar ganz tolle Instagram-Posts gemacht. Meine Meinung zu allem ist die beste.

Venus wälzt sich im Halbschlaf auf dem Sofa herum und murmelt „Weltfrieden, Weltfrieden."

Kyle scheint zu glauben, dass er mit ihr kuschelt, es ist aber in Wirklichkeit nur Forest, höhö.

Mr. Igor sitzt immer noch aufrecht. Norman bespritzt die anderen mit Brandy und schreit dabei: „Schießbefehl!"

00: 47

Wer ist dieser hässliche Vogel mit dem Bündel Bananen auf dem Kopf, der hinter der Glasscheibe über dem Waschbecken sitzt? Na warte, dem werde ich es zeigen! Ich kann viel besser Grimassen schneiden als der!

02:03

Warum ist der Raum denn plötzlich verkehrt herum? Ist mein Bett an der Decke? Wenn ja, warum falle ich dann nicht runter? Hey, das muss ja heißen, dass ich fliege! Ich kann fliegen, ich kann fliegen!

Tag 7, Samstag, 01. 12., 11: 33

Der Morgen ist gekommen und ich stehe mit einem ausgewachsenen Königstiger von einem Kater im Badezimmer, während ich nach meinem Haarspray taste. Dabei verlasse ich mich nur auf meine Hände, da ich mich immer noch nicht traue, die Augen aufzumachen. Mein Kopf fühlt sich an, als würde eine Einheit von sehr kleinen Soldaten darin Zielübungen machen. Muss vorsichtig sein, weil Norman hier auch sein Tränengas aufbewahrt. Aber ich bin natürlich nicht so blöd, das zu verwechseln, außerdem ist das Zeug ja gar nicht so schlimm. Nur die größten Pussys heulen von einem bisschen TränengaAARGH! Meine Augen brennen wie der Mount St. Helens! Die Welt geht unter, ich sterbe! Hilfe! Ruft einen Krankenwagen! Einen Notarzt! Oder das FBI! Irgendwen!

Als ich dann etwas später mit nur leicht verquollenen Augen, die ich seit der Nummer mit dem Tränengas gar nicht mehr schließen *kann,* in meinem monogrammbesticktem Bademantel aus dem Bad stolpere- wirklich ein tolles Teil, ich habe sogar eine Fankollektion dafür herausgebracht, bescheidene zweihundert Dollar pro Bademantel oder dreihundert, wenn ich den Bademantel vor dem Verkauf mindestens einmal getragen habe-, werde ich von einem Empfangskomitee begrüßt. Vienna, David der Verräter und Kyle stehen mit verschränkten Armen vor der Tür. Ich stöhne. Es ist schon schlimm genug, wenn man verkatert aufwacht und dann auch noch feststellt, dass saure Gurken entgegen des Klischees überhaupt nichts bringen. Ich habe mir eine Paste daraus gemacht, auf meinem Gesicht verrieben und Ewigkeiten darauf gewartet, dass es meinem Kopf besser geht (in der Wartezeit konnte ich immerhin Lockenwickler in mein Toupet flechten). Aber ich habe damit nur ausgesehen wie ein Marine auf der Jagd nach den Vietcong und außerdem begonnen, nach Essig zu riechen, also habe ich sie wieder abgebröckelt. Mit anderen Worten, ich bin nicht in der Stimmung für eine Diskussion.

„Dick", beginnt Kyle unheilvoll, „es gibt da einen Punkt, den wir klären müssen."

„Kleiner, ich weiß, dass ich als Legende in Sachen Frauen gelte, aber ein Blinder mit Krückstock kann sehen, dass du bei Venus keine Chance hast, da kann nicht mal ich was machen."

Kyle zuckt zurück und läuft orange an (bei der Menge Selbstbräuner kann er nicht richtig rot werden).

„Ich... ich weiß überhaupt nicht, was du damit meinst! Dass du, der mit all den gegen ihn erwirkten einstweiligen Verfügungen sein Wohnzimmer tapezieren könnte, allen Ernstes denkst, mir Männerratschläge geben zu müssen! Nein, was ich wissen will, ist: Warum hast du bei Instagram Fotos gepostet, auf denen ich mich an Forest kuschle... äh, neben Forest liege und sabbere?! Und dann auch noch auch noch mit der Unterschrift „Die Ministerien für Arbeit und Energie werden zusammengelegt, Ort und Termin für die Hochzeit werden noch bekanntgegeben"?! Was soll der Mist?"

„Ihr habt aber wirklich süß zusammen ausgesehen", kichert Vienna.

„Ich habe gar nicht gemerkt, dass er da war, okay?!"

„Man merkt, dass unser Boss stets bemüht ist, uns als seriöse, kompetente, hart arbeitende Politiker darzustellen", kommentiert David der Verräter. Das ist das Vernünftigste, was er seit langem gesagt hat, weil er oft ja zu vergessen scheint, dass er seinen Präsidenten gefälligst respektieren muss. Vielleicht ist er ja doch noch nicht verloren.

„Also, Dick? Was hast du dazu zu sagen?", hakt Kyle wütend nach.

„Vermutlich „unser Land muss dringend moldaxt werden" oder etwas in die Richtung", sagt Vienna.

Ich bin verwirrt. Was labert sie da?

„Was zum Teufel heißt moldaxt?"

„Das solltest du besser wissen als ich- du hast gestern Nacht gepostet, unser Land müsse „moldaxt" werden."

„Ich habe von diesem Wort noch nie gehört!"

„Da bist du nicht der einzige." Vienna muss grinsen.

„Aber als wir dich gefragt haben, was das heißt, hast du gesagt, es wäre ein Synonym für „covfefe"- noch so ein Wort, was kein Schwein kennt."

Werde ich hier gerade verarscht? Wo ist die versteckte Kamera? Ach ja, überall, höhö.

„Und was zur Hölle soll das wieder heißen?"

„Tja, das fragt sich Amerika schon seit Jahren", erwidert Vienna.

Ich weiß nicht genau, was sie meint, aber am besten versuche ich, sie durch sachliche Kritik auf den Boden der Tatsachen zurückbringen.

„Solltest du nicht in irgendeiner Küche stehen?"

„Das ist ja mal wieder typisch, du chauvinistisches Arschloch! Sobald dir nichts mehr einfällt, wirst du gleich persönlich! Und das mit der Küche ist auch schon mehr als abgenutzt!"

„Das stimmt doch gar nicht, du blöde Fotze!"

„Mit sachlichen Diskussionen scheint unser Dicky genauso überfordert zu sein wie mit der Bedienung einer Tastatur", feixt David der Verräter- jedenfalls bis ich ihm eine Dose Badesalz an den Kopf werfe. Sie hinterlässt einen roten Abdruck, der sich fürchterlich mit seiner orangenen Haut beißt.

Wahrscheinlich war das ein Fehler, denn nun beginnt Vienna mit so hoher Stimme zu keifen, dass die Glasscheiben wackeln. Und außerdem ruft sie damit Boris und Venus auf den Plan, die auch sofort über mich herfallen, die miesen Verräter.

Venus: „Ich habe noch nie einen Mann gesehen, der so Reno... renin.... renitit... sturköpfig ist wie du! Na ja, außer drei oder vier meiner Exfreunde. Und die Preisrichter bei der Wahl der Miss Illinois. Aber die waren alle nicht so gemein wie du!"

Boris: „Was soll man von so einem verdammten Rassisten auch anderes erwarten!"

Was sich diese Volksfeinde einbilden, mir dermaßen unfaire Vorwürfe zu machen! Na wartet, das gibt Ärger!

„Hey, tu mal nicht so, als wüsstest du, wie sich echt schlimme Diskriminierung anfühlt. Dank eurer verdammten linksgrünversifften Meinungsdiktatur dürfen Weiße wie ich nicht mal mehr sagen, dass Latinos minderwertig und kriminell sind! Das ist das Unfairste, was es gibt!"

„Pass auf, wen du Populistenarschloch minderwertig nennst!", gibt Boris zurück, während sein Gesicht rot wie Salsa-Soße anläuft.

„Siehst du? Du diskriminierst mich schon wieder, du scheiß Mexikaner!"

Boris stammelt noch ein bisschen darüber, wie hart das Leben für ihn in der Bronx gewesen sei, wie glücklich er sich nach dem Lottogewinn gefühlt habe und dann jammert der Idiot auch noch, wie schrecklich es gewesen wäre, das alles wieder zu verlieren- mit anderen Worten, ihm fällt nichts Gutes mehr ein, um meine fantastischen Argumente zu widerlegen. Sein Gewinsel beeindruckt niemanden oder wenigstens nicht mich, was ja auf dasselbe herauskommt. Ich weiß auch nicht, was daran so schlimm sein soll, vierzehn Millionen zu verlieren. Es gibt Tage, da gebe ich das Doppelte aus und merke es kaum. Dass diese Enchiladas immer so wehleidig sein müssen!

„Ganz ehrlich, Dicky, warum trittst du nicht einfach zurück und löst damit alle unsere Probleme?", schaltet sich David der Verräter ein. Immer dieser Müll mit dem Rücktritt. Ständig sagen mir irgendwelche Leute, ich hätte keine andere Wahl, als zurückzutreten. Aber die haben blöd geguckt, als ich es dann einfach nicht gemacht hab, höhö. Und „Big Brother is impeaching you" ist natürlich mein bisher bester Trick, den Rücktritt zu vermeiden. David soll sich mal nicht so anstellen.

„Weil ich keine Lust dazu habe! So!"

„Du bist echt kindisch, Dicky!"

„Bin ich gar nicht!"

Und da ich merke, dass ich ihn immer noch nicht ganz überzeugt habe, eile ich schnell wieder ins Bad und schließe die Tür hinter mir ab.

„Und ihr Verräter könnt erst wieder aufs Klo, wenn ich es euch erlaube! Ätsch!"

13:04

„Hallo, Bewohner", brummelt der Praktikant mit der Stimme Gottes betont würdevoll, obwohl ich das natürlich viel besser kann als er, „auch heute wird sich wieder einer von euch einer Challenge stellen müssen. Und zwar... Forest!"
„Hey Forest!" Chad stößt dem auf dem Sofa schnarchendem Forest fest in die Rippen.
„Forest, du bist für die heutige Challenge aufgerufen worden."
„Hä?"
„DU BIST MIT DER HEUTIGEN CHALLENGE DRAN!"
„Kann ich dafür hierbleiben?"
„Nein, du sollst nach unten in die Showarena gehen."
„Showarena? Ist das ein Codewort für „Altersheim"? Sie haben mich schon einmal mit so was gekriegt, darauf fall ich nicht nochmal rein! Ich gehe nicht ins Altersheim!"
„Forest, entspann dich, niemand möchte dich ins Altenheim stecken."
„Damit hat man mich schon einmal reingelegt."
„Aber dieses Mal legt dich keiner rein."
„Schwör auf die Bibel!"
Chad verdreht genervt die Augen. „Ich schwöre auf die Bibel."
„Und du bist dir bewusst, dass du für immer in der Hölle schmorst, wenn..."
„Forest, geh verdammt nochmal einfach in die Showarena!"
„Na, wenn ich dir damit einen Gefallen tue...", brummelt Forest und tappt mit seiner Höchstgeschwindigkeit durch das Weiße Haus. Nach gut zwanzig Minuten zeigt der Fernseher an der Wand, wie er in der Showarena im Erdgeschoss ankommt. Alder-

man wirft einen genervten Blick auf seine Rolex, Denise LeShaw macht mittlerweile Kaffeepause.

„Na, Forest? Auch schon da?", ätzt Ulysses. Forest scheint ihn nicht gehört zu haben und pflügt weiter durch den Raum.

„Forest, du kannst jetzt stehenbleiben."

„Hä?"

„FOREST, DU KANNST JETZT STEHENBLEIBEN", brüllt Denise, während sie ihre Kaffeetasse wegstellt. Forest stoppt.

„So, wo wir dich endlich hier haben, können wir dir deine Aufgabe erklären", fährt sie fort. Nun folgt eine Phase voller Wiederholungen, sehr lauter Stimmen und riesigen Texttafeln, bis Forest kapiert hat, was er machen soll.

„Ich soll die Abgase riechen?!"

„Ja, und du sollst uns sagen, von welcher Automarke sie stammen."

„Ist das ein Trick meiner Erben, um mich ins frühe Grab zu bringen?"

„Nein, das ist eine absolut ernstgemeinte Challenge."

„Dein Wort in Gottes Ohr."

Forest schlurft murmelnd zu einer Reihe von Abgasrohren, die auf ein mobiles Belüftungssystem montiert sind.

„Okay, Forest, wir werden jetzt nacheinander aus diesen Rohren extra für diesen Zweck gesammelte Abgase von verschiedenen Automarken entweichen lassen", erklärt Alderman.

„Du musst mindestens vier erraten oder ihr verbringt alle einen Tag bei Wasser und Brot! Bist du bereit? Dann kommt *jetzt* das erste Abgas!"

Eine leicht bläuliche Wolke quillt aus dem ersten Rohr. Forest schnuppert.

„Ford? Nein, zu schwer... ich kenne das doch... dieses Aroma... aus meinen wilden Jahren... das ist ein Jeep!"

Auf einem Bildschirm über den Rohren wird das Logo einer Automarke eingeblendet. Es ist... Jeep!

„Sehr gut, dann kommt jetzt Abgas Nummer 2!"

Die nächste Abgaswolke. Forest schnuppert.

„Mmmh, dieser Duft- das muss ein Porsche sein!"

Das Porschelogo erscheint.

„Sehr gut! Und was ist das?"

Diese Wolke ist dunkler als die anderen. Forest läuft leicht grün an.

„Igitt! Das ist irgendwas richtig Billiges... Fiat?"

Schon wieder richtig! Forest ist ja richtig gut, hätte ich ihm gar nicht zugetraut.

Und Abgaswolke Nummer 4. Dieses Mal überlegt er sehr lange. Die Spannung steigt.

„Chevrolet? Mercedes? BMW? Ich glaube, das ist ein BMW!"

Das Logo erscheint auf dem Bildschirm- es ist das von Mercedes. Der gesamte East Room stöhnt auf. Habe ich gesagt, Forest ist gut? Er ist ein inkompetenter Vollidiot!

„Schade, Forest, aber noch ist nichts verloren, denn du bekommst noch eine letzte Chance", tröstet Alderman. „Ein einziges Abgas entscheidet darüber, ob ihr etwas Vernünftiges zu essen bekommt oder nicht. Und hier kommt es!"

Eine dunkle, giftig wirkende Wolke quillt bösartig aus dem Rohr. Die Spannung ist fast greifbar. Venus tut so, als kaue sie auf ihren Nägeln, auch wenn sie in Wirklichkeit nur in die Luft beißt- ihr Nagellack trocknet. Mr. Igor hat die Augen geschlossen und murmelt auf Russisch und Kyle hat sein Handy erhoben und filmt die entscheidende Szene. Riech, Forest, riech! Mein Energieminister schnuppert erst, wird dann totenblass und sieht danach aus wie ein Frosch. Er bricht zusammen, bringt mit letzter Kraft nur ein einziges Wort hervor und für einen Moment denke ich, es wird sein letztes sein:

„Volkswagen!"

17:32

Der Nachmittag verläuft in eher gedrückter Stimmung. Forest ist nach einem kurzen Aufenthalt im Sauerstoffzelt wieder auf den Beinen- zum Glück, denn im Delirium war er echt anstrengend. Er hat die ganze Zeit davon gefaselt, dass er das Recht dazu hätte, Wälder abzuholzen und wir für eine mögliche neue Eiszeit unbedingt genug Energie zur Verfügung haben müssten und auf Atomenergie und Braunkohle auf keinen Fall verzichten könnten, weil uns alle anderen Länder dann überholen würden, und dass Umweltschutz sowieso nur eine Verschwörung der Demokraten sei. Eigentlich ja alles gute und schlaue Sachen, aber musste er unbedingt so schreien? Mr. Igor behauptet, er hätte einen Tinnitus- oder vielleicht hat er auch von einem Typen namens Tinnitov gesprochen, bei seinem Akzent ist das schwer zu sagen- und Venus hat David den Verräter gefragt, wie viel ein neues Trommelfeld kostet. Aber jetzt sitzt Forest friedlich auf der Couch, kreischt manchmal, dass er nicht ins Altenheim will und ist ansonsten ganz ruhig und friedlich. Was auch an den netten weißen Pillen liegen könnte, die wir ihm ins Wasser gemischt haben, höhö.

Insgesamt langweile ich mich gerade. Ich hatte mit Mr. Igor einen kleinen Streit um die unter seinem Bett versteckte Wodkaflasche- die letzte von gestern Abend!-, den er leider gewonnen hat, indem er sie schneller als ein durstiges Kamel ausgetrunken hat. Heute gibt es blöderweise nur ein Fünf-Sterne-Büfett und keinen Nachschub an Alkohol. Ob ich das Recht auf Whisky in unsere Verfassung aufnehmen soll? Danach habe ich mit Normans Katapult ein bisschen auf die Verräter (Venus, Kyle, Boris, Vienna und natürlich David) geschossen, bis Vienna mir ein sehr trockenes Brot von Montag über den Schädel gezogen und mir damit kurzfristig die Lichter ausgeblasen hat. Die Frau versteht aber auch überhaupt keinen Spaß. Ihretwegen sind meine Kopfschmerzen nun schon fast so schlimm wie heute Morgen! Dann wollte Norman sein Katapult wiederhaben, damit er uns einen Vogel schießen kann- zwar haben wir dank Forest Essen genug, aber Norman sagt, er will einen Vorrat anlegen, weil er es nicht nochmal ohne Fleisch aushält. Ich habe zwar keine Ahnung, wie er das machen will, da er das Fenster zwar öffnen kann, doch nicht in den Garten kommt, um seine Beute einzusammeln. Aber wenigstens hat er Spaß. Bisher hat er drei Nachbarskatzen, sieben Tauben, einen Paketboten, eine Satellitenschüssel, siebenundzwanzig Buchsbäume, einen Springbrunnen und in einem leicht verzogenen Schuss einen Austin Allegro erwischt.

Venus und David der Verräter nähern sich zeternd.

Venus: „Siebzehntausend für ein neues Trommelfeld? Das ist doch kriminelle Abzocke!"

David der Verräter nimmt es gelassen.

„Venus, Süße, du musst verstehen, dass ich auch meine Ausgaben hab und an Trommelfelle kommt man nicht so leicht ran. Für ein einziges muss man bis zu zehn mexikanische Beamte schmieren! Außerdem bist du eine Frau, das macht es teurer."

Venus reagiert eingeschnappt. Dieses Sensibelchen.

„Wieso ist es für Frauen teurer, du fieser, mieser, ganz gemeiner Sexist?"

„Na ja, eure Körper sind ein bisschen anders als die von Männern, das sind also keine normalen Bedingungen und das macht es für den Chirurgen schwieriger."

Klingt auf mich absolut sinnig, aber nun mischt sich Vienna ein und die kriegt das natürlich wieder in den falschen Hals.

„Wie- „unnormale Bedingungen"? Meinst du etwa, Männer wären normaler als Frauen?"

Voller Schrecken höre ich, dass sich nun Edwin in die Diskussion einschaltet.

„Je nach Gesichtspunkten, die natürlich auch von individuellen, das heißt in diesem Fall und vermutlich auch in weiteren Fällen persönlichen, Unterschieden geprägt sein können, würde ich sage, dass die Mediziner, die männlichen, aber sogar die Medizinerinnen, die weiblichen, wobei wir einmal Transsexuelle außer Acht lassen wollen, nun einmal stark von der männlichen Perspektive, in Hinblick auf den Patienten, nicht auf den Arzt, wobei der ja auch durchaus unversehens zum Patienten werden kann, wenn er zum Beispiel einen Unfall hat oder eine chronische Krankheit, abhängt, weil ja auch sehr viele Ärzte Männer sind, was sich aber durch die massiven akademischen Anforderungen, die Frauen oftmals besser erfüllen, in der nächsten Generation ändern dürfte, sodass der Mann eher als Normalfall wahrgenommen wird."

David, Venus und Vienna: „Hä?"

Forest: „Ich will nicht ins Altenheim!"

Venus: „Edwin, du bist echt noch so ein Grund, warum ich ein neues Trommelfeld will."

Was nun folgt, ist ein sehr nerviges Gespräch zwischen den Vieren, bei dem Venus über Gehörschäden sprechen will, David über kosmetische Eingriffe, Vienna über Sexismus und mal wieder kein Schwein blickt, über was Edwin reden möchte. Leider gehen sie mir nicht nur ziemlich auf den Zünder, sondern versperren auch den Weg zum Esszimmer, in dem Mr. Igor gerade versucht, aus Brot Alkohol zu destillieren. Dem beißenden Geruch nach zu urteilen, der durch die Räume zieht, hat er entweder Erfolg damit oder Chad hat wieder seine dreckige Wäsche liegen lassen. So oder so muss ich da unbedingt nach dem Rechten sehen, aber da der Weg immer noch versperrt ist, gibt es eine kleine Diskussion.

Ernsthafte Meinungsverschiedenheiten werden deutlich, ein paar Probleme werden prompt gelöst. Nun wirft mir Vienna ein Glas hinterher und brüllt, ich sei ein ganz mieser Frauenschläger. David mosert, er würde mich gerne mal operieren und dann mein Gesicht mit meinem Arsch vertauschen- also das, was bei ihm offenbar schon passiert ist, höhö- und was Venus sagt, kann man nicht verstehen, weil ich ihren Kopf kurzerhand in einer Vase untergebracht habe. Das verhindert nicht nur sehr elegant, dass ihre Stimme mal wieder zu hoch wird, sondern lässt sie auch besser aussehen. Ich habe also fast alles richtig gemacht, aber dann lasse ich mich kurz vor der Tür von Edwin leichtsinnigerweise in eine Diskussion verwickeln. Als er nach einer halben Stunde zum ersten Mal Luft holt, nutze ich die Gelegenheit und verdufte eilig in die Cross Hall.

Protokolle aus dem Sprechzimmer, Tag 7

1. Dick Bunny.
„Ich liebe diese Show! Sie ist großartig, genial, fantastisch. Ich liebe sie wirklich! Nur hier, im Fernsehen, kann ein Präsident wie ich noch richtig glänzen! Die bösen Mainstreammedien wollen meinen guten Namen durch den Schmutz ziehen und Lügen über mich verbreiten, aber das gelingt ihnen nicht! Ich bin Dick Bunny und wenn ich gehe, dann nur unter meinen eigenen Bedingungen- aber das ist eh egal, weil ich diese Show sowieso gewinne und als Spitzenkandidat kann ich es diesen Verrätern mal wieder so richtig zeigen! Bleib standhaft, Amerika- mit meiner Hilfe wirst du wieder so großartig werden wie einst!"

2. Chad Buffalo.
„Ähm... also als erstes wollte ich meine Mom in Big Cheese, Oklahoma, grüßen... und meinen ehemaligen Footballtrainer, Archie Buranski- ich habe alles, was ich weiß, von Ihnen gelernt, Coach. Und dann grüße ich auch alle Menschen, die kein... die kein Loch haben? Ach nee, hier steht Haus- also, die kein Haus haben. Und mein Agent hat gesagt, ich soll... äh, ich meine, ich wollte mich bei all den Menschen entschuldigen, denen die amerikanische Außenpolitik geschadet hat- wir sind ein mächtiges Land, das nur das Beste im Sinn hat, aber wir können es nicht allen Rauch machen. Recht machen. Und ich will noch..."
(Zur Seite) „Ey, was ist das für eine Sauklaue, wer hat das geschrieben, ich kann das alles gar nicht lesen!"

22:09

Die Punktevergabe ist an diesem Abend der einfache Teil. Denn wir haben viel größere Sorgen.

„Minnesota geht an David Siliconi", ruft LeShaw.

„Dick Bunny holt sich West Virginia", verkündet Alderman.

„In Kansas gewinnt Igor Cherkisshov!"

Dann kommt die Tabelle. Immer noch alles gut, auch wenn Mr. Igor vor mir ist, aber das kenne ich ja schon und spätestens im Finale werde ich ihn natürlich besiegen.

Tag 7:
1. Igor Cherkisshov.
2. Dick Bunny.
3. David Siliconi.
4. Norman R. Arrow.
5. Vienna Radisson.
6. Venus Mirris.
7. Boris Santiago.
8. Chad Buffalo.
9. Kyle Kaywest.
10. Edwin Sturbant.
11. Forest Blight.

Doch als ich mich zu Forest umdrehe, geht es los.

„Hey Forest, du bist gefeuert!"

„Hä?" Forest fummelt an seinem Hörgerät rum.

„Ich habe gesagt, DU BIST GEFEUERT!"

„Hä?"

„Er meint, dass du das Haus verlassen musst", versucht Chad sein Glück. Forest steht da wie eine Skulptur von diesem Spanier mit dem Bart. Jedenfalls ist er nicht nur so reglos, sondern auch so hässlich, höhö.

„Hä?"

„Du musst raus aus dem Haus!", ruft Vienna.

„Wieso?"

„Weil du rausgewählt wurdest!"

„Nee!"

„Du sollst hier weg!", rufe ich genervt. Ich habe ja schon oft Leute gefeuert- manche haben gar nichts gesagt, manche haben geheult, einige wurden wütend und seltsamerweise haben einige wenige auch laut gejubelt, sind aufgesprungen und haben einen Siegestanz aufgeführt. Aber ich hatte bisher noch keinen, der es einfach nicht geblickt hat.

„Das ist doch ein Trick, die wollen mich doch nur ins Altenheim kriegen!"

„Forest, kein Mensch will, dass du ins Altenheim gehst", beteuert David.

„Ich gehe nicht ins Altenheim!"

Plötzlich hat Norman einen Geistesblitz.

„Forest, wir sind hier im Altenheim!"

„WAS?!!"

Keine zehn Minuten später ist Forest aus dem Haus. Er hätte noch schneller sein können, aber sein Rollator hat eine Reifenpanne.

Tag 8, Sonntag, 02.12, 12:56

Die Stimmung im East Room ist so verpestet wie die Luft in der Unterhose von Chad Buffalo. Nach ihrem Streit gestern Abend haben sich David und Vienna noch mehrmals angegiftet, bis sie zu einer Art Waffenstillstand gekommen sind. Sie sitzen nun mit ihren jeweiligen Cliquen- Venus, Boris und Kyle halten zu Vienna, Chad zu David dem Verräter- auf unterschiedlichen Seiten des Raumes und gucken sich böse an. Das ist für mich eigentlich gut, weil sie mich immerhin in Frieden lassen, solange sie sich untereinander zoffen und weil ich natürlich immer noch viel beliebter bin als David der Verräter. Leider sorgt es auch dafür, dass ich viel zu viel Zeit mit Edwin Sturbant verbringen muss, der mir zusammen mit Mr. Igor und Norman noch die Treue hält. Aber da Norman die ganze Zeit damit verbringt, mit primitiven Waffen auf etwas zu schießen, rede ich meistens entweder mit Mr. Igor oder Edwin. Und das strengt an.

„Was ich damit sagen will, Dick, Mr. President, ist, dass diese ganze Situation, mit der ich sowohl in meiner Rolle als Pressesprecher als auch persönlich äußerst unzufrieden bin, für uns, in unserer verantwortungsvollen Rolle als Regierung der Vereinigten Staaten, immer noch, obwohl diese ganze Show durchaus auch Vorteile, aber natürlich auch Nachteile, mit sich bringt, sehr prekär ist und besonderer, vielleicht sogar außergewöhnlicher Maßnahmen bedarf in Hinblick auf unsere weiteren politischen Karrieren…"

Zum Glück unterbricht ihn in diesem Moment der Praktikant mit der Stimme Gottes und reißt mich aus meinem Halbschlaf.

„Bewohner des Weißen Hauses! Auch heute wird wieder einer von euch seine Fähigkeiten in einer Challenge unter Beweis stellen müssen- sonst werdet ihr einen weiteren Tag bei Wasser und Brot darben!"

„Die meisten Leute hier werden wohl eher ihr Unvermögen unter Beweis stellen", ätzt Vienna, aber das lasse ich nicht auf mir sitzen.

„Kein Vermögen? Bitch, ich bin reicher als du!"

Vienna verdreht die Augen, bestimmt weil sie mein erstklassiger Konter so sehr beeindruckt hat.

„Und heute ist der Glückliche- oder Unglückliche- Boris!"

„Soll das etwa heißen, wenn Boris Erfolg hat, kriegen gewisse reaktionäre Dinosaurier genauso viel zu essen wie wir?" Vienna hat immer noch schlechte Laune.

„Du solltest lieber gar nichts essen, Fettabsaugungen sind nicht billig, für dich schon gar nicht", schäumt David.

„Immerhin sehe ich im Gegensatz zu dir nicht aus wie Frankensteins Monster!"

Frankensteins Monster. Höhö. In Orange. Der ist gut. Ich lache.

David der Verräter und Vienna schauen mich beide an wie eine Kakerlake auf einer Hochzeitstorte.

„Sei du mal lieber ruhig, Dicky. Selbst wenn Vienna von jetzt bis Ostern nichts tut als fressen, könnte ich dir trotzdem doppelt so viel Fett absaugen wie ihr. Und ich rede von Ostern *übernächstes* Jahr.“

Ich will ihm gerade in die Schnauze hauen, als dem Praktikanten mit der Stimme Gottes der Kragen platzt. „Genug! Hört auf, euch zu kabbeln, das könnt ihr später machen! Boris, begib dich in die Showarena.“

Boris Santiago schleicht vorsichtig auf den Flur hinaus. Ich nehme an, als Enchilada lässt man sich nur ungern auffordern, irgendwo hin zu gehen, für den Fall, dass die „Showarena“ auf der anderen Seite des Grenzzauns liegt, höhö.

Der Fernseher geht an. Ulysses Alderman und Denise LeShaw begrüßen Boris. Denise scheint sich fast zu freuen, ihn zu sehen, was mich überrascht, denn ich bin bisher gar nicht auf den Gedanken gekommen, dass jemand Boris mögen könnte. Andererseits haben diese Typen ja auch alle ein Problem mit mir, also können sie sowieso keinen Geschmack haben.

Während sie Boris an eine schwarze Schiefertafel führen, die mich an meine Grundschulzeit erinnert- schreckliche drei Tage-, macht Alderman mal wieder blöde Witzchen.

„Boris, du musst heute nicht nur um deine Ehre spielen, sondern auch um zwei Dinge, die noch zu retten sind: Essen und dein Punktekonto bei „Big Brother is impeaching you“!“ Wenn Augenrollen eine Sportart wäre, würden Vienna und Denise am Ende vermutlich ein sehr hochklassiges Finale austragen. „Aber zum Glück musst du heute nur eine Sache können, die für einen Finanzminister kein Problem sein sollte: Kopfrechnen!“

Es scheint fast so, als würde LeShaw laut auflachen, aber bestimmt war das nur ein seltsamer Husten, denn an den Kompetenzen meiner Minister kann ja nichts Lächerliches sein- nicht einmal bei Boris. Er ist vielleicht nur ein minderwertiger Mexikaner, aber immerhin habe ich ihn ausgesucht, so schlecht kann er also gar nicht sein. Außerdem kam der Witz von Alderman. Trotzdem sieht mein Finanzminister ziemlich nervös aus, als er zur Tafel geht. Im grellen Scheinwerferlicht sieht man nicht nur jedes Staubkorn, sondern auch jede einzelne Schweißperle.

„Wir stellen dir jetzt eine Reihe von Aufgaben und du hast zwei Minuten Zeit, um sie zu lösen", teilt ihm Denise LeShaw mit. „Dann solltest du ein Endergebnis haben."

Boris schluckt trocken. „O... okay."

„Und es geht los!" Alderman freut sich diebisch. „Als erstes sollst du ausrechnen, wie viel... dreiundsiebzig minus einundvierzig ist!"

Boris überlegt ein wenig, dann schreibt er mit Kreide „32" auf die Tafel. Doch die Aufgaben prasseln nur so.

„Mal sechs!"

Aus der 32 wird eine 632.

„Plus fünfzehn!"

655.

„Geteilt durch drei!"

215. Boris beißt so nervös auf seine Unterlippe, dass sie anfängt zu bluten.

„Plus siebenundzwanzig!"

242. Boris entspannt sich ein wenig.

„Minus neunundachtzig!"

Blanke Panik erobert sich ihren Platz in seinem Gesicht zurück. Weiß gar nicht, warum, wenn er vierzehn Millionen verlieren konnte, wird er mit einer piefigen 89 auch keine großen Probleme haben.

Er versucht es mit 111.

„Plus zweihunderteinunddreißig!"

Boris kritzelt wie ein Wahnsinniger, streicht die Zahl mehrmals durch und entscheidet sich schließlich für 338.

„Du hast noch fünfzehn Sekunden und dieses Ergebnis würde ich mir noch einmal ansehen", rät ihm Denise. Boris sieht so planlos aus wie ein College-Student, von dem verlangt wird, Indien auf der Weltkarte zu finden. Panisch beginnt er zu murmeln und Zahlen aufzuschreiben, dann macht sich Resignation in seinem Gesicht breit. Er tippt über seine Ziffern.

„Ich und du, Müllers Kuh, Müllers Esel, der bist du...“ Sein Finger bleibt auf der ersten drei hängen. Er wischt sie weg.

„Noch fünf Sekunden!“

In blanker Panik schreibt Boris erst eine fünf an die freie Stelle, streicht sie dann durch und ersetzt sie aufs Geratewohl durch eine zwei.

„Die Zeit ist um!“, brüllt Alderman. „Und das richtige Ergebnis ist...“ Eine Zahl kommt auf dem Bildschirm hinter ihm ins Bild. „238! Ich habe keine Ahnung, wie du das geschafft hast- aber du gewinnst die heutige Challenge, Boris!“

Boris sieht aus, als hätte er einen Buckelwal in seinem Swimmingpool gefunden, doch dann reißt er die Arme in die Höhe und behält diese Siegerpose bei, bis er in den Wohnbereich zurückkehrt und sich von Venus, Vienna und Kyle feiern lässt. Noch nach Stunden erzählt er jedem, der es hören will oder auch nicht hören will, dass er nur wegen seiner Lehrerin in der zweiten Klasse, die ihm in stundenlanger, mühevoller Arbeit das kleine Einmaleins beigebracht hat, so gut geworden sei. So wie es aussieht, ist das kleine Einmaleins aber auch das einzige, was er in Mathe kann. Schließlich weiß jeder, dass einmal eins natürlich zwei ist und wenn es auch noch kleine Einsen sind statt normale, ist es bestimmt noch einfacher.

15:18

Der nächste Schuss im Bürgerkrieg ist gefallen. Wie ich von Norman erfahren habe, den ich als Spion auf meine Feinde angesetzt hatte (Norman ist perfekt für so etwas: Er bedroht einfach alle mit der Waffe und erfährt alles, was er wissen will. Dabei hatte er dieses Mal nur eine mit Zahnstochern geladene Spielzeugpistole zur Verfügung), haben David der Verräter und Chad offenbar die letzte Flasche Cha... Chomp... Champio... Schaumwein vom Buffet geklaut und wurden von Boris dabei erwischt, wie sie das Zeug im Blue Room weggehauen haben. Daraufhin haben sie ihn mit einem Anteil davon bestochen, zusammen getrunken und sich die Art von Witzen erzählt, die für Vienna „sexistisch" sind- aber woher soll man auch wissen, was guter Humor ist, wenn zwei ihrer drei Gehirnzellen von irgendwelchen Hormongeschichten beansprucht werden? Blöderweise hat Venus die drei ertappt und jetzt geht der Ärger los. Vienna nennt Boris einen Verräter, er findet dagegen nicht, dass er was falsch gemacht hat. Na ja, mir kann das Ganze nur recht sein. Während ich noch ein wenig Hummer mit Pommes rot-weiß knabbere (sehr leckeres Zeug; David ist nicht der einzige, der Sachen abzweigen kann und anders als er habe ich einen geheimen Kühlschrank unter dem Bett), sehe ich mir entspannt an, wie der Bürgerkrieg richtig Fahrt aufnimmt.

„Nenn mich pingelig, aber unter Vertrauen und Freundschaft stelle ich mir etwas anderes vor, als mit diesen miesen Sexistenschweinen geklauten Champagner wegzusaufen, der von Recht her uns allen gehört", leitet Vienna ihre Anklage ein.

„Warum hast du uns nichts davon gesagt, dass es noch Champagner gibt?", schmollt Venus.

„Das ist echt nicht cool von dir, echt nicht!", dringt Kyles Stimme ziemlich gedämpft unter seiner Gurkenmaske hervor. Er sieht damit aus wie Shrek nach einer Entschlackungskur, höhö.

Hinter mir schließen Mr. Igor und Norman Wetten darauf ab, wer diesen Streit gewinnt. Boris hat keine guten Quoten.

„Also, zuallererst bin ich erst einmal ein erwachsener Mensch, der...", beginnt er, doch Vienna Radisson schneidet ihm sofort das Wort ab.

„... der sich aber überhaupt nicht erwachsen verhält!"

„Wie redest du mit mir? Hältst du dich für meine Mutter oder was?"

„Nein, wenn ich Kinder hätte, wären sie wesentlich besser erzogen als du", kontert Vienna, der Blick in ihren eisblauen Augen ist genauso gnadenlos wie der von Nadia, meiner zweiten Frau. Die hat mich auch immer so böse angeguckt, wenn ich solche total harmlosen Sachen gemacht habe wie zum Beispiel mit den Kindern Whiskey zu trinken oder wenn ich sie nicht zum Shoppen begleiten konnte, weil Zora, die tschechische Praktikantin, meine ganz besondere Aufmerksamkeit in diesem Moment nötiger hatte. Versteh einer die Frauen. Als Nadia die Scheidung eingereicht hatte, habe ich als Rache erst einmal ihr Heimatdorf in Slowenien aufgekauft, aber leider war es das falsche Dorf, weil sie eigentlich aus der Slowakei kommt. Ich hab's trotzdem abreißen lassen, höhö.

Boris hat inzwischen Hilfe von David dem Verräter bekommen, er und Vienna schreien sich nun gegenseitig an. Bisschen laut. Ich will mich gerade beschweren, als Vienna David eine Suppenschüssel an den Kopf schmeißt, was ihn für die nächsten Stunden ein bisschen leiser werden lässt. Chad hat nun auch was zu meckern.

„Ihr Frauen immer, ihr könnt eure Gefühle halt echt nicht kontrollieren."

„So ein neo... Navajo... Neano … Steinzeitmensch wie du weiß doch gar nicht, was Gefühle sind", lacht Venus. Chad tackled sie unvermittelt, wirft sie sich über die Schulter, setzt sie im Nebenzimmer ab und schließt die Tür. Als das Klopfen beginnt, stemmt er sich mit dem Rücken dagegen und hält schließlich noch die Klinke fest.

„Primitiver Klotz!", wütet Vienna. Chad ist inzwischen immer noch beim Thema Gefühle, denn es dauert bei ihm immer eine Weile, bis sich ein neuer Gedanke in seinem Kopf festsetzt.

„Ich weiß wohl, was Gefühle sind! Mein Footballtrainer damals an der High-School hat mir das genau erklärt, das ist das, was man in der Brust hat und was sich warm anfühlt innen drinnen und dem soll man immer folgen, wenn man ein großer Spieler werden will."

Er guckt nachdenklich. „Das ging solange gut, bis wir mal in Florida gespielt haben und da war es dann überall warm, da wusste ich dann gar nicht, wo ich hinlaufen soll."

Vienna lacht schnaubend und auf der anderen Seite der Tür wiehert entweder ein Pferd oder aber Venus lacht mit. Kyle ist dagegen immer noch nicht fertig mit Boris.

„Du kannst echt nicht solche Sachen bringen, ohne das mit deiner Crowd abzuklären, ich dachte, wir wären Bros?"

Boris sieht Kyle flehend an. „Aber wir sind doch immer noch Bros?"

Doch Kyle wendet sich kälter als ein Schneemann ab. „Jetzt nicht mehr. Du hast es verspielt. Und in meiner Hood bist du auch nicht mehr willkommen!"

Boris schnieft. „Ihr seid doch alle blöd! Und ich bin nicht kindisch!"

Dann springt er auf, stürmt ins Badezimmer und knallt die Tür hinter sich zu. Und ich dachte, dieser Mist hätte ein Ende, seit sie Steve rausgewählt haben.

17:34

Chad ist jetzt beleidigt, weil Norman seinen Rücken für Zielübungen missbraucht hat. Boris ist zum Ausgestoßenen geworden. Während sich Chad und Norman gegenseitig anbrüllen, freue ich mich darüber, endlich mal in Ruhe meinen sehr wichtigen Social-Media-Aktivitäten nachgehen zu können. Mein Account ist der aufregendste der Welt. Nun flieht Chad aus dem Zimmer, weil Norman ihn mit Kieselsteinen beschießt, sein Katapult funktioniert offenbar noch. Gott sei Dank baut unsere Rüstungsindustrie nicht so dauerhafte Sachen wie Norman, sonst würden die netten arabischen Scheichs, die mich immer so gern zum Essen einladen, ja nie neue Waffen kaufen, mit denen sie ihre dreckigen Rebellen beschießen können.

David kommt ins Zimmer geschlurft, einen Eisbeutel an seine Stirn gepresst. Er murmelt ein paar unverständliche Worte, aber ich weiß nicht, ob das daran liegt, dass er zu leise spricht oder daran, dass sein Sprachzentrum nach seiner Begegnung mit der Suppenschüssel immer noch geschädigt ist.

Protokolle aus dem Sprechzimmer, Tag 8

1. Venus Mirris.
„Ich fand das ja so fies von dem Boris, dass er uns so einfach hintergeht und so. Aber den Mexikanern kann man nicht trauen, die Männer nehmen den Amerikanern ihre Frauen weg und die Frauen nehmen den Amerikanerinnen beim Schönheitswettbewerb die Krone weg und ihre Drogenkartelle nehmen uns allen den Weltfrieden weg. Ich finde das ja immer so traurig, wenn man in den Nachrichten wieder sieht, dass da unten irgendjemand umgebracht wurde, so traurig, dabei gibt es doch viel schönere Sachen, die man in den Nachrichten zeigen kann, mich zum Beispiel. Aber ich bin ja sooo froh, dass ich mit dieser Show die Chance habe, dauernd im Fernsehen gezeigt zu werden und nicht so langweilige Sachen machen muss wie mich um das amerikanische Schulsystem zu kümmern. Ich selbst war ja nur immer so zweimal die Woche in der Schule, weil, so richtig wichtige Sachen wie Beauty-Tipps lernt man da ja nicht... das müsste man eigentlich noch ändern... also, ruft für mich an, damit ich Schminken zum Schulfach machen kann, ja?"

2. Edwin Sturbant.
„Es scheint ja so zu sein, hier und heute, bei uns, aber auch bei anderen, zu anderen Zeiten, vielleicht in Syrien oder woanders, dass es sehr schlechte Stimmung gibt, zwischen den Menschen, damit meine ich schlecht im emotionalen Sinne, das ist wie eine neue Eiszeit, eine zwischenmenschliche, denn eine echte Eiszeit,

gemeint ist die Sorte, bei der es sehr kalt wird, draußen oder auch drinnen, wenn man keine Heizung hat oder die Heizung kaputt ist oder das Öl ausgegangen ist, das wird ja schon im normalen Winter immer sehr teuer und in der Eiszeit bestimmt noch sehr viel mehr, wird ja von unserer Regierung verhindert, indem die amerikanische Industrie, die uns sehr am Herzen liegt, durch ihre Emissionen dafür sorgt, dass wir alle es kuschelig warm haben und keine Eiszeit zu fürchten haben, außer vielleicht eine emotionale, die ja hier und heute..."

(Der leitende Tontechniker schüttelt den Kopf und stellt das Mikrofon ab).

3. Igor Cherkisshov.

„Sie mussen wisse, dieser ganze Lage ich finde sehr ungunstig, ich erinnere mich wie es ware in Russland..."

(Liebe Zuschauer, leider müssen wir erneut von einem Hackerangriff auf unseren Sender berichten, bei dem zum wiederholten Male die Aufzeichnungen mit Mr. Igor verschwunden sind.)

(Ihr habt ja nicht einmal euer Passwort geändert seit dem letzten Mal! LG, Geostorm!)

21:01

Wie jeden Abend präsentieren uns Alderman und LeShaw auch heute wieder die Ergebnisse des Votings. Ich bin aufgeregt, denn ich habe extra ein Bild von der Flagge jedes Bundesstaats auf Instagram gepostet, alle mit der Unterschrift „Ich liebe unser ganzes Land, aber meine wahre Heimat wird immer in diesem Staat bleiben!" Leider bringt es zunächst eher wenig. Vielleicht hätte ich doch bei allen Staaten vier Herzchen in die Bildunterschrift schreiben sollen statt nur je drei.

„Oklahoma stimmt für Vienna Radisson!", brüllt Alderman. Er ist heute wieder leicht grünlich im Gesicht, aber das ist er ja öfter mal.

„In North Carolina siegt Dick Bunny!", verkündet Denise, die das seltsamerweise gar nicht zu freuen scheint.

„New Jersey geht an Igor Cherkisshov!"

„Rhode Island auch!"

Ich hätte gar nicht gedacht, dass in Rhode Island zehn Millionen Menschen leben, aber offenbar haben dort genau so viele Leute für Mr. Igor angerufen. Ich muss ihn unbedingt mal fragen, wie er das macht.

Die Tabelle kommt.

Tag 8:

1. Vienna Radisson.
2. Igor Cherkisshov.
3. Dick Bunny.
4. David Siliconi.
5. Norman R. Arrow.
6. Venus Mirris.
7. Edwin Sturbant.
8. Kyle Kaywest.
9. Chad Buffalo.
10. Boris Santiago.

Obwohl er die Challenge gewonnen hat, haben Boris sein Verrat an Vienna und sein anschließendes Gejammer viele Punkte gekostet. Vienna kommt dagegen leider weiterhin gut beim Publikum an, besonders wenn sie gewalttätig wird.

„Hey, Boris!"

Er stöhnt, bestimmt vor Enttäuschung.

„Ich weiß- ich bin gefeuert."

„Stimmt. Aber weißt du auch, dass das sehr ernste Folgen für dich hat?"

„Du meinst, abgesehen davon, dass ich nicht mehr dauernd auf deine abgeschnittenen Fußnägel trete, wenn ich ins Bad will?"

„Da unser Land sich keine Mexikaner ohne Job leisten kann, wirst du leider abgeschoben!"

„Ich bin übrigens durch Geburt Amerikaner."

„Das ist nur deine Meinung, Enchilada."

„Jode tu puta madre, gringo."

Keine Ahnung, was er damit meint, aber bestimmt heißt das „Du bist der beste Präsident aller Zeiten, Chef!"

Tag 9, Montag, 03.12, 11:02

In den letzten Tagen hat sich David echt auf mich eingeschossen. Ständig nervt er mich mit irgendwelchen Nichtigkeiten. Jetzt kommt er zum Beispiel aus dem Bad heraus auf mich zu, seine Miene so finster wie acht Jahre Syrienkrieg.

„Sag mal, Dicky", hebt er unheilverkündend an, „hast du irgendetwas mit meinen Magentabletten angestellt?"

Der bloße Vorwurf entsetzt mich, also mache ich das, was ich mit allen Vorwürfen mache, die mir unbequem sind: Ich streite alles rundheraus ab und gehe gleich zum Gegenangriff über:

„Natürlich nicht! Du weißt genau, dass ich an deine Tabletten niemals rangehen würde, weil ich als Präsident viel Wichtigeres zu tun habe, also benutzt du mich nur dazu, um von deinem eigenen Unvermögen abzulenken, weil du sie nämlich selbst verschlampt hast!"

David der Verräter sieht mich nachdenklich an und fragt dann: „Und warum stehen dann die Lockenwickler für dein Ersatztoupet auf dem Platz, wo ich die Magentabletten immer hinstelle?"

Er verzieht das schon leicht grünliche Gesicht und greift sich an den Bauch. Ich bin inzwischen vollauf damit beschäftigt, diese lächerlichen Vorwürfe gegen mich zu entkräften:

„Du behauptest also, ich hätte deine Magentabletten aus dem Fenster geworfen, um Platz für meine Lockenwickler zu schaffen?

Das ist ja eine ungeheuerliche Lüge! Den Großteil des Platzes braucht das Haarspray!"

„Wenn du nichts vom Verbleib meiner Tabletten weißt, wie kommst du dann darauf, dass sie aus dem Fenster geworfen wurden?"

Der rheumatische Mexikaner, der den Bereich unterhalb des Badezimmerfensters fegt, kann sich heute über Gratistabletten freuen, vor allem, wenn er auch Probleme mit dem Magen hat. Auf diese Weise sollte man die Gesundheitsfürsorge für Mexikaner immer organisieren, höhö. Bloß dass sie noch dafür bezahlen müssten.

Ich werfe David einen meiner berühmten „Zorn-Gottes-Blicke" zu.

„Behauptest du etwa, ich würde lügen? Unverschämtheit! Ich lüge nie- es kommt bloß ganz selten mal vor, dass die Realität falsch ist, aber das passiert allerhöchstens…"

„Achtmal täglich?"

Das ist Viennas schneidende Stimme. Manchmal glaube ich, die liegt mit einem Richtmikrophon auf der Lauer, nur damit sie jeden Streit rechtzeitig mitkriegt, um sich einzumischen. Aber heute scheint sie besonders auf Krawall gebürstet zu sein.

„Was willst du schon wieder, du kleine Drecksschlampe?"

Es gibt Tage, da könnte ich Vienna fast für eine Demokratin halten. Ich würde ihr ehrlich gesagt zutrauen, tatsächlich die Demokraten zu wählen, nur um mir eins auszuwischen. Auch heute lässt sie sich kaum von meinem kreativem Konter beeindrucken, sondern fährt erbarmungslos fort (leider nicht wörtlich, denn es würde mir sehr gefallen, wenn Vienna weit weg fahren würde. Je weiter, desto besser):

„Ich habe mal ein paar Nachforschungen angestellt. Seit du im Amt bist, hast du im Durchschnitt achtmal pro Tag öffentlich gelogen. Heute stehst du bisher bei drei- die Sache mit den Tabletten, die acht Pancakes, die du in deinem Bademantel versteckt und dann behauptet hast, es gäbe keine mehr sowie fast sicher deine Behauptung, deine Penislänge würde vierzig Zentimeter betragen."

„Ich und lügen? Fake-News!"

„Vierte Lüge. Du hältst deinen Schnitt gut."

„Wann habe ich jemals der Öffentlichkeit dieses wunderbaren Landes, das Gott schützen möge, abgesehen von den Teilen, die gegen mich gestimmt haben, die Unwahrheit gesagt?"

Vienna zieht eine Liste aus ihrem Mantel mit Babyrobbenfellkragen hervor, der in Kombination mit ihrem dunkelblauen Kleid an einen sehr pelzigen Eisberg auf hoher See erinnert.

„Also, ich habe nicht alle Lügen hier aufgeschrieben, weil dafür nicht einmal eine Bibliothek ausreichen würde, aber ein paar Sachen kann ich hier richtigstellen: Zu deiner Amtseinführung sind *nicht* neunundneunzig Millionen Menschen gekommen, das Waldsterben in den Appalachen wurde aller Wahrscheinlichkeit nach *nicht* von den Demokraten inszeniert, damit alle an den Klimawandel glauben, Shakespeare war *kein* Amerikaner und der Richter, der deinen Kumpel Seth Jefferson verurteilt hat, wurde *nie* verhaftet, weil er sich schwule Sexsklaven gehalten hätte."

Na, wenn das das Beste ist, was ihr einfällt. Dagegen kann ich mich ohne Probleme verteidigen.

„Das sind alles keine so großen Lügen wie die Lüge, dass du gut aussiehst! Außerdem habe ich das alles nie gesagt!"

Sogar David muss lachen.

„Der war ausnahmsweise mal gut, Dicky!"

Endlich versteht er, wie lustig und schlagfertig ich bin! Das sind ja auch die Gründe, warum ich Präsident wurde, neben meiner überragenden Intelligenz, meinem hervorragendem strategischem Denken und natürlich meinem grenzenlosem Charme. Das Vermögen, das ich von meinem Vater geerbt habe oder die Tatsache, dass der durchschnittliche Wähler in den Südstaaten noch blöder ist als Venus, haben damit natürlich gar nichts zu tun.

Vienna findet das natürlich nicht.

„Ganz dünnes Eis, Siliconi!"

„Wo Dicky recht hat... Ich würde dir dringend ein Lifting empfehlen, da gibt es gerade Rabatt drauf."

Vienna klebt David eine und wischt ihm dadurch mit voller Wucht das Grinsen aus dem blöden Gesicht. David kontert daraufhin, indem er sie mit einem Bodyslam zu Boden reißt und versucht, sie ins Esszimmer zu sperren, was nur daran scheitert, dass Vienna zu groß ist, um quer durch die Tür zu passen. David mag zwar ein blöder Sack sein, aber ich habe durchaus etwas übrig für Männer, die einen guten Bodyslam auspacken können- vor allem gegenüber Frauen oder Reportern.

Da die beiden im Moment mit sich selbst beschäftigt sind, will ich mich unauffällig ins Bad verdrücken, leider treffe ich dort auf Mr. Igor, der auf Russisch in ein kleines Funkgerät auf seinem Handgelenk quasselt. Ich bitte ihn, schöne Grüße an diesen Mr. Cherkisshov auszurichten, dann haue ich schnell wieder ab. Man kann nie wissen und ich habe Mr. Igor schon einmal versehentlich auf dem Klo ertappt, was wirklich keine schöne Erfahrung ist. Aber immerhin vertreibt sein leichter Geruch nach Qualm den Mief aus dem Bad- sein desto... deshalb... Devisen... Dalmatiner... sein Apparat zum Alkoholbrennen hat sich gestern Abend mit einer schönen Stichflamme verabschiedet. Vielleicht hätte er Norman nicht erlauben sollen, das Ding zu benutzen.

Ich sperre mich inzwischen lieber im Green Room ein und freue mich darüber, dass ich mich nicht mit David und Vienna befassen muss, solange ich die beiden nicht sehen kann. Diese Taktik wende ich auch schon lange erfolgreich bei den meisten politischen Problemen an.

12:47

Auch heute hat der Praktikant mit der Stimme Gottes wieder eine Aufgabe für uns.

„Venus und Kyle", dröhnt er, „ihr beide seid für die heutige Challenge ausgewählt. Aber ich warne euch: Es gibt zwar zwei Teilnehmer- aber nur einen Sieger!"

Wie sehr der Typ seine künstlich aufgehübschte Stimme feiert. Dabei klingt meine Stimme viel schöner. Vielleicht sollte ich eine App entwickeln lassen, in die meine Fans Botschaften einsprechen können, die dann so verfremdet werden, als hätte ich sie gesagt. Wäre bestimmt ein Riesenerfolg, gleich mal meiner Marketingabteilung schreiben. So etwas ist allgemein eine gute Idee, könnten andere auch machen, Edwin zum Beispiel. Bei ihm würde man dann, statt die Stimme zu verändern, einfach die Botschaft so durch den Wolf drehen, dass sie kein Schwein mehr versteht, höhö.

Kyle und Venus stehen jetzt mit etwas unsicheren Gesichtern in der Showarena und wir verfolgen vor dem Fernseher mit, wie Alderman und LeShaw vom Situation Room in die Showarena wechseln. Alderman sieht heute fitter aus, David behauptet, sie hätten ihm einen weiteren Magen eingesetzt, weil es billiger sei, einen zweiten Magen einzufügen, als den alten erst rauszunehmen. Aber schon bevor David der Verräter angefangen hat, sich gegen mich zu wenden, habe ich aufgehört, ihm bei medizinischen Dingen zu glauben. Nämlich in dem Moment, als er mir ein zweites Herz aufgeschwatzt hat mit der Begründung, dann hätte ich doppelt so viel Energie für Social Media. Aber danach habe ich jedes Mal einen Herzinfarkt gekriegt, wenn ich Kaffee getrunken habe (zwar nicht immer auf demselben Herz, trotzdem war mein Puls konstant im Bereich der Zweihundert), deshalb habe ich das Ding wieder entfernen lassen. David hat es daraufhin an einen Sprinter verscherbelt, der damit erst die Olympische Goldmedaille gewonnen hat, dann tot zusammengebrochen ist und posthum auch noch disqualifiziert wurde. Als ich gehört habe, dass bei seiner Beerdigung der Brustkorb des Sprinters so aussah, als hätte man darin gebuddelt, habe ich mir geschworen, niemals nachzusehen, was David so in seinen Kühlschränken versteckt. Im Moment arbeitet er gerade an einem neuen Entwurf zur Organspende. Anstatt dass jeder nach dem Tod automatisch zum Spender wird, wenn er nicht ausdrücklich widerspricht- natürlich erst dann und nicht schon zu Lebzeiten, sonst könnte ja jeder kommen-, sieht sein neuer Entwurf vor, dass schon *vor* dem Tod jeder Amerikaner automatisch als Organspender betrachtet wird. Nur die Frist, um Widerspruch einzulegen, bereitet ihm noch Probleme. Gestern hat er Edwin gefragt, ob er zwei Minuten für zu lang hält.

Denise LeShaw erklärt inzwischen die heutige Aufgabe:

„Heute geht es um etwas, was alle Mitglieder dieser Regierung definitiv sehr gut beherrschen: Geld in den Ofen zu schieben!"

Spotlights beleuchten zwei Bunsenbrenner in ihren Abzugskaminen, dazu zwei große Haufen von- ist das tatsächlich Geld?

„Ihr könnt heute also das machen, was ihr am liebsten tut, nämlich Geld verschwenden. Ihr habt beide einen großen Haufen nachgemachte Dollarscheine, die ihr beide in den nächsten zwei Minuten nach Herzenslust verbrennen dürft. Wer am Ende mehr Geld verfeuert hat, gewinnt die Challenge! Aber passt auf: Die Scheine haben unterschiedliche Werte, ihr könnt also entweder die höchsten Geldscheine heraussuchen oder einfach alles ins Feuer werfen, was ihr zu fassen kriegt- mal sehen, was sinnvoller ist!"

Venus und Kyle setzen sich auf ihre Plätze, beide wirken nachdenklich, was vor allem bei Venus sehr ungewöhnlich ist. Alderman gibt das Startsignal.

„Drei... zwei... eins... los!"

Die Bunsenbrenner gehen an. Venus beginnt, wahllos Geldscheine in die Flamme zu halten. Eine Anzeige in der Ecke des Bildschirms zeigt an, wie viel sie verfeuert hat. Vier Dollar... siebzehn... einundzwanzig... dreiundfünfzig...

Kyle wählt die kompliziertere Methode. Er liest sich vorher den Wert von jedem Schein genau durch. Leider braucht er dazu den Zeigefinger und dazu hält er die Scheine oft auch noch falsch herum. Venus ist inzwischen bei 148 Dollar angekommen.

Oha! Kyle scheint einen Schein gefunden zu haben, der ihn zufriedenstellt. Eilig hält er den falschen Geldschein über den Bunsenbrenner, dessen Flamme ihn schnell in Asche verwandelt. Die Zahl 500 erscheint auf seiner Anzeige. Aber nun verliert er wieder Zeit beim Suchen und Venus legt nach. 174 Dollar... 205... 297... 352...

„Noch eine Minute", warnt Alderman. Kyle durchsucht inzwischen verzweifelt seine Scheine, doch Venus kommt immer näher. 418... 470... 495... -sie wirft einfach jeden Schein ins Feuer, den sie kriegen kann. Und dann erwischt sie plötzlich zwei Hunderter hintereinander. 695 zu 500. Noch dreißig Sekunden... Venus legt immer weiter nach... Und dann, als sie bei 802 Dollar steht, reißt sie plötzlich ihre Hand zurück, als hätte sie etwas gestochen.

„Aaaaaargh! Mein Nagellack schmilzt!"

Sie hält hektisch ihre Hand von der Flamme weg und pustet panisch gegen ihre Fingernägel, doch ihr Nagellack wirft schon Blasen. Alderman und LeShaw können sich kaum noch halten vor Lachen, Kyle dagegen sieht seine Chance gekommen. Er hat ein paar größere Scheine gefunden und wirft sie nun in die Flammen. 550... 650.. 670...

Aber als gerade der Schein verbrennt, der ihn auf 720 Dollar bringt, dröhnt die Schlusssirene. Venus reißt jubelnd ihre Arme aus dem Eimer mit kaltem Wasser, der für sie bereitgestellt wurde. Ihre Fingernägel sehen nun aus wie eine Monument-Valley-Miniatur in glitzerhellblau.

„Die Zeit ist um!", ruft Denise LeShaw. „Herzlichen Glückwunsch, Venus! Obwohl es für dich ein wenig... brenzlig wurde, hast du bewiesen, dass dir in Sachen Geldverschwendung niemand etwas vormacht!"

Die anderen Bewohner vor dem Fernseher applaudieren geschlossen. Nur ich bin etwas beleidigt. Es gibt nämlich niemanden, der Geld besser verschwenden kann als ich, schließlich bin ich der Präsident. Das muss ich hier mal unbedingt klarstellen.

16:04

Viennas neuester Angriff auf meine Autorität (jetzt gerade behauptet sie, es sei moralisch fragwürdig, wenn ich fünfzig Green Cards für insgesamt 500.000 Dollar an einen mexikanischen Drogenbaron verkaufe und außerdem würde es nicht zu unserer Einwanderungspolitik passen; die Schlampe soll bloß die Schnauze halten, obwohl ich echt gern wissen würde, woher sie so viel über meine Geschäfte weiß) wird Gott sei Dank von Kyle unterbrochen, der in den East Room geschlurft kommt und schaut, als wäre er gerade dazu verurteil worden, zehn Jahre in Peoria zu verbringen.

„Verfluchter Mist", murmelt er. Jeder, der mich kennt, wird bestätigen, dass ich super Mitleid heucheln kann, wenn ich von unangenehmen Vorwürfen gegen mich ablenken will, also frage ich ihn ganz nett, was los sei. Kyle versucht, sein Gesicht zu verziehen, hat aber wegen des ganzen Botox nur wenig Erfolg damit.

„Es gab in Florida einen Hurrikan- dabei sollte die Saison doch im Dezember schon vorbei sein! Vier Häuser habe ich verloren, schreibt meine dritte Stiefmutter!"

Vienna macht ein betroffenes Gesicht.

„Ach Mensch, du Armer! Ich kenne das Gefühl, wenn man Häuser verliert! Ist jedes Mal traurig, besonders wenn es Häuser sind, in denen man schon ein oder zwei Nächte verbracht hat."

„Bestimmt haben die Demokraten den Sturm geschickt, damit wir ihr Märchen vom Klimawandel glauben", sage ich im Brustton der Überzeugung. „Vielleicht mit Hilfe von den Russen."

„Hä? Was du sage über Russen?"

„Du nicht, Mr. Igor, du kannst nur dann Wind machen, wenn es mal wieder Bohnen gab."

„Die Häuser waren nagelneu", heult Kyle, „ich hatte sie noch gar nicht ausprobiert."

„Eine Wegwerfgesellschaft ist das", nickt Norman, „in der die Sachen wirklich überhaupt keine Haltbarkeit mehr haben. Kaum hast du die Häuser gekauft, sind sie auch schon wieder weg."

„Genau", stimmt ihm Kyle eifrig zu, „und in der Gebrauchsanweisung stand überhaupt nichts davon, dass sie von einem Hurrikan zerstört werden könnten."

„Man sollte es zur Pflicht machen, dass Makler bei Holzhäusern „Vorsicht, zerbrechlich!" in die Kataloge schreiben", fällt Vienna ein. Auf den Gedanken bin ich noch nie gekommen, wobei es mir sehr gefällt, dass die meisten Häuser in Florida so unsolide gebaut sind- gut für die Bauindustrie-, aber ich lasse natürlich keine Gelegenheit aus, mich als Präsident zu profilieren.

„Wenn ihr dafür sorgt, dass ich wiedergewählt werde, verspreche ich euch, dass ich so ein Gesetz erlassen werde, überhaupt kein Problem."

„Und das glauben wir dir, weil du so ein vertrauenswürdiger Mensch bist und so", sagt Vienna trocken. Klasse, sie hat es kapiert! Hätte gar nicht gedacht, dass sie so schnell von Begriff sein kann.

„Ja, genau!"

„Das heißt, das ist genauso glaubwürdig wie dein Versprechen an die Schwarzen, die Polizeigewalt zu reduzieren, wenn sie gratis auf irgendwelchen Baumwollplantagen arbeiten würden, deine Behauptung, alle NFL-Spieler, die die Hymne nicht mitsingen, wären in eine außerirdische Verschwörung verwickelt, deine Beteuerung, du hättest dem russischen Präsidenten nur durch ein Versehen eines Mitarbeiters alle Passwörter für die NSA-Server mitgeteilt oder wie deine Zurückweisungen der Vergewaltigungsvorwürfe von insgesamt einundfünfzig Frauen und einem Mann?"

„Alles Lügen! Und es war so dunkel, dass ich dachte, der Typ wäre eine Frau!"

„Lügen, sagst du? Und was ist mit den Zeugen, den Dokumenten, all jenen Dingen, die darauf hindeuten, dass du nicht nur dein Amt als Präsident komplett missbraucht hast, sondern sogar schon kriminell warst, bevor du Politiker wurdest?"

Vienna weiß genau, dass ihr das ganze Land dabei zusieht, wie sie meinen guten Ruf ruiniert. Und sie konnte solche Dinge schon immer für sich nutzen.

„Wollt ihr wirklich einen solchen Mann als Präsidenten?", fragt Vienna mit betont dramatischer Geste. „Wollt ihr einen Präsidenten, der dieses Land nur zu seiner persönlichen Bereicherung benutzt? Oder habt ihr den Mut, mit euren Stimmen die letzte Chance zu nutzen, die unser Land noch hat- werdet ihr mich wählen? Nur so gibt es noch Hoffnung für unsere wunderbaren USA!"

Die Schlampe ist wirklich gerissener, als ich dachte. Und sie hat auch noch Erfolg! Sogar Edwin Sturbant und Chad Buffalo schauen nun nachdenklich. Na wartet! Ihr werdet mich alle kennenlernen!

Protokolle aus dem Sprechzimmer, Tag 9

1. Vienna Radisson.

„Wir wissen alle, dass unser Land weiß Gott keine einfache Zeit durchmacht. Aber was sich unser Präsident alles erlaubt hat, ist wirklich unerhört. Die Zeit reicht gar nicht, um alle seine Schandtaten aufzuzählen, obwohl ich es ja heute Nachmittag ehrlich versucht habe. Ich kann wirklich verstehen, warum die Demokraten ihn seines Amtes entheben wollen und ich muss sagen, dass ich dieses Verfahren voll und ganz unterstütze- aber das ginge so viel einfacher durch diese Show. Ich bin sehr froh, dass diese Sendung so gut geeignet ist, um Dick Bunnys schmutzige Geschäfte zu offenbaren, und ich bitte euch alle da draußen: Ruft nicht für Dick an, verschwendet eure Stimmen nicht! Stimmt stattdessen für Ehrlichkeit, stimmt für Erneuerung, stimmt für eure letzte Hoffnung- stimmt für Vienna Radisson!"

2. Kyle Kaywest.

„Also, ganz ehrlich, ich habe es auch nicht leicht, nur weil ich aus einer reichen Familie stamme und schon meinen Durchbruch hatte, als ich mit zwei Jahren bei „The Super-Diaper Talent" gewonnen habe. Aber es ist mein vollster Ernst, dauernd Reality-TV ist total stressig, genauso wie Influencing. Und Florida ist ein hartes Pflaster, um Häuser zu bauen, der Verlust von jedem verletzt mich immer sehr, auch wenn ich sie noch nie gesehen habe."
(schluchzt ein wenig). „Sie waren doch noch ganz neu! Aber der Support von der Venus und der Vienna hat mich echt getröstet und ich hoffe, ihr ruft bei den nächsten Präsidentschaftswahlen alle für die Vienna an, denn sie macht echt klasse Politik und genau das brauchen wir ja auch am Dringendsten, abgesehen von guten Beauty-Produkten, ist ja klar."

3. Norman R. Arrow.

„Die Gefahr lauert überall! Diese Kameras zum Beispiel- woher wollen Sie wissen, dass das nicht einfach getarnte Sturmgewehre sind? Die Bürger unseres Landes leben in ständiger Gefahr, denn alle haben sich gegen uns verschworen: Die Russen, die Chinesen, die Europäer, die Echsenmenschen, die Außerirdischen und natürlich die Elvis-Imitatoren, die eigentlich verkleidete Elitetruppen von Elvis´ Heimatplanet sind! Und wussten Sie, dass siebenundneunzig Prozent aller amerikanischen Automodelle mit schweren Schäden rechnen müssen, wenn sie über eine Landmine fahren? Überall gibt es Todesfallen, von denen uns keiner was gesagt hat! Handeln Sie noch heute!"

21:43

Ich muss zugeben, dass ich nach Viennas gemeinen Vorwürfen ein sehr mulmiges Gefühl vor der heutigen Punktevergabe habe. Und nach Denise LeShaws guter Laune zu urteilen, liege ich damit auch richtig. Natürlich liege ich immer richtig, aber dieses Mal hätte ich mich lieber geirrt.

„Idaho geht an Vienna Radisson!"

„Vienna Radisson holt sich Nevada!"

„In Utah gewinnt Venus Mirris!"

„Iowa geht an Vienna Radisson!"

„Igor Cherkisshov siegt im Donbass- seit wann ist das denn ein Bundesstaat?"

„Ich glaube, das liegt bei Delaware, Denise."

Zwar hole auch ich ein paar Punkte, trotzdem bin ich fast ein nervöses Wrack- ich habe natürlich viel zu viel Coolness, als dass sie mir jemals ganz abhandenkommen könnte-, als die Tabelle eingeblendet wird.

Tag 9:
1. Vienna Radisson.
2. Venus Mirris.
3. Igor Cherkisshov.
4. David Siliconi.
5. Norman R. Arrow.
6. Chad Buffalo.
7. Dick Bunny.
8. Edwin Sturbant.
9. Kyle Kaywest.

Immerhin fliege ich nicht raus, trotzdem ist dieses Ergebnis eine Katastrophe! Irgendetwas muss ich gegen Vienna, diese Bitch, unternehmen. Ich bin so sehr mit meinem Selbstmitleid beschäftigt, dass selbst Kyle irritiert ist.

„Hey, Dick, willst du mich nicht feuern?"

Natürlich bin ich mit viel wichtigeren Dingen als Kyle beschäftigt (ich poste gerade „Vienna ist eine dreckige Schlampe" in meiner Insta-Story), aber auf meinen Spruch kann ich trotzdem nicht verzichten.

„Wenn du Mitleid willst, geh zu Venus. Na gut, du bist gefeuert. Und jetzt lass mich in Ruhe!"

Dann renne ich mannhaft ins Bad, damit man meine Tränen nicht sieht. Außer natürlich im Fernsehen.

Tag 10, Dienstag, 04.12., 12:04

Und täglich grüßt der Praktikant mit der Stimme Gottes. Heute unterbricht er einen Streit zwischen Vienna und David (es geht darum, ob frische Luft oder Wärme wichtiger ist und ist schon soweit eskaliert, dass Vienna Davids Hand im Fenster eingeklemmt hat. Aber das ist ja nicht so schlimm, er kann sich ja jederzeit eine neue Hand anpassen lassen, wenn nötig, höhö) und reißt mich aus meinen Planungen, um die Spitze zurückzuerobern. Ich habe an alle meine Berater geschrieben, außerdem in mehreren Social-Media-Posts dazu aufgerufen, für mich zu stimmen, habe versucht, ein Gesetz zu erlassen, dass es für alle Amerikaner über fünf zur Pflicht macht, bei dieser Show für mich anzurufen (für die jüngeren nicht, denn ein bisschen spannend muss es ja bleiben) und habe sogar Svetlana eine Whatsapp geschickt und ihr vorgeschlagen, mir ein paar Nacktfotos zu schicken, damit ich die posten kann und dadurch mehr Follower kriege. Aber sie hat mir zurückgeschrieben, dass sie in ihrem Heimatdorf Pazin kein Internet hätte. Schade eigentlich.

„Bewohner des Weißen Hauses, heute steht eine ganz besondere Aufgabe an", beginnt der Praktikant mit der Stimme Gottes dramatisch. „Das Feld lichtet sich und für alle Teilnehmer wird jeder einzelne Punkt immer wichtiger. Deshalb werdet ihr euch nun *alle* zur heutigen Challenge nach unten begeben!"

Chaos bricht aus. Vienna lächelt fies, Venus fällt vor Aufregung in Ohnmacht und schlägt dumpf auf dem Boden auf, da Kyle und Boris mittlerweile beide rausgeflogen sind, David zieht seine Hand aus dem Fensterrahmen und murmelt etwas Unverständliches,

Norman streichelt den Lauf seiner Spielzeugpistole. Eine kalte Brise weht in den Raum, aber Kälte macht mir mit meinem mächtigen Körper gar nichts aus, also zittere ich nur vor Vorfreude. Endlich habe ich wieder die Möglichkeit, Boden gutzumachen!

Es gibt weitere Unruhe auf der Treppe, als ich David in einem günstigen Moment schubse und er Venus und Chad glatt mit abräumt. Guter Treffer, aber kein Strike, höhö. Das Beste ist, dass keiner außer mehreren hundert Millionen Fernsehzuschauern gesehen hat, wie ich David geschubst habe und die können es ihm ja zum Glück nicht erzählen. Obwohl er mich auf reinen Verdacht hin böse anstarrt, nachdem er sich unter einigen Flüchen von Venus und Chad entwirrt hat. Sogar Venus hat sich beteiligt, obwohl ihr mal jemand erklären könnte, dass es nicht „idiomatischer Leander Taler" heißt.

Letzten Endes erreichen wir die Showarena unbeschadet und entdecken, dass Alderman grinst wie ein Honigkuchenpferd, während LeShaw sich alle Mühe gibt, ein Kichern zu unterdrücken. Das lässt mich Böses ahnen.

„Guten Tag, meine Lieblingsgefangenen", begrüßt uns Ulysses. „Ich muss sagen, ich hätte erwartet, dass mehr von euch kommen."

„Es ist wie mit dem Geld: Schaut man einmal kurz nicht hin, ist auch schon die Hälfte weg", kommentiert Denise LeShaw.

„Was diese Show alles bewirkt, ist Wahnsinn. Es ist jetzt schon mehr Wohnraum freigeworden als in drei Jahren Bunny-Regierung."

„Und auch heute wird es damit weitergehen- durch den Auszug eines weiteren Kandidaten."

„Genau deshalb ist die heutige Challenge auch so wichtig! Die ist zwar sehr einfach erklärt- was für euch vermutlich von Vorteil ist-, aber nicht einmal annähernd so einfach gewonnen!"

Alderman strotzt so sehr vor Vorfreude und Überlegenheit, dass er kurz vor dem Platzen steht.

„Wir haben hier für euch ein Labyrinth mit mehreren Eingängen aufgebaut", fährt er fort, „in das ihr gleich alle gleichzeitig rein gelassen werdet. Wer zuerst in der Mitte ankommt, hat gewonnen!" Scheinwerfer beleuchten ein Gewirr aus über zwei Meter hohen flaschengrünen Wänden, das sich durch den ganzen Raum zieht. Es sieht ziemlich unübersichtlich aus.

Und warum kriege ich eigentlich keinen Vorsprung? Immerhin bin ich der Präsident! Ich versuche Alderman zu feuern, aber er erklärt mir, dass ich ihn gar nicht bezahle und daher nicht feuern könnte. Als ich ihm zwei Millionen Dollar für eine Stunde Vorsprung anbiete, meint er nur, er würde mich disqualifizieren, wenn ich nochmal versuche, ihn zu bestechen. Was für ein Spielverderber!

Aus diesem Grund bin ich noch ziemlich beleidigt, als das Startsignal ertönt. Ich starte am selben Eingang wie Sturbant, aber wir trennen uns schnell, er läuft nach rechts, ich nach links. Ich überlege kurz, ihm zu folgen, weil er sich wegen seiner Schachtelsätze ganz gut mit Labyrinthen auskennen sollte, jedenfalls in sprachlichen, aber dann laufe ich doch lieber weiter nach links. Hey, da vorne ist ein ganz langer Gang, mit dem ich bestimmt ganz weit komme! Ich renne los, komme schnell vorwärts, bin fast da- und knalle mit voller Wucht gegen ein unsichtbares Hindernis. Das schleudert mich heftig zurück, ich lande schmerzhaft auf dem harten Boden und habe ein seltsames Piepsen im Ohr. Sind hier etwa Vögel? Sollte ich besser den Kammerjäger rufen?

Während ich mich langsam wieder aufrapple, frage ich mich, wer dieser hässliche Loser ist, der gegenüber von mir gerade dasselbe macht- gibt es etwa noch weitere Teilnehmer? Und wenn ja, warum hat man mir davon nichts gesagt?! Ich bin schließlich der Präsident! Aber erst, als ich aufhöre, alles doppelt zu sehen, bemerke ich, wie fantastisch gut der andere Typ vor mir aussieht und plötzlich ist alles klar: Spiegel! Natürlich! Aber eine Gemeinheit, dass man mich nicht davor gewarnt hat, da kann man sich schließlich dran verletzen! Ich lausche auf die Geräusche meiner Gegner.

Immer wieder hört man ein dumpfes Rumpeln, gefolgt von einem spitzen Aufschrei- scheint so, als hätte Venus das Prinzip der Spiegel noch nicht ganz durchschaut. Weiter links klackern Stilettos, kombiniert mit derben Flüchen- das dürfte Vienna sein. Im hinteren Teil des Labyrinths splittert Glas, vermutlich konnte Chad nicht mehr rechtzeitig bremsen. Und ganz in der Nähe höre ich ein Geräusch, das fast so klingt, als würde eine Bleikugel mit hohem Tempo einen Spiegel zerschmettern- eindeutig Norman. Ich zucke mit den Achseln und setzte meinen Weg fort.

Leise auf Russisch vor sich hin murmelnd kreuzt Mr. Igor meinen Weg, in der Hand hält er einen Kompass. Da er nicht so aussieht, als wüsste er, wo er hinwill, lasse ich ihn links liegen und laufe in Richtung Mitte. Aber so ein Labyrinth ist komplizierter, als es aussieht, es hat viel zu viele Gänge. Und auch viel zu viele Ecken, die genauso aussehen wie die, an der ich gerade vorbeigekommen bin. Sogar dieselben Fußspuren sind auf dem staubigen Holzboden! Wer auch immer hier langgekommen ist, vielleicht kennt er den Weg ja besser als ich. Ich folge also den Fußspuren.

Jetzt sind es schon die Abdrücke von zwei Leuten, ganz klarer Fall, dass ich auf der richtigen Spur bin! Ich laufe schneller, damit diese beiden Typen nicht vor mir in der Mitte ankommen. Nun kommt auch noch eine dritte Spur dazu. Wie viele Leute sind hier eigentlich?

Ich komme an David vorbei, der mit großer Begeisterung Kreidezeichnungen auf die Wände kritzelt. Schade, dass sein einziges Motiv ein ziemlich langweiliger Strich ist.

„Was machst du denn da, Dicky?"

„Ich folge den Spuren, siehst du doch. Hier sind schon mindestens drei Leute durchgekommen, ist eine ganz heiße Fährte!"

Warum David jetzt lachen muss, weiß ich auch nicht. Vielleicht sind seine Kreidezeichnungen ja ein Witz in irgendeiner fremden Sprache, arabisch oder so. Jedenfalls entscheide ich mich, ihm zu folgen, weil diese Spur offenbar ein Umweg ist. Die Leute, die da langgelaufen sind, waren ganz schön blöd, höhö.

Die ersten fünfzig Meter (ganz schön weit, so viel gehe ich sonst in einer ganzen Woche zu Fuß) klappt es gut. Dann bemerkt David mich. Warum auch immer, denn ich halte mich extra im Schatten und verstecke mich dauernd hinter irgendwelchen Wänden und so. Wir liefern uns gerade einen ziemlich handfesten Streit (obwohl, so handfest nun auch wieder nicht, weil Davids rechte Hand nach dem Streit über die geöffneten Fenster immer noch ziemlich lädiert ist), als sich plötzlich ein Spiegel neben uns in einen Scherbenregen verwandelt und Norman wie die Karikatur eines Kriegsgottes herauskommt, in seiner Hand ein frischgebasteltes Katapult. Man hat schon Leute eingewiesen, die geistig gesünder aussahen als er. Sein Blick huscht immer wieder gehetzt hin und her und er murmelt irre vor sich hin. Ich sehe sofort, wie ich seine Pa... Paria... Paternoster... seinen Verfolgungswahn zu meinem Vorteil nutzen kann.

„Hey, Norman! David hat eine Karte vom Labyrinth und will sie nicht hergeben!"

Mein Plan geht sofort auf. Kein Wunder, er ist ja von mir, dann kann er ja nur genial sein.

„Was?!"

Norman bläst sich mit Luft auf wie ein brünstiger Ochsenfrosch. Er richtet das Katapult auf David und seine Hand am Abzug zittert stärker als Geoffrey B. Trembler.

„Im Namen der nationalen Sicherheit, gib die Karte heraus!"

Davids Erwiderung bekomme ich nicht mehr mit, weil ich schon loslaufe. Ich muss fast in der Mitte sein! Untermalt von Venus' fernen Schreien trommeln meine Füße über den staubigen Boden des Labyrinths, ich biege um eine Kurve und plötzlich sehe ich die Mitte vor mir! Ich habe es fast geschafft! Ich will gerade zum Schlusssprint ansetzen, als sich neben mir schon wieder ein Spiegel in Splittern verabschiedet und ich Chad vor mir sehe, sein ganzer Oberkörper von Schnittwunden und Prellungen übersät. Ein bisschen Gipsstaub klebt auch an ihm. Er scheint einfach jede Wand niedergewalzt zu haben. Wir tauschen einen Blick.

„Was machst du denn hier, Boss?"

„Ich habe natürlich den Weg durch das Labyrinth gefunden. Und du?"

„Wände eingerissen. Mein Footballtrainer hat immer gesagt, ich soll jedes Hindernis wegmachen, das mir im Weg steht."

Er wirkt nachdenklich, was ungefähr so aussieht wie ein unterbelichteter Gorilla, der gerade an nichts Bestimmtes denkt.

„Hey, ist das da das Ziel?"

„Ach Quatsch, das Ziel ist da drüben", antworte ich reflexartig. Doch ganz so blöd ist Chad auch nicht.

„Aber das ist doch die Mitte, oder? Und wir sollen in die Mitte... Moment mal, hast du mich gerade angelogen?"

Zeit, schnell zu handeln. Ich verpasse Chad einen Tritt gegen sein Knie, was ihn fluchend stürzen lässt und renne los. Ich höre Chad hinter mir schwer auf die Beine kommen und etwas brüllen, aber er kann nur hinken und ist damit etwas langsamer als meine Höchstgeschwindigkeit. Und so kommt es, dass ich mit brennenden Lungen in der Mitte ankomme- als Erster! Ich reiße die Arme in die Luft und versuche einen Triumphschrei, aber ich bin so erschöpft, dass nur ein immerhin sehr männliches Röcheln herauskommt. Aber trotzdem habe ich es geschafft! Ich bin der Größte! Ich bin der Schönste, ich bin der Schnellste, ich bin der Stärkste, ich bin der Klügste, ich bin der Sieger!

15:49

Als der Strom sich verabschiedet, unterbricht er damit meine Bemühungen, mir selbst eine Pediküre zu verpassen. Normalerweise habe ich für so etwas ja meine Fußpflegerinnen, aber hier drinnen müssen wir ja leider alles selber machen und wenn mein Körper auch in Zukunft so fantastisch gut aussehen soll, muss irgendwer sich halt darum kümmern. Nachdem ich es mit der Fischmethode versucht habe (aber der Lachs vom Mittagessen ist nur schlaff auf den Boden der Badewanne gesunken, statt mir die tote Haut abzuknabbern) und mit Schmiergelpapier, habe ich gerade erste Erfolge mit der Nagelschere, als plötzlich das Licht ausgeht und ich mir das verdammte Ding in den Fuß ramme. Aua! Verdammte Scheiße, was soll das denn?

Während ich mir so gut es geht meine Socken wieder anziehe, lausche ich auf die Geräusche der anderen. Von irgendwo kommen Flüche auf Russisch, etwas weiter in der Nähe erzittert eine Wand, dazu kommt das Klackern von High-Heels, ein spitzer Schrei, dumpfe Aufschläge und irgendjemand- wer wohl?- brüllt: „Zu den Waffen! Wir werden angegriffen! Amerikaner, erhebt euch und verteidigt, was euch lieb und teuer ist!" Ich fand schon immer, dass Norman nicht ganz so viele Kriegsfilme gucken sollte. Nachdem er „Apocalypse Now" gesehen hatte, hab ich ihn dabei ertappt, wie er im Internet nach Rasierwasser mit Napalm-Aroma gesucht hat.

Mit den Schuhen in der Hand ertaste ich mir meinen Weg in den East Room, wo den Geräuschen nach zu urteilen meine Mitbewohner auch schon alle versammelt sind- außer Chad, der offenbar immer noch im State Dining Room herum torkelt und die Tür sucht. Falls er nicht vorher eine Wand einschlägt. Da sich diese Krise mit meinem geliebten Smartphone bestimmt leichter meistern lässt, ziehe ich es reflexartig aus der Hosentasche, gerade rechtzeitig, um folgende Meldung mitzubekommen: „Alarmstufe Rot! Möglicherweise feindlicher Übergriff auf internes Netzwerk. Dies ist KEINE Übung!" Und dann schaltet sich, alarmiert vom Stromausfall, mein Handy automatisch aus- wegen der App, die wir am Anfang aus Gründen der nationalen Sicherheit alle auf unseren Smartphones installieren mussten.

Wie LeShaw es ausgedrückt hat: „Da ihr ja so ziemlich *alle* politischen Entscheidungen über die Dinger trefft, müssen wir sie jederzeit ausschalten können, sobald das System nicht sicher ist. Niemand will eine manipulierte Wahl, hört also auf zu meckern." Ich habe ja eigentlich nichts gegen... äh, ich meine natürlich, ma-

146

nipulierte Wahlen sind ganz, ganz böse und müssen *unbedingt* verhindert werden! Aber dass mein Smartphone jetzt ausgeht, versetzt mir einen harten Schlag. Wie soll ich denn nun ein Bild von der Dunkelheit bei Instagram posten? Und ich kann auch niemanden anrufen, um mich zu beschweren. Ach ja, und die Taschenlampe des Handys kann ich auch nicht benutzen. Verdammter Mist! Als weltgewandter, krisenerprobter Staatsmann weiß ich natürlich genau, was jetzt zu tun ist: Einen Schuldigen finden.

„David, du Plastiktüte, du hast doch bestimmt schon wieder mit der Stromversorgung gespielt! Wie oft hab ich gesagt, dass die nicht so unzerstörbar ist wie die leidgeprüften, armen Schweine, die sich bei dir auf den Tisch legen!"

Weil es stockdunkel ist, kann ich mir nur vorstellen, wie David rotbraun anläuft.

„Ach, jetzt soll ich an allem schuld sein, Dicky? Ich glaube eher, dass der Strom weg ist, weil du für deine zehntausend Jahre Social-Media ständig dein Ladekabel in der Steckdose hast!"

Ich hole mit der Faust aus, aber dem Geräusch nach zu urteilen, treffe ich nur Norman- ich habe David jedenfalls noch nie dabei ertappt, wie er „Schießbefehl" brüllt und andere Leute mit Bleikügelchen beschießt.

„Aua! Lass das, du Verrückter! Bestimmt hast du so auch die Stromversorgung beschädigt!"

„Das ist sicher ein feindlicher Angriff", quiekt Venus. „Die Russen haben uns unsere Energie weggenommen, damit wir ihr Erdgas kaufen müssen!"

„Na klar", mosert eine raue Stimme. „Wenn ihr Amerikaner macht Fehler, immer ist schuldig jemand anderes, die Schwarzen, die Latinos, die Chinesen und wenn euch fällt gar nichts ein, ihr nehmt uns Russen!"

„Aber dich meine ich doch nicht!" In diesem Moment bin ich über die Dunkelheit froh, denn so muss ich Venus nicht beim Denken zusehen- nie ein schöner Anblick. Dann kommt sie tatsächlich zu einer Art Ergebnis.

„Obwohl… die Russen können es nicht gewesen sein, denn dann hätten sie ja auch einen von ihnen im Dunkeln sitzen gelassen!"

„Es ist alles Dickys Schuld", kräht David der Verräter. Vienna springt auf den fahrenden Zug auf.

„Genau, als Präsident hat er dafür zu sorgen, dass wir hier vernünftigen Strom haben!"

„Was man, in dieser Situation im Hier und Jetzt, auch bedenken sollte, ist die Rolle, die Forest Blight, vormals Energieminister, aber mittlerweile nicht mehr, hierbei spielt, weil es ja eigentlich seine Aufgabe wäre, dafür zu sorgen, dass dieses Land, die Vereinigten Staaten, genug Energie hat, aber das ja nicht kann, weil er ja nicht mehr Energieminister ist, denn in dieser Show werden einfach sehr viele Leute herausgewählt."

Ich kneble Edwin mit einem Sofakissen. Da er so lange redet, kann man ihn zum Glück mit dem Gehör ziemlich leicht orten.

Als ich im Stockdunklen nach meinen Schuhen suche, kommt mir der Gedanke, dass meine Mitbewohner ja vielleicht auch gerade gar nicht richtig angezogen sind und ich es nur nicht merke, weil man nichts sieht. Hoffentlich geht das Licht nicht plötzlich wieder an. Bei Vienna und Venus würde mich das ja nicht stören, aber was, wenn hier Mr. Igor in Unterhosen sitzt? Würg. Er zeigt seinen Oberkörper sowieso viel zu oft.

„Also *ich* tue mir das nicht länger an", verkündet Venus. „Ich habe noch irgendwo eine Taschenlampe stecken und die hole ich jetzt!"

Nach zwei dumpfen Schlägen und hohen Schreien trifft sie die Tür und verlässt den Raum. Edwin spuckt das Kissen aus und wirft es durch den Raum. Man hört ein Klirren und einen russischen Fluch. Kam aus der Richtung der Glasschränke.

„Mr. Igor?", fragt Vienna argwöhnisch. „Was machst du da?"

„Ich? Mache gar nichts!"

Mir kommt ein Gedanke, Norman offenbar auch.

„Moment mal… stehen da nicht die teuren Kristallgläser? Warum ist der Schrank denn offen?"

„Weiß ick gar nicht, wovon ihr alle reden."

Die Anklage gegen den diebischen Mr. Igor- langsam ergibt es auch einen Sinn, dass in den Rahmen von manchen Gemälden im Weißen Haus Bleistiftzeichnungen von Matrjoschka hängen, die bei meinem Amtsantritt ganz bestimmt noch *nicht* da waren, aber das werde ich später verfolgen- wird von einem von Venus´ spitzen Schreien unterbrochen. Bestimmt wieder eine Wand, denke ich, aber dann höre ich hastige Schritte auf dem Flur und Venus stürmt ins Zimmer- sogar ohne irgendwo gegen zu laufen, höhö-, offenbar gefolgt von Chad. Er klingt sichtlich unbehaglich.

„Venus, ich habe dir doch gesagt, du hast das alles ganz, ganz falsch verstanden! Ich habe dich nicht angefasst und außerdem natürlich aus Versehen, ich hab nur versucht, mir meinen Weg zu ertasten..."

„Du mieser, dreckiger, cho... schoko... Chopin... Chauvinist denkst doch nicht wirklich, dass ich dir das glaube!", schreit Venus hysterisch. „wie soll das denn gehe, dass du mir „aus Versehen" zwischen die Beine greifst?!"

Vienna scheint einen Arm um sie zu legen und ich würde meine sechs Fernsehpreise für die beste Sozialhilfeempfänger-Soap darauf verwetten, dass sie Chad wütend anfunkelt. Für sie ist es ein gefundenes Fressen. Venus kann hervorragend selbst solche Kleinigkeiten wie einen Griff zwischen die Beine auf die hundertfache Größe aufblasen und Vienna ist wiederum sehr gut darin, solche Situationen für sich zu nutzen.

„Chad, du bist so ein menschenverachtender Neandertaler! Du bist mit deinen wenigen Gehirnzellen im Vorgestern stehen geblieben und jetzt tobst du deine sexuelle Frustration an Unschuldigen aus! Widerlich ist das!"

Hä, Chad ist doch gar kein Neandertaler, sondern Oklahomer, glaube ich. Wo liegt Neandertal überhaupt? Ist das ein Bundesstaat? Und wenn ja, warum rufen die dann nie für mich an?

Jedenfalls kriegt Venus jetzt voll den hysterischen Anfall, Vienna wirft Chad alle möglichen Dinge vor und leider meldet sich nun auch Edwin zu Wort. Aber echt peinlich, dass Venus die ganze

Situation ausnutzen muss, nur im Mittelpunkt zu stehen. Wenn Chad ihr zwischen die Beine greifen will, soll er das doch tun, ist schließlich sein gutes Recht. Ich bin froh, dass jetzt der Strom wieder angeht, denn wenn sich mein Smartphone wieder anschalten lässt, kann ich endlich meine Empörung darüber posten, dass sie sich so unfair verhält.

Der Praktikant mit der Stimme Gottes meldet sich zu Wort und klingt ein wenig verlegen.

„Bewohner des Weißen Hauses, ihr habt vermutlich alle bemerkt, dass der Strom für eine kurze Weile lahmgelegt war. Ihr müsst euch aber keine Sorgen machen, denn wie sich herausgestellt hat, war es *kein* Hackerangriff auf die Stromversorgung, sondern eine Putzfrau hat einfach eine Sicherung... ein Mitarbeiter hat einen kleinen, aber nachvollziehbaren und unvermeidbaren Fehler gemacht. Es tut uns natürlich sehr leid, falls dieser Fehlalarm, der sich nicht wiederholen wird, euch in Angst und Schrecken versetzt hat."

Venus hat sich weit genug beruhigt, um sich bei den letzten Worten des Praktikanten demonstrativ Luft zuzufächeln und dann langsam zusammenzuklappen. Dabei ist hier genug Luft, fast der ganze Raum ist voll davon und abgesehen von dem Teil, den Mr. Igor schnaufend ausstößt, kann man sie auch prima atmen. Dieses ganze Drama-Gedöns wird auch langsam langweilig- bestimmt gehört der Mist, den sie über Chad erzählt, auch nur zu ihren Versuchen, sich in den Mittelpunkt zu schieben. Aber ich bin immer noch stinksauer auf diese Idioten vom Sender. Natürlich habe ich schon ein paar Fehlalarme mitbekommen, bei denen einfach ein Mitarbeiter auf den falschen Knopf gedrückt hat oder so, aber dafür gibt es schließlich Luftschutzbunker und *irgendwann* werden uns die Schlitzaugen aus Nordkaraoke bestimmt angreifen. Eigentlich müssten unsere Bürger für diese Alarme sogar dankbar sein, das hält fit. Aber dass jetzt sogar ich von solchem Mist betroffen bin, geht zu weit! Die behandeln mich ja wie einen gewöhnlichen Menschen- skandalös!

Protokolle aus dem Sprechzimmer, Tag 10

1. Chad Buffalo
(schwitzt stark) „Ganz ehrlich, das ist doch alles Schwachsinn, was da behauptet wird. Ich habe Venus gar nicht angefasst... also fast nicht... nur aus Versehen... es war halt dunkel und so... ich musste mich vortasten... aber da war echt nichts... die macht das nur, um Aufmerksamkeit zu bekommen... total lächerlich... was ist los mit den Frauen heutzutage... die müssen doch nur behaupten, missbraucht worden zu sein und schon ist man als Kerl am Arsch! Das ist so gemein!"

2. Dick Bunny
„Es gibt hier ein paar sehr böse Menschen. Ganz viele Leute haben behauptet, ich würde lügen, haben mir Dinge unterstellt, die gar nicht stimmen, sich fiese Sachen ausgedacht, nur um meinen guten Ruf zu ruinieren, so wie es die Lügenpresse schon immer gemacht hat! Diese Leute sind keine wahren Amerikaner, sie verraten unser Land! Und viele haben auch gar nicht für mich angerufen! Das ist sogar noch schlimmer! Und genauso böse ist, was Vienna und Venus da abziehen und mir und Chad schlimme Dinge unterstellen! Ich habe zum Beispiel nie gemeine Dinge über Schwarze gesagt, auch wenn Vienna das behauptet! Ich mag Schwarze! Für mich arbeiten viele Schwarze, das sind tolle Leute, jedenfalls nach den Maßstäben der Affenmenschen! Und Chad, tja, der tut halt nur, was ein Mann manchmal tun muss. Er ist ein guter Mann. Ein fantastischer Mann! Warum ist mein Beitrag eigentlich nicht der erste? Ich verlange, dass alles, was ich sage, gleich am Anfang gesendet wird, ich bin nämlich der Präsident und wichtiger als alle anderen!"

3. Vienna Radisson

„Amerika! Ihr alle habt gesehen, was passiert, wenn wir nicht wachsam sind! Unsere Gesellschaft ist ganz falsch organisiert, viel zu viele Männer haben das Sagen! Und auch unter den Sozialhilfeempfängern sind viele Männer, die dem Staat nur auf der Tasche liegen! Ganz zu schweigen von den Mexikanern, die ihr patriarchalisches Weltbild in die USA mitbringen. Die muss man abschieben! Unser Land ist in großen Schwierigkeiten- aber wir können es schaffen! Wählt Veränderung! Wählt Vienna Radisson!"

21:45

Ich sehe der heutigen Punktevergabe mit einiger Nervosität entgegen. Ich habe viel dafür getan, wieder mehr Punkte zu bekommen, aber wird das reichen? Oder manipulieren die Volksverräter von der Lügenpresse etwa die Abstimmungen? Das würde zu ihnen passen- aber ich gebe mich nicht geschlagen!

„Tja, heute war im wahrsten Sinne des Wortes ein schwarzer Tag für uns." Alderman hat mal wieder einen Clown gefrühstückt. „Aber dennoch haben wir zum Glück wieder ein Voting der Zuschauer organisieren können. Na, schon aufgeregt?"

„Solltet ihr jedenfalls sein, besonders du, Chad", übernimmt Denise LeShaw. „Es ist furchtbar, oder? So weit ist es jetzt schon gekommen, dass Männer nach sexuellen Übergriffen sogar befürchten müssen, aus einer Reality-Show rausgewählt zu werden!"

Chad wird vor Wut rot wie ein Hummer. „Ich habe sie nicht einmal angefasst und das natürlich sowieso aus Versehen!"

„Mit Vergnügen würde ich mir deine verlogenen Ausreden anhören, aber dafür haben wir keine Zeit. Denn hier kommt das Voting!"

„New Hampshire geht an Vienna Radisson!", verkündet Alderman.

„Dick Bunny holt sich New York!"

„Die Siegerin in Tennessee heißt Venus Mirris!"

Und dann kommt endlich das Ranking. Ich kreuze die Finger.

Tag 10:
1. Vienna Radisson.
2. Venus Mirris.
3. Igor Cherkisshov.
4. Dick Bunny.
5. David Siliconi.
6. Norman R. Arrow.
7. Edwin Sturbant.
8. Chad Buffalo.

Chad bricht in sich zusammen. Zeit, ihn aufzuheitern, vor allem, da ich selbst dank Platz vier viel besser drauf bin als gestern, obwohl mir die Dinge immer noch Sorgen machen, die Vienna über mich sagt.

„Tja, Chad- als dein Präsident muss ich dir leider eine unangenehme Ankündigung machen."

Er hebt kaum den Kopf. „Und zwar?"

„Ich muss dich wegen sexuellen Missbrauchs verhaften lassen. Gibt mindestens zwanzig Jahre, schätze ich."

Nun springt er entsetzt auf. Ich rieche seinen Angstschweiß.

„WAS?!!!!"

„Nur ein Scherz, höhö. Wofür hältst du mich, so etwas würde ich doch nie tun! Du bist nur gefeuert."

Höhö. Bin mal wieder sehr lustig. Chad scheint das nicht zu finden, er seufzt nur. Manchen Leuten kann man echt nicht helfen.

Tag 11, Mittwoch, 05.12., 12:45

Als ihm der Praktikant mit der Stimme Gottes erzählt, dass er für die heutige Challenge eingeplant ist, sieht David ungefähr so begeistert aus wie der Präsident von Franzosien, als ich ihm meine fantastischen Pläne für die Zukunft der NATO vorgestellt habe (die, in denen die Europäer alle massig amerikanische Waffen kaufen sollen, um dann Russland anzugreifen, damit sie noch mehr Waffen brauchen).

„Das ist doch alles nur Scheiße! Es gibt so viele andere hier, aber ihr müsst ja ausgerechnet mir auf die Nerven gehen! Habt ihr nichts Besseres zu tun?"

„Vielleicht haben wir tatsächlich nichts Besseres zu tun, vielleicht macht es uns aber auch einfach Spaß, dich ganz besonders auf die Probe zu stellen, weil du uns nämlich genauso hilflos ausgeliefert bist wie deine Patienten dir. Bloß dass die Patienten nicht rausgewählt werden, wenn sie vom OP-Tisch fliehen."

Sehr guter Spruch vom Praktikanten mit der Stimme Gottes, vor allem, weil David der Verräter ja auch *mir* hilflos ausgeliefert ist, da ich ihn jederzeit verhaften lassen kann. Hey, tolle Idee, warum mache ich das eigentlich nicht?

Jedenfalls sitzt David nun kaum fünf Minuten später auf einem Stuhl in der Showarena und macht ein mürrisches Gesicht.

„Also wie jetzt? Ihr zeigt mir einen Patienten und dann heile ich ihn?"

„Nein, du bekommst nur eine Computersimulation zu sehen, weil wir dich schließlich nicht auf richtige Menschen loslassen können, das hat ja wirklich niemand verdient", erklärt Denise LeShaw, die heute wieder unverschämt gut drauf ist. Ihre kaffeebraunen Augen leuchten wie die eines Affen, der eine unverschlossene Bananenplantage entdeckt, höhö. Jedenfalls ist sie besser gelaunt als ich. Immer wenn ich bei der Polizei anrufe, um David verhaften zu lassen, behaupten sie, es wäre besetzt. Na und? Syrien ist schließlich auch zum großen Teil besetzt, die sollen sich mal nicht so anstellen. Aber wenn man in Syrien anruft, hört man kein Kichern im Hintergrund. Nur Bomben, höhö.

„Dir wird auf dieser Leinwand ein Patient vorgestellt und man nennt dir seine Symptome. Dann hast du drei Behandlungsmöglichkeiten zur Auswahl. Anschließend zeigt das Programm, was mit dem Patienten passiert, wenn man deinem Urteil traut. Falls du mindestens vier Patienten heilen kannst, schickt die Küche euch wieder ein Fünf-Sterne-Buffet rauf. Falls nicht- na ja, an Wasser und Brot seid ihr ja inzwischen gewöhnt."

„Geht so. Leider haben wir Billy James nicht mehr hier, der kennt das ja aus dem Gefängnis", knurrt David wie ein wütender Hund.

Schade eigentlich, dass er kein Hund ist, denn dann könnte ich ihn einfach durch den Hundefänger aus dem Weg schaffen lassen. Oder ihn kastrieren lassen. Auf der anderen Seite würde er dann womöglich in die Ecken pinkeln und so.

„Eine Frage noch: Kann ich den Patienten einfach neue Organe verpassen lassen?"

„Nein."

„Scheißspiel."

Auf der Leinwand erscheint der erste Querschnitt von einem Menschen. Gut sieht der ja nicht aus. Also, natürlich weil er innen so rot und außen so gelb ist. Aber gut aussehen tut er auch nicht.

David beißt sich auf die aufgespritzte Lippe.

„Der Typ scheint auf jeden Fall die Gelbsucht zu haben, vielleicht eine neue Leber... Vielleicht hat der auch Gallensteine, mein Gott, ich habe Medizin studiert oder war zumindest schon oft mit einem Medizinstudenten im selben Raum, da sollte ich das ja wohl wissen..."

Er klickt auf „Gallensteine entfernen." Ein Tröten wie aus dem Instrument eines depressiven Clowns ertönt.

„Falsche Antwort, David", frohlockt Denise. „Der Patient war nicht leberkrank, sondern einfach Asiate! Und du hast sein Magengeschwür übersehen!"

Auf der Leinwand sieht man, wie der hässliche gelbe Typ sich vor Schmerzen krümmt, dann passieren unschöne Dinge in seinen Eingeweiden. Ups.

„Zweiter Versuch", ermuntert ihn Alderman. „Hier kommt der nächste Patient, Doktor Siliconi!"

Dieser Patient hat einen unschönen Auswuchs am Bauch. Zum Glück kennt sich David der Verräter wenigstens damit aus.

„Oh je, da müssen wir unbedingt Fett absaugen! Wenn das so weitergeht, wird aus dem Patienten bald so ein richtig schwabbeliger Typ, mit dem keiner mehr rumhängen will und dann ist alles zu spät, wenn man kein Fett absaugt."

David scheint zu wissen, was er tut. Warum erscheint dann jetzt auf der Leinwand ein Grabstein?

„Kein Fett, David, sondern ein Tumor. Immerhin hast du Recht: Unschön fürs Sozialleben ist beides."

Siliconi sieht nun ein wenig niedergeschlagen aus. Aber er bekommt noch eine Chance.

„Hmm... könnte Diabetes sein. In diesem Fall würde ich erst einmal die Ernährung umstellen und mittelfristig die Bauchspeicheldrüse austauschen..."

Bedeutungsvolles Hüsteln von Alderman. Soll das etwa heißen, ich hätte gar keine neue Bauchspeicheldrüse gebraucht, als mein Blutzucker zu hoch war? David, du Arsch! Was erzählst du mir für eine Scheiße?

„Ach ja, und natürlich mit ein bisschen Insulin den Blutzuckerspiegel senken, der hier beim Patienten viel zu hoch ist."

Ein grüner Haken leuchtet auf der Leinwand auf. Auch beim nächsten Patienten weiß David Bescheid.

„Das ist ganz klar eine Kehlkopfentzündung. Der Patient kann damit nicht sprechen. Hey, Moment mal..."

Im selben Moment fällt mir auch auf, dass der Typ auf der Leinwand Edwin Sturbant echt ähnlich sieht. David zieht den naheliegenden Schluss.

„Am besten alles so lassen, wie es ist. Je länger der die Klappe hält, desto besser."

Das grüne Häkchen wird von einer Lachlawine im East Room begleitet. Edwin will protestieren, aber da wir dafür im Moment ganz bestimmt keine Zeit haben, knebele ich ihn schnell mit einem Kissen.

Letzte Chance für David. Das Essen hat er schon verloren (dafür werde ich seine Brotration kürzen), wenigstens die Ehre kann er noch retten- obwohl, da es David ist, kann auch davon nicht mehr viel übrig sein. Aber er weiß immerhin sofort, was zu tun ist.

„Eine neue Nase, Lippen aufspritzen, ordentlich Botox, für den Körper so viel Silikon, wie in einen Hundert-Liter-Tank passt, außerdem ungefähr genauso viel Fett absaugen."

Fassungsloses Schweigen. Denise LeShaw bekommt einen Kicheranfall. Ulysses erdolcht David inzwischen mit seinem Blick.

„Erstens hat die Patientin nur eine leichte Erkältung und zweitens", er macht eine kurze Pause, in der er sich seinem Gesichtsausdruck nach zu urteilen vorstellt, wie David sehr langsam in einem Topf mit siedendem Öl frittiert wird, „ist das da meine Mutter!"

15:36

Es brodelt im Wohnbereich. Nachdem wir heute Mittag bei Wasser und Brot geblieben sind, hat Vienna ihre Anhänger (Venus) mobilisiert, um sich David ordentlich zur Brust zu nehmen- oder vielmehr zu den Brüsten, höhö.

Vienna: „Was soll das heißen, wir sollen dir dankbar sein?" Ihre Augenbraue ist praktisch auf der Höhe ihres Scheitels, die Augen blicken grausam. Man könnte auch sagen: David ist in Gefahr. Aber er ist ganz sorglos.

„Na ja, diese High-Carb-Diät, die ihr mir zu verdanken habt, ist extrem fettarm und sorgt nicht nur für viel Energie, sondern setzt auch praktisch nicht an."

Vienna sieht aus wie ein Drache, der gleich Feuer speien wird.

„Soll das etwa heißen, wir wären *FETT*?!!!"

Rückzug, David, Rückzug. Meine Exfrauen haben mich auch immer gefragt, ob sie fett seien, vor allem dann, wenn ich sie mit irgendsoeinem Model oder einer Praktikantin betrogen hab. Meistens hab ich dann einfach ihren Arsch gegriffen und mich mit ihr aufs Bett geworfen, in besonders schweren Fällen am nächsten Tag einen Strauß Rosen vorbeigeschickt. Hat immer geklappt, außer bei meiner vierten Frau Tatjana- da habe ich statt ihrer Verzeihung nur eine einstweilige Verfügung bekommen.

Währenddessen tappt David voll ins Fettnäpfchen. „Na ja, ein bisschen was machen könnte man schon- und wenn man sich kein Fett absaugen lassen will, ist eine Diät echt nicht schlecht."

Der Vienna-Drache weitet die Nüstern, reißt seine zähnestarrenden Kiefer weit auf und speit Feuer.

„Was bist du bloß für eine Drecksau, du widerliches Sexistenschwein, du unterentwickelter Neandertaler, du zurückgebliebener chauvinistischer Schwanzaffe, der mit der Unsicherheit unzähliger Frauen durch den von Arschgeigen wie dir produzierten Schönheitswahn ein Vermögen an Blutgeld macht, obwohl er selbst schlimmer aussieht als Gollum mit Lepra!"

Sie holt kurz Luft, um weiterzukeifen. Erinnert mich irgendwie an meine dritte Frau Natalja, als ich ihr mal zu ihrer Entscheidung gratuliert habe, eine Diät anzufangen, obwohl sie in Wirklichkeit gerade damit fertig war.

Venus scheint erst in Ohnmacht fallen zu wollen, erinnert sich dann aber daran, dass Kyle und Boris schon raus sind, und bricht stattdessen höchst dramatisch in Tränen aus. Ziemlich dreist übrigens von Vienna, so eine Szene zu machen, weil sie auch schon mehrfach unter dem Messer lag und außerdem mal Mitherausgeberin einer Frauenzeitschrift war, die von genau diesem Schönheitswahn (obwohl: Wieso Wahn? Ist doch eigentlich ganz vernünftig, dass die Bitches für Männer wie mich gut aussehen müssen) lebt. Aber sie hatte ihre OPs nicht David machen lassen, sondern einen Mexikaner unten in Pekinese oder Malteser oder wie dieses mexikanische Kaff mit den Hunden heißt. David schmollt deswegen schon seit Jahren.

Mir ist der Streit zwischen den beiden jedenfalls ganz recht. Während die sich gegenseitig zerfleischen, kann ich wieder Punkte bei den Zuschauern machen. Ich habe schon versprochen, den ersten Tausend, die für mich anrufen, einen Präsentkorb voller erstklassiger Waffen zu schicken (für die ersten Hundert gibt es sogar

Handgranaten), außerdem sollen fünfzig meiner treusten Fans eine Stellung in meinem Kabinett der zweiten Amtszeit bekommen: Massig Kohle, ohne wirklich zu arbeiten, also das, was sowieso die meisten meiner Mitarbeiter machen. Mal sehen, ob es hilft.

Ich überlasse Vienna und David einander und will gerade dem Bad einen Besuch abstatten, als an der Badezimmertür plötzlich eine Sirene aufkreischt und eine Bleikugel direkt vor mir in der Wand einschlägt. Gipsstaub vernebelt meine Sicht und mein Puls rast wie ein Rennpferd. Wenn ich nicht so elegant zurückgesprungen wäre, hätte ich jetzt ein Loch in meinem Waschbrettbauch. Während ich mir den Staub aus dem Gesicht wische und ganz langsam durchatme, sehe ich mich vorsichtig um. Die Kugel kam von einem selbst gebasteltem Katapult, das mit einem Stolperdraht gekoppelt ist, und das lässt nur einen Schluss zu.

„Norman?! Hast du sie noch alle?"

Sein breites Gesicht taucht in der Tür zum State Dining Room auf. Schweißperlen glitzern auf seiner Stirn, seine mausbraunen Haare stehen so wirr ab, als wäre er gerade überfallen worden, er hat einen manischen, gehetzten Ausdruck in den Augen und ist unrasiert. Soweit also alles normal. Dass er jetzt schon Selbstschussanlagen installiert, ist dagegen definitiv *nicht* normal, nicht einmal bei ihm.

„Ist was, Oberboss?"

„Ob was ist? Du hättest mich beinahe erschossen!"

Er schaut das Katapult an, als hätte er es jetzt erst bemerkt.

„Ach, das kleine Ding, das süße Schätzchen. Das gehört zu unserem Sicherheitssystem."

„Was für ein verdammtes Sicherheitssystem?"

Norman hat seinen typischen entrückt-wahnsinnigen Gesichtsausdruck.

„Wir müssen uns schützen, Boss! Nicht einmal hier im Weißen Haus sind wir komplett sicher", zischt er, während er nervöse Blicke über die Schulter wirft.

„Und wir haben Feinde hier drinnen! Ausländische Mächte be- obachten uns- die Russen haben es sogar schon hier rein ge- schafft!"

„Ach was, Mr. Igor ist doch okay, ein fantastischer Typ."

Aber Norman hört meiner großen Weisheit gar nicht zu.

„Die Welt befindet sich im Ausnahmezustand und es ist meine Aufgabe als Minister für Innere Sicherheit, unser Land und beson- ders unseren Präsidenten zu schützen!" Schaum sammelt sich vor seinem Mund.

„Und du schützt deinen Präsidenten, indem du ihn fast erschießt?"

Ich hätte Norman vielleicht doch kein Ministeramt geben sollen, aber erstens war sein Onkel ein guter Freund von meinem Vater und zweitens hat er bei „Wer wird Minister für Innere Sicherheit?" eine gute Figur gemacht und das ist schließlich alles, was zählt.

„Kollateralschäden", sagt er mit einem Schulterzucken. Ich über- denke seine letzte Bemerkung und gebe meine wohlüberlegte Meinung zum Besten.

„Norman, du bist wahnsinnig."

„Mein Therapeut hat gesagt, meine Impulskontrolle funktioniert hervorragend, solange ich mich über nichts ärgere."

„Trotzdem kommt das Ding da weg. Ich möchte nicht erschossen werden, wenn ich pinkeln muss."

Seine Augen treten aus den Höhlen.

„Und wie sollen wir dann unser Badezimmer vor einer feindlichen Übernahme schützen?"

„Wenn Mr. Igor auf dem Klo war, traut sich da eh die nächsten zwei Stunden kein Feind rein. Und was sollten unsere Feinde überhaupt mit unserem Badezimmer wollen?"

„Man weiß nie! Wir müssen auf alles vorbereitet sein!"

„Mein Gott, bau es einfach ab, klar?"

17:12

Lautes Kreischen kommt aus dem Badezimmer. Es wird untermalt von einer Gipsstaubwolke, dem Geruch nach Schwarzpulver und dem mittlerweile charakteristischem „Plonk" einer einschlagenden Bleikugel. Ich seufze schicksalsergeben und lege mein Smartphone beiseite, wo ich bis eben noch meine überaus wichtige Meinung zu so komplexen Themen wie den neuen Frisuren einiger Hollywoodstars mit aller Welt geteilt habe, und mache mich auf den Weg zum Tatort. Cleverer als Watson Holmes oder wie der Typ mit der Geige heißt, kombiniere ich Folgendes: Norman hat sich zwar mein Verbot zu Herzen genommen und sein Katapult abgebaut (gut!), es aber dafür irgendwie geschafft, sich eine primitive Kanone zu basteln (nicht so gut!). Keine Ahnung, wie er das geschafft hat, aber es könnte die Silvesterböller erklären, die ich unter seinem Bett gefunden habe. Und er scheint die Kanone vor dem Bad installiert zu haben, bis Venus darauf gestoßen ist und fast erschossen wurde. Bin sehr clever. Könnte bestimmt auch ein super Detective sein. Falls ich keinen Verdächtigen hab, kann ich immer noch den nächstbesten Schwarzen verhaften und fertig. Leider finde ich keinen Schwarzen am Tatort, sondern nur Vienna, die mich schon wieder böse anguckt.

„Geht diese lebensgefährliche Mordmaschine zufällig auf das Konto deines geistesgestörten Kettenhundes von einem Sicherheitsminister?"

Ich muss kurz nachdenken. „Weiß ich nicht genau, weil Norman so viele Konten hat, die meisten auf den Caymans, glaube ich. Könnte nachfragen, wenn du willst. Aber ich schätze sowieso nicht, dass diese komische Knarre auf seinem Konto liegt, weil sie ja hier steht und auf Leute schießt, höhö."

Vienna wirft mir einen seltsamen Blick zu. Wahrscheinlich ist sie einfach zu dumm, um meiner glasklaren Logik zu folgen. Dann schüttelt sie genervt den Kopf.

„Wie auch immer. Auf jeden Fall hat dein wahnsinniger Minister für Innere Sicherheit aus purer Langeweile fast Venus erschossen! Muss erst jemand sterben, bevor du dich um solche Probleme kümmerst?"

Wenn ich nicht vom Thema ablenken kann, muss ich ihr Argument wohl entkräften. Darin bin ich natürlich auch sehr gut, aber es macht nicht so viel Spaß.

„Wie ich zufällig weiß, oder eigentlich gar nicht so zufällig, weil ich als klügster Präsident in der Geschichte der USA ja fast alles weiß, hat Norman dieses Ding *nicht* aus Langeweile angebracht, sondern aus Gründen der Sicherheit!"

HA! Da guckst du blöd, was? Aber Vienna fängt sich schnell wieder.

„Selbstschussanlagen aus Sicherheitsgründen? Was für ein Wahnsinn! Aber das ist ja typisch für dein Regime. So wie du deine Minister auswählst muss unser Land ja zwangsläufig von hochgefährlichen Irren regiert werden. Alles nur, weil du alt gewordenes Kind einfach keine Ahnung von Politik hast und gefährlicher bist als jeder Schwerverbrecher!"

Jetzt ist der Moment gekommen, wo ich den Spieß umdrehen kann- und das natürlich auch sofort tue. Nachdem diese Bitch so neugierig in meiner Vergangenheit rumgeschnüffelt hat, habe ich mir nämlich diesen Trick schnell gemerkt und selbst so einige Sachen gefunden. Zwar klingen die auf mich alle völlig okay, aber viele Leute mögen so etwas trotzdem nicht.

„Du bist eine ganz schön dreiste Fotze, dass du mich kriminell nennst und gleichzeitig dutzende illegale Enchiladas als Hausangestellte beschäftigst! Für so etwas sollte man dich ausweisen, zusammen mit deinen Hausboys!"

Viennas Gesicht wird schneller rot als eine Verkehrsampel. Nicht, dass ich als Präsident meinen Fahrer jemals vor einer roten Ampel halten lassen würde, jedenfalls nicht, seit ich vorne eine Schneeräumschaufel an meine Limousine habe montieren lassen, um den

Querverkehr aus dem Weg zu räumen. Aber ich habe Geschichten gehört, wie nervig das für andere Leute ist.

„Was?", faucht sie, „woher weißt du... wovon redest du da?"

Ich grinse überlegen. „Du bist nicht die einzige, die gut in der Vergangenheit von anderen Leuten wühlen kann. Ich könnte dem Publikum zum Beispiel erzählen", dramatisch drehe ich mich in die Richtung, wo ich die nächste Kamera vermute und hoffe nur, dass ich dem Publikum nicht stattdessen meinen Hintern zeige, obwohl der mindestens genauso hübsch ist wie das Gesicht der meisten Leute, allerdings auch etwas redseliger, „dass du für deine selbst entworfene, selbst vermarktete und unglaublich erfolgreiche Modelinie das Fell von...", sehr dramatische Pause, „...unschuldigen, großäugigen, grausam abgeschlachteten Babyrobben verwendet hast!"

Vienna faucht wie eine Katze mit zugenähtem Arschloch.

„Große Worte dafür, dass du selbst für deine Landvilla dutzende Hektar geschützten Waldes abgeholzt und gleichzeitig Schmiergelder von Leuten kassiert hast, die in unseren Nationalparks nach Öl bohren, du Verbrecher!"

Mist, woher weiß sie das nun wieder? Aber davon lasse ich mich nicht beirren und greife auf meine Lieblingstaktik zurück.

„Fake-News! Alles Fake-News! Und übrigens- ich weiß auch, dass blond gar nicht deine richtige Haarfarbe ist!"

Nun zuckt doch Panik über Viennas Gesicht. Sie wirft hektische Blicke um sich, sieht, dass Venus gerade unter einem improvisiertem Sauerstoffzelt (Handtuch und Föhn) liegt und sowieso nichts mitbekommt, aber dann fallen ihr die Kameras ein und sie sinkt in sich zusammen.

„Und wenn schon! Das spielt doch alles nicht die geringste Rolle im Vergleich zu deinen kriminellen Umtrieben wie etwa..."

Aber ich bin immer noch nicht fertig.

„Und wo wir gerade dabei sind- wie kommt es eigentlich, dass du ganz allein im Penthouse von einem Luxushotel wohnst, drei eigene Modelabels hast und monatlich gerade einmal drei Dollar und sieben Cent Einkommenssteuer zahlst, hm?"

Jetzt habe ich Vienna endgültig. Sie murmelt nur etwas von gemeinen Lügen und gefährlichen Kriminellen in leitenden Positionen, bevor sie aus dem Zimmer stöckelt und sich fast sofort im Nebenraum mit Norman streitet. Ich bekomme noch „infantile Aggressionen", „ausgebrochener Irrer" und „verhinderter Massenmörder" (Vienna) mit sowie „unser Land vor der Invasion der Schlitzaugen schützen" und „Recht auf Verteidigung von Hab und Gut" (Norman) mit, dann stecke ich mir Kopfhörer in die Ohren und widme mich wieder Social Media.

Protokolle aus dem Sprechzimmer, Tag 11

1. Norman R. Arrow.

„Der Krieg hat schon längst begonnen! Bolschewistische Untergrundtruppen sind unter uns! Sie wollen uns unsere geheiligten Waffen wegnehmen, damit sie uns umso leichter besiegen können! Nicht einmal vor unseren Badezimmern machen sie halt! Wir können uns nur gegen sie wehren, wenn wir statt Visa Mikrochips austeilen! Die Chips werden unter die Haut implantiert und wenn wir die Verschwörer wieder abschieben wollen, können wir sie überall finden! Am besten sind Chips mit Selbstzerstörungsfunktion, damit wir sie im Notfall in die Luft jagen können! Und die ganzen erschossenen Schwarzen und Schulkinder stehen mit den Verschwörern im Bunde, sie lassen sich absichtlich töten, um uns schlecht dastehen zu lassen! Wehrt euch, Amerikaner! Verteidigt Hab und Gut, Haus und Hof, Leib und Leben! Aber verteidigt vor allem den von Gott verliehenen zweiten Zusatzartikel zu unserer Verfassung!"

2. Igor Cherkisshov.
„Ich finde einfach schräkklich diese gemeine Sprüche uber uns Russen! Wir sind ganz anders. Wir mache keine heimlicke Verschwörung gegen die Amerikaner, die in Wahrheit iste gar nicht so heimlick..."
(Liebe Zuschauer, leider ist unser Sender Opfer eines Hackerangriffs geworden usw.)

21: 46

Wieder ein Tag um, wieder eine Entscheidung. Wir alle sind gespannt.
„So langsam trennt sich wirklich die Spreu vom Weizen- nachdem schon der Latino von den Weißen getrennt wurde! Und heute ist es besonders spannend, nicht wahr, Denise?"
Denise LeShaw reagiert auf Ulysses´ Witz einfach gar nicht- sie hat zu viel Erfahrung mit ihm- und geht einfach zur Punktevergabe.
„Liebes Publikum! Ich weiß, wie sehr Sie den heutigen Ergebnissen entgegenfiebern- und dazu haben Sie auch allen Grund, denn die haben es wirklich in sich! Beginnen wir mit Minnesota- da entschied heute eine einzige Stimme Vorsprung die Wahl zugunsten von- Dick Bunny!"
Alderman will auch nicht zurückstecken.
„Indiana geht an Venus Mirris!"
„Allein in Alaska haben 1.867.000 Menschen für Igor Cherkisshov angerufen- deshalb geht unser größter Bundesstaat natürlich an ihn!"
„In Michigan gewinnt Dick Bunny!"
Und dann kommt endlich die Tabelle.

Tag 11:
1. Dick Bunny.
2. Igor Cherkisshov.

3. Venus Mirris.
4. Edwin Sturbant.
5. Vienna Radisson.
6. David Siliconi.
7. Norman R. Arrow.

„Schnell, knebelt ihn!"
„Hey, Norman mrmpfff...."
„Er beißt mir in die Hand!"
„Holt schnell einen Lappen!"
„Hilfe, er befreit sich!"
„... du bist ge... mrmpfff..."
„Hast du ihn?"
„Er ist zu stark!"
„Jetzt bringt endlich einen richtigen Lappen!"
„Ich hätte einen, aber ich glaube, wir kriegen Edwin nicht ganz in seinen Mund."
„Sehr lustig, David. Zum Brüllen."
„Er beißt das Küchenpapier durch!"
„Nein! Haltet ihn auf!"
„Ich kann den Knebel nicht mehr lange halten... oh Gott, er spuckt ihn aus!"
„... mrmpfff gefeuert! Ha!"

Tag 12, Donnerstag, 06.12., 12:14

Der Morgen ist eine eher stressige Angelegenheit gewesen. Mehr als trockenes und bitter schmeckendes Brot gab es zum Frühstück nicht, was vor allem Venus enttäuscht, die voller Hoffnung gestern Abend noch einen ihrer High-Heels nach draußen gestellt hat. Aber der Nikolaus hat sie wohl vergessen, was auch daran liegen könnte, dass sie gar nicht weiß, wie man Schuhe putzt. Sie hat gestern erst Ewigkeiten mit einem Stück Küchenrolle daran herum gerubbelt und sie danach ins Waschbecken gehalten. Dabei weiß doch jeder, dass man Schuhe putzt, indem man sie mit etwas Waschpulver in die Spülmaschine tut.

Ich habe wirklich alles versucht- das Brot ins Wasser getunkt, es getoastet und als letzten Ausweg sogar mit Duschgel gewürzt (schließlich steht auf der Tube „Himbeeraroma"). Aber es hat alles nichts gebracht und nur dafür gesorgt, dass mir jetzt manchmal rosa Seifenblasen aus dem Mund kommen. Das sieht allerdings so cool aus, dass ich gleich mal Bilder davon auf Insta gepostet habe. Nur ein bisschen schlecht ist mir.

Auch die Stimmung im Haus ist angespannt. Vienna zickt nun wirklich dauernd alle an- dabei sollte sie doch froh sein über die kostenlose Diät-, Edwin hängt nun seit Neustem immer mit David dem Verräter rum und labert ihn voll, was David aber hinnimmt, bestimmt, weil er froh ist, dass überhaupt jemand mit ihm redet, und Mr. Igor quatscht aus irgendeinem Grund dauernd auf Russisch mit seiner Armbanduhr, wenn er nicht gerade versucht, aus allen möglichen Dingen Alkohol zu destillieren. Bisher ist es ihm noch nicht gelungen. Vorgestern wollte er es mit Kartoffeln versuchen, aber die hatte ich zu seinem Pech alle schon aufgegessen. Wegen all dieser dicken Luft freue ich mich richtig, vom Praktikanten mit der Stimme Gottes zu hören.

„Bewohner des Weißen Hauses", dröhnt er protzig, „nur weil heute Nikolaus ist, bekommt ihr noch lange nichts geschenkt! Im Gegenteil: Zwei von euch müssen sich erneut in einem packenden Duell beweisen, um ihren eigenen Rang zu verbessern und gleichzeitig den Gegner auf Abstand zu halten! Und zwar bekommen diese einmalige Chance- Dick und Vienna!"

Ein Raunen geht durch den Raum. Auch ich freue mich. Endlich habe ich die Möglichkeit, mit dieser bösen, Lügen erzählenden Schlampe persönlich abzurechnen!

„Komm Vienna, du schaffst das", piepst Venus. Sie trägt eine Nikolausmütze. Keine Ahnung, wo sie die herhat, aber ich traue es ihr zu, dass sie die extra eingepackt hat, nur um sie heute aufsetzen zu können. Auch Mr. Igor meldet sich zu Wort, jedoch auf der richtigen Seite.

„Na los, Boss, sie mache das schon, ick glaube in Sie. *Schast´ja!*"

Vienna setzt eine überlegene Miene auf, ich trage mein fast schon angeborenes Staatsmannlächeln zur Schau und dann gehen wir in die Showarena.

Alderman und LeShaw begrüßen uns fast freundlich, weshalb ich vermute, dass beide schon den einen oder anderen Glühwein hatten. Auch sie tragen Nikolausmützen. Denise LeShaw erinnert mich damit an ein dressiertes Affenweibchen im Zirkus, sie sieht aber immer noch besser aus als Ulysses, denn der wirkt damit wie ein Weihnachtself nach einer Woche Dauerparty (also, sie sieht sowieso besser aus als Alderman, aber ihr steht die Mütze halt auch etwas besser, höhö).

„Na, ihr beiden", beginnt unser Weihnachtself oder besser Weinnachtself oder noch besser Glühweinnachtself, „ihr seid doch bestimmt schon ganz wild darauf, den anderen mal so richtig auszustechen?"

„Dazu bekommt ihr nämlich heute eine hervorragende Gelegenheit", sagt Denise LeShaw etwas hämisch. Ihre Stimme klingt nicht einmal annähernd so schleppend wie die ihres Bosses, auch wenn sie ihn frecherweise nie so richtig als Boss akzeptiert. Okay, ich würde mich einem Typen wie Alderman auch nicht unterordnen, aber ich bin schließlich keine Frau und erst recht nicht schwarz.

„Ihr beiden dürft euch gleich durch einen extra von uns entworfenen Parcours hindurch kämpfen. Sieger ist, wer zuerst am anderen Ende ankommt."

Wieso sollen wir uns durch eine Parkuhr kämpfen, überlege ich noch, als die Spotlights angehen und den Blick auf eine Landschaft freigeben, die mich unangenehm an den Sportunterricht damals in der Schule erinnert. Natürlich habe ich mich immer mit einer gefälschten Entschuldigung davor gedrückt, seit ich in meiner ersten Sportstunde am ganzen Körper Wasser verloren habe und erst voll Panik hatte, dass ich austrocknen würde, bis man mir gesagt hat, dass Schwitzen bei gewöhnlichen Menschen ganz normal sein soll. Aber ich verbinde mit Sporthallen trotzdem nichts Gutes, außer mit denen, wo ich mir aus der Ehrenloge NBA-Spiele angesehen habe.

Auch Vienna schwant Übles.

„Heißt das etwa, ich muss meine High-Heels ausziehen?"

„Du kannst sie natürlich auch anlassen und es mit ihnen versuchen, das würde dem Publikum bestimmt gefallen, aber ich würde sie an deiner Stelle trotzdem ausziehen, wir sind ja hier schließlich nicht bei der Pannenshow."

„Da haben sie doch deinen Vertrag gekündigt, nicht wahr?", fragt LeShaw mit einem fiesen Grinsen.

„Du kannst auch alles ausziehen außer deinen Heels, das würde dem Publikum bestimmt noch mehr gefallen", werfe ich ein. Denise und Vienna, die sich gerade eben noch kabbeln wollten, verdrehen nun gleichzeitig die Augen und seufzen. Frauen haben einfach keinen Humor.

„Wenn ihr beiden fertig seid", übernimmt nun wieder Alderman das Ruder, „können wir ja starten. Auf die Plätze... fertig... los!"

Die Parkuhr oder wie das Ding heißt, beginnt ziemlich einfach. Es sind ein paar Kästen aufgestellt und wir müssen von einem zum anderen springen. Ich meistere die Aufgabe natürlich elegant wie eine Bergziege, bloß dass ich mit meinem Toupet, dem Designeranzug und der perfekt gebräunten Haut noch viel cooler aussehe als diese Viecher. Die haben ja echt nicht die geringste Ahnung von Mode, sondern tragen jede Saison denselben Pelz. Das hätte meine Exfrau Nadia zum Beispiel nie zugelassen, bei der war für jeden Pelz spätestens nach zwei Monaten Schluss.

Leider schafft auch Vienna diesen Teil der Parkuhr ganz gut, aber natürlich nur mit Glück. Sie hat sogar so viel Glück, dass sie ein kleines bisschen schneller als ich ist.

Aber die nächste Stage schockiert mich. Drohend ragt das Gerät vor mir auf und erinnert mich unangenehm an Atemlosigkeit, Schmerzen im ganzen Körper, verschwitzte T-Shirts, das Brüllen von dem Ex-Spieß, den sie uns als Lehrer zugeteilt hatten, und an unverschämterweise auch noch schlechte Noten- mit anderen Worten, an den Sportunterricht meiner Schulzeit. Und wenn ich dabei nicht die ganze Zeit auf der Bank gesessen hätte, wäre es bestimmt noch viel schlimmer gewesen.

„Ein Barren? Was soll denn der Mist? Geräteturnen ist was für kleine Mädchen! Haltet ihr mich für so einen dreckigen Schwanzlutscher oder was? Wahre Männer beschäftigen sich nicht mit Barren, es sei denn, sie sind aus Gold!"

Alderman grinst bestimmt nur so breit, damit alle sehen können, dass er zwar keine Goldbarren, aber immerhin Goldzähne hat. In LeShaws Miene kann man dagegen unverhohlen sadistische Vorfreude lesen- was für eine blöde Fotze!

„Tja, wenn du nicht verlieren willst, solltest du deine Meinung über Barren schnell ändern", merkt sie noch an, während Vienna gerade kreischend vom Gerät fällt und auf der Matte landet.

Ich schnaube nur verächtlich und nehme den Barren in Angriff. Wenn alle so gemein zu mir sind, dann sollen sie halt sehen, was sie davon haben! Und da mein mächtiger, kräftiger Körper prima in die Lücke zwischen den beiden Holmen passt, macht der Barren mir überhaupt keine Schwierigkeiten, anders als Vienna, die immer wieder runterfällt. Das hat die Bitch auch verdient. Nur die Luft wird mir ein wenig abgeschnürt und ich bin froh, als ich wieder festen Boden unter den Füßen habe und mir nicht mehr dauernd die hölzernen Holme schmerzhaft in die Seiten drücken. Außerdem habe ich mir an dem Teil trotz meines Anzugs mindestens fünf Splitter geholt!

Nun geht es ans Bockspringen. Das kann ich ganz gut, das habe ich schon in der Schule oft mit den Mädchen geübt, auch wenn die sich immer gewundert haben, dass ich nie über sie rübergekommen bin, höhö. Am dritten Bock ziehe ich mir eine schmerzhafte Prellung an den Eiern zu (das Ding ist viel zu hoch, gemein!), aber ich halte einen Vorsprung auf Vienna. Ihr blaues Cocktailkleid hat schon massig Risse, die aber nicht wirklich auffallen, da ihre Haut an den meisten Stellen auch schon blau ist- Geräteturnen ist wohl auch nicht so ihr Fall. Doch dann kommt es knüppeldick.

Der Weg ist versperrt. Vor dem nächsten Hindernis, das mich an diesen Film mit diesem Typen im Dschungel erinnert, der fast so kräftige Oberarme wie ich hat, ist ein Gittertor heruntergelassen. Ich versuche, es hochzuheben, aber trotz meiner übermenschlichen Kraft bewegt es sich kein Stück. Bin ich hier etwa im Zoo? Na ja, einen Affen sehe ich ja schon und ich selbst bin natürlich der Löwe, höhö, aber es riecht nicht wie im Zoo- statt Raubtieren, Tierscheiße und Pommes nehme ich nur den Geruch von Aldermans teurem und trotzdem ekligem Aftershave, Kaffee, frischer Farbe und einem bisschen Schweiß wahr, wobei letzterer natürlich auf gar keinen Fall von mir stammt. Elefanten gibt es hier auch nicht, weil Margaret Dunkirk ja schon lange raus ist, höhö. Mit anderen Worten, dieses Gitter muss zur Challenge gehören und ich muss es irgendwie wegkriegen. Und schon höre ich die gnadenlose Stimme von Alderman.

„Dick, du hast gerade den entscheidenden Punkt des Rennens erreicht. Irgendwo unter den Matten liegt ein Schalter, der das Tor öffnet. Aber den findest du nur- wenn du ein paar Ballettschritte machst, die wir dir vorgeben!"

Haben die sie noch alle?

„Ballett? Das geht zu weit! Wollt ihr uns alle zu verschissenen Arschfickern machen oder was?"

„Hast du etwa Probleme mit Homosexuellen, Dick?"

„Probleme? Die sollen froh sein, dass wir sie hier nicht steinigen wie in Saudi-Arabien!"

Ich werfe einen Blick nach rechts. Denise gibt Vienna ihre Kür vor und meine Feindin führt diese ohne Probleme aus- ich würde sogar fast sagen, perfekt. Wie gemein ist das denn?!! Bestimmt hatte die früher Unterricht darin und das ist echt unfair von denen, diejenigen zu bevorzugen, die Ballett gelernt haben- pure Diskriminierung! Und warum hat man meinen Eltern bei meiner Geburt nicht gesagt, dass ich Ballett lernen sollte, weil ich es in etwa siebenundsieb… siebenundzwanzig Jahren würde können müssen? Ganz schlechte Planung, eine Katastrophe!

Viennas Tor öffnet sich. Ich habe wohl keine andere Wahl. Meine Bestechungsversuche scheitern nämlich auch alle, obwohl ich Alderman sogar einen Posten in meiner neuen Regierung und private Golfstunden bei mir anbiete. Nicht einmal auf den Vorschlag, ein gemeinsames Selfie zu schießen, geht er ein.

„Dann sag mir schon die verdammten Schritte an, du hässlicher Mongo! Aber ich warne euch alle- das gibt blutige Rache!"

„Wir zittern alle vor Angst." Alderman zeigt wieder seine Goldzähne. „Schritt nach vorne…"

Das ist alles? Höhö, wie einfach!

„Du musst auf den Zehenspitzen laufen, Dick!"

Zehenspitzen?! Das kenne ich bisher nur von Natascha, meiner ersten Frau- wenn sie geschlafwandelt hat, ist sie immer auf Zehenspitzen gelaufen, weil sie sonst immer High Heels getragen hat. Oder sie wollte aus dem Schlafzimmer raus, ohne dass sie jemand hört, aber das kann ich mir nicht vorstellen. Na ja, bei meinem hervorragenden Gleichgewichtssinn sollte das ja nicht das geringste Problem sein!

„Wenn du wieder aufgestanden bist, Dick, kannst du einen Ausfallschritt nach hinten machen."

Ausfallschritt? Was soll das denn sein? Mit einfallen kenn ich mich aus, aber ausfallen?

„Mit einem Ausfallschritt ist kein Schritt gemeint, bei dem man ausfallend wird- den Mittelfinger kannst du nun wieder einziehen, Dick-, sondern ein wirklich *großer* Schritt!"

Also ein großer Schritt zurück? Pah, das kann ich, das macht meine Regierung doch andau…

„Und eine Vierteildrehung nach rechts… jetzt eine Pirouette…"

Pirouetten? Das sind doch diese osteuropäischen Teigtaschen, die meine dritte Frau Natalja so gerne mochte. Zufällig bekomme ich gerade sowieso Hunger. Die Dinger waren echt lecker, ich drehe mich um, um zu gucken, ob es hier irgendwo Pirouetten gibt und dabei berührt mein Fuß den Schalter. Das Tor schwingt auf. Ha, geht doch!

Nun müssen wir uns an einem Seil über einen Abgrund schwingen. Das Seil ist sehr glatt und reibt mir die Haut auf, es fühlt sich an, als würden meine Hände in Flammen stehen! Aber die Matten sind weich. Und ganz am Ende kommt eine Kletterwand. Doch Vienna hat schon einen großen Vorsprung. Bevor ich die erste Sprosse berühre, ist sie schon oben.

Schummel! Diese Dreckskerle! Das mit dem Ballett haben sie doch nur reingenommen, damit Vienna gewinnt, diese dreckigen Homos!

14:22

Ich knabbere missmutig auf einer faden Brotkruste herum. Da die heutige Challenge, von der ich immer noch glaube, dass Vienna irgendwie beschissen hat, ein Eins-gegen-eins war, gab es für uns auch kein Essen zu erspielen. Deshalb müssen wir irgendwie mit dem auskommen, was David der Verräter gestern erreicht hat. Und das ist leider nur Brot und Wasser. Egal, was man damit macht, es schmeckt einfach nicht. Das ist so unfair! Nur, weil David zu kacke in seinem Job ist! Jetzt weiß ich, wie sich die ganzen Typen in Afrikanien fühlen, wenn sie nicht genug zu essen haben. Klar, das haben sich diese Affenmenschen natürlich selbst zuzuschreiben und eigentlich juckt das ja auch keinen, aber unangenehm ist es trotzdem, wenn man nichts isst. Vielleicht sollte ich McDonald's befehlen, ein paar mehr Filialen in dieser Ecke aufzumachen, dann kriegen die was Ordentliches zu beißen und Amerika verdient außerdem noch Geld. Klasse Idee! Bin sehr schlau.

Gleich mal posten.

Mr. Igor und Edwin kommen ins Zimmer geschlurft. Sturbant ist mal wieder in einen seiner ewigen Monologe vertieft, mein Innenminister wirft mir einen verzweifelten Blick zu, in dem die Botschaft „Rette mich" steht. Gute Botschaft, kein zu langer Text, das mag ich, denn sonst lese ich das gar nicht erst. Haben auch meine Mitarbeiter erkannt und schicken mir grundsätzlich nur Memos, wo nicht so viele Wörter drinstehen. Es sei denn, viele von den Wörtern sind mein Name, dann lese ich den Rest natürlich schon, denn mein Name ist einfach zu schön. Aber das ist auch einer der Gründe, warum ich Social Media so mag, denn da kann man pro Post eh nicht so viel schreiben.

„Und genau aus vermutlich diesen, und wenn nicht diesen, dann wenigstens im Rahmen unserer Definition sehr ähnlichen Gründen, haben sie mich an der High-School auch zum Kapitän, womit ich natürlich den Spielführer und nicht den Befehlshaber eines Schiffes meine, der Debattiermannschaft unserer Schule, der West Portland High, an der ich drei sehr schöne Jahre verbracht habe, gemacht, was dazu führte, dass wir in den nächsten Jahren auf Bezirksebene, wobei es eigentlich gar nicht nur der Bezirk von West Portland war, sondern auch die angrenzenden Gebiete Mannschaften gestellt haben, da sie für eine eigene Liga zu wenige waren, sehr erfolgreich waren, oftmals auch dadurch gewonnen haben, dass unsere Gegner, von den anderen Schulen, noch vor dem Ende meiner Rede, die ja theoretisch auf vier Minuten begrenzt ist, was sich allerdings als dehnbar herausgestellt hat, davongelaufen sind und wir so fast kampflos große Siege gefeiert haben, was natürlich meine Eltern, gerade meine Mutter, die mich immer bedingungslos unterstützt hat, sehr stolz gemacht hat, fast so stolz wie später, als ich Senator in Washington wurde, obwohl ich ja bekanntermaßen diesen Posten zugunsten der Dienste an unserem Präsidenten durchaus schweren Herzens aufgegeben habe…"

Wenn Edwin über politische Themen spricht oder einfach nur die Presseschweine verwirren soll, ist er bereits anstrengend, aber wenn er von seiner Vergangenheit erzählt, ist er einigermaßen unerträglich. Ich erinnere mich noch an seine Bewerbung. Sein

Lebenslauf war zehn Seiten lang und nach drei Stunden habe ich das Vorstellungsgespräch abgebrochen und ihm den Job einfach gegeben. Denn wenn er noch auf eine zweite Frage geantwortet hätte, hätte ich ihn vermutlich erschossen.

Mr. Igor wirft inzwischen sehnsüchtige Blicke zum Fenster, als würde er ernsthaft überlegen, hinauszuspringen und sich von den Selbstschussanlagen (Norman ist leider nicht nur für die Innere Sicherheit, sondern auch für den Schutz des Weißen Hauses verantwortlich gewesen) erschießen zu lassen, als Venus und Vienna, miteinander ins Gespräch vertieft, in den Raum kommen. Aus irgendwelchen Gründen habe ich den Eindruck, dass sie leicht aneinander vorbeireden.

Vienna: „Das kann man doch nicht so einfach machen! Er leistet sich all diese Aussetzer und kommt damit davon, nur weil er die Justiz in der Tasche hat! Das ist doch kein Rechtsstaat! Mit diesen Methoden ruiniert er nur unsere Geschäfte..."

Venus: „Ja, unsere Geschäfte soll er auf gar keinen Fall ruinieren! Was sollen wir denn alle machen, wenn es kein Gucci, kein Yves-Saint-Laurent, kein Dolce-&-Gabbana mehr gibt? Am Ende verschwindet vielleicht sogar Macy's!"

Vienna: „Zum Beispiel die Sache mit den Waffen. Wenn weiterhin so viele Leute erschossen werden, haben die Dinger bald ein so schlechtes Image, dass sie keiner mehr kauft."

Venus: „Meine Tante arbeitet bei Macy's, verliert die dann vielleicht ihren Job?"

Vienna: „Und es ist auch echt bescheuert, mit den Chinesen Streit anzufangen, wo wir doch so viel an ihnen verdienen können."

Venus: „Ich will auch keinen Streit mit Chinesen, mein Großonkel hat sich mal mit dem Betreiber von einem Chinarestaurant angelegt, weil er seine Rechnung nicht bezahlen wollte, und dann hat der seine Nase in Goreng verwandelt oder so. Aber meinen Großonkel hat das so beeindruckt, dass er jetzt sein Essen immer mit Stäbchen isst. Aber er braucht sogar nur eins davon, das ist hohl und dadurch schlürft er das dann."

175

Vienna: „Und was er mit den Mexikanern anstellt. Wer soll denn meine Suite saubermachen, wenn die alle abgeschoben sind?"
Höchste Zeit für mich, mit einem klugen Einwand da mal einzuhaken.

„Du trittst doch nur für die Rechte der Mexikaner ein, damit die dich aufnehmen, wenn ich wegen deiner Steuerverbrechen nach dir fahnden lasse!"
Sie guckt mich verächtlich und respektlos an.

„Hört euch diesen kriminellen Steinzeitmenschen von Präsidenten an! Wenn er nicht weiter weiß, wird er gleich persönlich und er missbraucht sein Amt wie seine Frauen nach Strich und Faden!"
„Halt deine Fresse, Bitch. Du bist nur eifersüchtig, denn ich bin Präsident und du-hu ni-hicht!"
„Bei dir geht es wirklich nie um Inhalte, sondern immer nur um persönliche Beleidigungen."
„Und du bist fett!"

Protokolle aus dem Sprechzimmer, Tag 12

1. Venus Mirris

(trägt immer noch eine Nikolausmütze) „So ganz früher hat es ja echt voll viele Leute gegeben, die so gesagt haben, ich bin dumm! So ganz echt! Das sind alles sehr blöde Leute, die nicht verstehen, dass man nicht gleich dumm ist, nur weil man blond ist. Ich meine, ich find das voll schön, dass ich blond bin, ich hab echt tolle Haare, auch wenn man die ja gerade nicht sieht, weil ich die Mütze aufhab, hihi. Aber ich find mich auch richtig schlau, weil, das kann man ablesen von so einem Organ, das heißt I-Kuh. Da sind dann so Zahlen drinnen und wenn man reinguckt in den Körper, dann kann man das sehen und ich hab neunzig und ich meine, neunzig I-Kuh, das ist wie neun von zehn Punkten und das ist natürlich nicht perfekt, aber schon ganz schön gut. Und diese ganzen gemeinen Menschen, die früher gesagt haben, ich werde nie was

erreichen, die gucken sich jetzt um, denn ich bin Bildungsministerin und echt wichtig in diesem Land! Viele Leute werden ja erst so
wichtig, wenn sie durch was anderes berühmt geworden sind,
deswegen bin ich auch voll froh, dass ich diese Schönheitswettbewerbe gewonnen habe. Guckt euch Madonna an, da haben erst
auch alle gesagt, die kann nichts außer singen und sich ausziehen
und jetzt stehen überall in den kahl… kata… den Ländern, die an
den Papst glauben, Statuen von ihr im Vorgarten und ihr Name
steht in der Bibel und so. Voll krass!"

2. David Siliconi.
(hat Augenringe und ist unrasiert, wirkt müde) „Ganz ehrlich, dieses ganze Zeugs mit Politik und Macht und das Land regieren, das
klingt auch alles lustiger, als es in Wirklichkeit ist. Am Anfang hab
ich gedacht: Hey, geil, Gesundheitsminister! Jackpot! Ich hatte
darauf gehofft, die Gesetzeslage für kosmetische Chirurgie zu ver-
einfachen, die Gesundheitsbranche zu revolutionieren, Großarti-
ges zu erreichen, vielleicht sogar irgendwann selbst Präsident zu
werden. Aber dann hab ich gemerkt, dass das alles nicht so einfach ist, sondern ein ständiger Kampf gegen die Presse, die Öffentlichkeit, politische Gegner, ausländische Politiker und gegen
die Lobbyisten. Und dieser Wahnsinnige als Boss macht es nicht
einfacher. Ich habe versucht, gegen ihn vorzugehen, das habt ihr
alle mitbekommen, aber er hat immer noch viele Unterstützer und
diese scheinheilige Bitch Vienna hat es ehrlich gesagt auch ge-
schickter angestellt als ich. Ich weiß, dass jetzt viele glauben, sie
wäre die richtige Präsidentin, aber hört nicht auf Vienna! Sie ist
kaltherzig, doppelzüngig- eine meiner Patientinnen hatte wirklich
mal zwei Zungen, aber das ist eine andere Geschichte- und denkt
nur an ihren eigenen Vorteil! Mit ihr könnten die USA noch
schlimmer werden als mit Dicky, diesem Idioten. Aber ich habe
keine Lust mehr, dagegen anzukämpfen. Wenn ich hier raus bin,
ziehe ich mich in den Ruhestand nach Mexiko zurück und operiere

nur noch ab und zu einen Privatpatienten. Das habe ich mir verdient nach diesem Tollhaus hier."

21:32

Heute ist die Anspannung noch größer als sonst. Wir sind nicht mehr viele, die Abstände zwischen uns sind nicht groß und es könnte jeden treffen, sogar mich, den Größten von allen. Na ja, es könnte mich dann treffen, wenn ich mir nicht hunderte von Scheinidentitäten zugelegt hätte, die über Mittelsmänner alle für mich anrufen und auch dann nur theoretisch- schließlich könnte ich höchstens durch einen Auszählungsfehler oder eine mittelgroße Echsenmenschenverschwörung rausgewählt werden. Aber es ist trotzdem unglaublich spannend. Das merken auch Alderman und LeShaw. Sie kaut vor Aufregung auf ihren glitzerfarbenden Nägeln herum, seine Mundwinkel zucken nervös.

„Viel Zeit bleibt euch allen nicht mehr im Haus- und einem von euch sogar noch wesentlich weniger", beginnt Alderman und erntet für diesen Scherz mal wieder nur ein Schnauben von Denise LeShaw.

„Bestimmt seid ihr schon aufgeregt. David, was erwartest du noch von dieser Show?"

David der Verräter sieht so aus, als müsste er sich mal unter sein eigenes Messer legen. Schon krass, was es mit einem Menschen machen kann, wenn er nur von Wasser und Brot lebt. Diese italienische oder finnische Königin, die gesagt hat, man soll lieber Kuchen statt Brot essen, war schon echt schlau. Fast so schlau wie ich. Ich esse auch lieber Kuchen.

Davids Stimme klingt erschöpft, bestimmt, weil er sich ein Zimmer mit Edwin teilt, der nicht einmal im Schlaf die Klappe halten kann und schnarcht, wenn er nicht spricht.

„Die Luft ist raus. Ich hoffe immer noch, dass ich das hier gewinnen kann, aber eigentlich bin ich froh, wenn es vorbei ist."

„Das könnte noch schneller kommen, als dir lieb ist", kommentiert Denise. „Vienna? Was meinst du?"

„Ich sehe diese Sendung weiterhin als eine großartige Gelegenheit, um auf die vielen Missstände in diesem Land aufmerksam zu machen und auch als eine Möglichkeit, eventuell selbst die Macht verliehen zu bekommen, um unsere Nation zu retten."

„Mal sehen, ob die Zuschauer das auch so sehen. Igor? Was wird in dieser Show noch passieren, wenn es nach dir geht?"

„Ja, ich lieben Amerika, schöne Land, tolle Menschen, ich viel lieber hier als in Mutter Russland, ihr euch keine Sorgen machen, meine Treue gilt nur dem Tuch mit den Streifen und den Sternen-Mist, dieser Text passen nicht…"

„Schön, dass du dich hier so wohlfühlst", mischt sich Ulysses nun wieder ein. „Venus? Wie siehst du die Sache?"

„Frohen Nikolaus an alle", quietscht Venus, die blöde Mütze immer noch auf dem Kopf. Mittlerweile hat sie auch noch zusätzlich einen Rentierpulli angezogen. „Ich hoffe, dass alle, die das gerade sehen, einen wunderschönen, friedlichen Tag gehabt haben und dass sie noch sehr viel Freude daran haben werden, mich in dieser Show zu sehen."

„Wie uneigennützig. Und Edwin, hast du irgendetwas zu sagen?" Leider hat er mehr als nur irgendetwas zu sagen. Als er nach fünf Minuten immer noch nicht zum Schluss gekommen ist und niemand auch nur ein einziges Wort verstanden hat, schneidet Alderman ihm das Wort ab und kommt endlich zum krönenden Abschluss der Befragung.

„Dick? Was möchtest du den Zuschauern mitteilen?"

„Dass sie fantastisch sind! Diese Show ist fantastisch, ich bin fantastisch, Amerika ist fantastisch! Sogar du bist fantastisch! Ich bin stolz, unser Land unter meiner Herrschaft in eine beispiellose Phase des Wohlstandes geführt zu haben und wünsche mir… äh, Amerika, dass diese Zeit noch tausend Jahre andauert!"

„Tja, Dick, das steht noch in den Sternen, aber in einer Hinsicht bin ich mir sicher, nämlich darin, dass du Amerika ganz bestimmt keine tausend Jahre mehr regierst! Vielleicht sogar noch viel kürzer, denn hier kommen die Ergebnisse!"

Sofort vergesse ich seine kleine Beleidigung und schaue wie gebannt auf den Bildschirm.

„Kentucky geht an Dick Bunny", beginnt LeShaw.

„In Maryland siegt Edwin Sturbant!"

„Louisiana geht an Vienna Radisson!"

Und dann kommt endlich das so unglaublich wichtige Ranking. Ich halte den Atem an.

Tag 12:
1. Igor Cherkisshov.
2. Dick Bunny.
3. Edwin Sturbant.
4. Vienna Radisson.
5. David Siliconi.
6. Venus Mirris.

Mit der Erleichterung kommt auch mein grandioser Humor zurück.

„Nachsitzen für unsere Bildungsministerin! Denn du bist gefeuert, Venus, und ohne Schulabschluss wird es sehr schwer für dich, einen neuen Job zu finden! Sei froh, dass die Lage auf dem Arbeitsmarkt so gut ist- dank meiner fantastischen Politik!"

Also, der letzte Satz hat natürlich nichts mit Humor zu tun. Das ist einfach die unbestreitbare Wahrheit.

Tag 13, Freitag, 07.12., 10:14

Notsignale sind eine komische Sache. Denn eigentlich wäre es ja sinnvoll, wenn es ein einheitliches Zeichen gäbe, womit man zeigt, dass man dringend Hilfe braucht (zum Beispiel: Holt den Scheinwerfer aufs Dach, wir brauchen Dick Bunny), aber stattdessen gibt es unendlich viele verschiedene. In Europa haben sie früher

Alarmglocken und Trompeten benutzt – und wenn das Funknetz da auch nur annähernd so lückenhaft ist wie das Internet, machen sie das bestimmt immer noch-, auf dem Meer zünden sie Raketen und dann gibt es natürlich noch das gute alte SOS. Und wie ich seit heute Morgen weiß, klingt ein Edwin Sturbant in Not so:
„Aaargh aaargh, röchel, ich... Hilfe... ihr müsst... ich kann nicht... was ich meine, ist... röchel... mein Hals... aaargh... Luft... grmpf...“
Und dann kippt er um. Einfach so. Eben saßen wir noch gemütlich bei unserem verbliebenem Wasser und Brot am Frühstückstisch und plötzlich liegt mir Edwin zu Füßen. Zwar bin ich das gewohnt, weil mir ja die ganze Welt zu Füßen liegt, aber es ist trotzdem kein schöner Anblick. Nicht nur, weil es Edwin ist, sondern weil sein Paviangesicht langsam blau anläuft. Meiner scharfen Beobachtung entgeht natürlich nichts.
„Hey, der ist ja ganz blau.“
„Das binne ick auch oft, aber ich dann nicht gleich kippen um“, meint Mr. Igor. Er überlegt. „Oder am wenigsten nicht so schnell und ohne zu röcheln.“
„Wir brauchen einen Arzt“, entscheidet Vienna. „Vielleicht hat er ja eine furchtbare Krankheit, bei der sich am Ende noch alle anstecken. Ich möchte nicht so blau aussehen.“
Alle Augen richten sich auf David. Der stöhnt.
„Na schön, ich sehe ihn mir mal an.“
David kniet sich hin, beobachtet Edwin, der mittlerweile die Gesichtsfarbe von einem sehr dunklen Schlumpf hat- vielleicht ein afrikanischer Schlumpf? Gibt es in Afrika Schlümpfe?- und fühlt seinen Puls.
„Er muss reanimiert werden! Er braucht eine Herzmassage und Mund-zu-Mund-Beatmung!“
Wir sehen Vienna an, doch die läuft vor Wut rot an. Jetzt brauchen wir nur noch jemanden in Weiß, dann haben wir unsere Nationalfarben komplett, höhö.

„Ich und Mund-zu-Mund-beatmen? Nur weil ich eine Frau bin? Das könnt ihr vergessen!"

Ich überlege angestrengt. Edwin hat inzwischen sogar aufgehört zu röcheln, wir haben also nicht viel Zeit. Er redet nicht einmal mehr, ein klares Zeichen, dass es ihm wirklich nicht gut geht. „Mr. Igor, du machst das."

„Hä? Wieso soll ich machen?"

„Schocktherapie", entgegne ich. „Ich kann mir nicht vorstellen, dass *irgendjemand* von dir beatmet werden kann, ohne schreiend wegzulaufen. Und dafür muss Edwin aufwachen."

Mr. Igor brummelt etwas auf Russisch, bestimmt ein Lob dafür, wie klug ich bin, kniet sich hin und beginnt nach Davids Anweisung auf Edwins Brust herumzudrücken.

„Schneller, Mr. Igor, schneller! Und kräftiger! Versuch einfach den Rhythmus von „Hey-Macarena" zu treffen, dann ist alles gut."

Vienna guckt ihn an wie ein Omnibus.

„Hä? Wieso macht man Herzmassagen im Takt von „Hey-Macarena"?"

„Das lernt man doch in jedem Erste-Hilfe-Kurs", mosert David zurück. Mr. Igor zuckt mit den Achseln und ändert seinen Rhythmus. Ich höre ihn leise summen.

„Und jetzt die Mund-zu-Mund-Beatmung", ordnet David an. Mr. Igor grummelt etwas, dann beugt er sich vor und bläst Edwin seinen nicht gerade frischen Atem direkt in die Fressluke. Es riecht nach Drachen ohne Mundwasser. Erstaunlicherweise scheint Sturbant das gar nicht zu bemerken.

„Beim nächsten Mal ohne Zunge, Mr. Igor! Versuch es nochmal!", feuere ich ihn an.

Doch Edwin zeigt wieder keine Reaktion, obwohl Mr. Igor jetzt auch noch sehr böse guckt. Hat Edwin ihn vielleicht irgendwie geärgert?

„Scheiße. Mach weiter mit der Herzmassage, noch stärker, es macht nichts, wenn du ihm ein paar Rippen brichst."

„Das sieht Edwin möglicherweise anders", murmelt Vienna.

Mr. Igor pumpt weiter. Seltsamerweise beult sich jetzt Edwins Hals aus. David sieht es auch.

„Da steckt was drin! Schlag ihm auf die Brust, so fest, wie es geht!"
Mr. Igors behaarte Pranke ballt sich zur Faust und stößt auf Edwin nieder wie dieser Meteorit, der den Dinosauriern auf den Kopf gefallen ist. Edwins Körper schlägt Wellen. Die Augen treten aus ihren Höhlen, der Mund klappt auf und wie eine Mittelstreckenrakete schießt ein trockenes Stück Brot heraus und schlägt mir das Toupet vom Kopf. Edwin holt röchelnd Luft. Seine Gesichtsfarbe kehrt langsam zurück.

„Ich bin dir, und nicht nur dir, sondern euch allen, die mir in dieser schwierigen, um nicht zu sagen ernsthaft lebensbedrohlichen Situation beigestanden haben, zutiefst dankbar für all das, was ihr getan habt, kurz bevor ich, der bereits dabei war, das Bewusstsein zu verlieren, in eine wirklich prekäre, oder mehr als prekäre Lage, gekommen wäre."

Operation gelungen, Patient schwafelt. Edwins Blick fällt auf Mr. Igor.

„Hast du mir wirklich eine Mund-zu-Mund-Beatmung verpasst?"
Mr. Igor wirkt verlegen. „Ähm. Ja."

„Höhö, Homo, höhö!" Warum lacht keiner mit?
Edwin läuft erst kalkweiß an- hey, jetzt haben wir unsere Flagge komplett!-, dann grün, stöhnt und fällt in Ohnmacht.

14:01

Nachdem er den Rest des Morgens Gelegenheit hatte, sich zu erholen- dank Venus haben wir alle viel Erfahrung im Umgang mit Ohnmachtsanfällen-, wirkt Edwin nun, da er Ulysses und Denise in der Showarena gegenübersteht, schon wieder wesentlich fitter. Alderman scheint dagegen ein bisschen beklommen- als er Denise LeShaw auffordert, David und Edwin die Aufgabe zu erklären, nennt er sie nicht einmal „Schätzchen"- und LeShaw ist ein bisschen netter zu den beiden als sonst, aber da diese Frau böse ist wie eine Kobra mit Zahnschmerzen, hat das nicht viel zu sagen. Andererseits wäre ich wohl auch nicht viel besser, wenn ich mit Ulysses Alderman zusammenarbeiten müsste.

„Passt auf, ihr beiden, das ist heute eine Teamwork-Aufgabe. Wenn ihr es gut macht, gibt es heute wieder etwas Vernünftiges zu essen. Seht ihr diese zwölf nummerierten Ballons da? Die aufgedruckten Nummern kann man nur von da drüben aus sehen, während man sie mit dieser sehr langen Nadel nur zerstechen kann, wenn man direkt darunter steht. Deshalb wirst du, Edwin, David beschreiben müssen, welchen Ballon er als nächsten zerstechen muss, damit ihr die richtige Reihenfolge einhaltet. Ihr habt zwei Minuten Zeit. Alles verstanden?“

Edwin und David nicken, sie nehmen ihre Positionen ein. Alderman gibt das Startsignal.

„Auf die Plätze... fertig... los!“

Edwin Sturbant beißt sich auf die Lippe, mustert die Ballons.

„Also pass auf, David, der Ballon, welcher die Nummer eins trägt, welchen du also im Sinne dieser Challenge zuerst, vor allen anderen, zerstechen musst...“

„Komm zum Punkt, Edwin!“

„Ja doch! Also, dieser bereits erwähnte Ballon befindet sich rechts zwischen den beiden blauen Ballons.“

„Willst du mich verarschen?“, ruft David. „Die sind alle blau!“

„Ja, aber dieser blaue Ballon, du weißt schon, der mit der Nummer eins, den du zuerst zerstechen musst, hängt hinten rechts, hinten von hier aus gesehen, und hat zum rechten Rand, von hier aus gesehen, und zum hinteren Rand, von hier aus gesehen, jeweils noch einen Ballon dazwischen.“

„Dreißig Sekunden sind um“, bemerkt Denise. David der Verräter ist inzwischen mehr als nur ein bisschen genervt.

„Also der zweite von hinten und zweite von rechts?“

„Ja, sag ich doch.“

Der Ballon mit der Nummer eins platzt knallend.

„Ja, das war der Ballon, der die Nummer eins trägt, wobei anzu-merken ist, dass auf den Ballons zehn, elf und zwölf auch eine eins, aber auch noch andere Zahlen abgebildet sind. Welche Zahl hängt logischerweise davon ab, ob es der Ballon zehn, elf oder zwölf ist. Nun musst du dich an die ganz andere Ecke dieses Spielfeldes, das ja vier Ecken hat und daher in dieser Hinsicht viel Platz für Variationen bietet, begeben, um den Ballon mit der Nummer zwei, der übrigens auch blau ist…"

„WO HÄNGT DER VERDAMMTE BALLON, EDWIN?"

„Vorne links", meint Edwin verschnupft. David sticht hinein und mit einem lauten Knall verabschiedet sich auch dieser Ballon.

„Noch eine Minute!"

„Der Ballon, auf dem die Nummer drei gemalt ist, um zu zeigen, dass man ihn als dritten zerstechen muss, um diese Challenge zu gewinnen, kann gefunden werden, wenn man sich zur Mitte be-wegt, dort hängt er genau in der Mitte der Christuskreuzform, die man erhält, wenn man direkt neben dem Ballon Nummer zwei un-ten beginnt…"

„Was zur Hölle?"

„Geh von Ballon Nummer zwei einen Ballon nach rechts, dann zwei nach hinten, beides selbstverständlich von mir aus gesehen."

David murmelt etwas, während er die Ballons abzählt.

„Ihr habt nur noch dreißig Sekunden", ruft Denise.

Bumm!

„Und nun musst du…"

„Edwin, bitte, bitte, sag mir einfach, wo der verdammte Ballon hängt! Ich hatte in meinem Medizinstudium einen Typen, der hat auch immer so viel gelabert wie du und dem ist später auf dem OP-Tisch ein Patient weggestorben, weil er der Schwester nicht schnell genug gesagt hat, welches Instrument er braucht. Genau wegen dieser Scheiße bin ich auch Schönheitschirurg geworden, da geht es wenigstens nicht um Leben und Tod."

„Ganz hinten, zweiter von links."

Ballon Nummer vier platzt laut vernehmlich. Aber noch lauter ist die Schlusssirene, die in diesem Moment ertönt. Während sich David und Edwin nun gegenseitig angiften, bin ich so richtig sauer. Warum sind meine Untergebenen alle so inkompetent? Muss ich denn hier alles selber machen, um nicht bis an mein Lebensende von Wasser und Brot zu leben? Diese Diät ist nämlich so langsam echt unangenehm. Ich bin Politiker, habe also Diäten viel lieber als eine Diät. Schrecklich!

15:02

David der Verräter weigert sich aus irgendwelchen Gründen, einen Tunnel zum Parkplatz zu graben, damit wir uns Pizza liefern lassen können. Unverschämtheit! Immerhin ist es *seine* Schuld (schon wieder!), dass wir von der Sendeleitung nichts anderes kriegen als Wasser und Brot, und ich habe sogar ausgerechnet, dass er für diesen geheimen Hinterausgang nicht länger als achtzehn Stunden braucht, wenn er ohne Pause arbeitet (zweiundzwanzig, wenn wir nicht darauf warten, bis der Geschirrspüler mit unseren Esslöffeln fertig ist und er dafür Teelöffel nimmt). Außerdem bin ich ja wohl sein Präsident, er sollte stolz und glücklich sein, meine Befehle zu befolgen. Aber er ist bockig.
„Wenn ich hier irgendetwas schaufle, Dicky, dann dein Grab!"
„Das wäre dann das einzige, was du in deinem Leben für die Allgemeinheit getan hast", spottet Vienna, die sich auf der Couch im East Room ausgestreckt hat und der zu einer alten Hollywood-Diva nur noch die schwarz-weiße Farbe fehlt, „aber längst nicht so grausam, wie ihn auf deinen OP-Tisch zu packen."
Mit seinen vor Wut aufgeblasenen Backen sieht David wie ein Ochsenfrosch aus (allerdings auch ohne): „Du musst gar nicht einen auf Heilige machen, wenn man bedenkt, dass du so viel Plastik am Körper hast, dass dein Geburtsort inzwischen weniger

ein Krankenhaus in den USA als vielmehr eine Fabrik in China ist-zumindest kommt die Mehrheit von dir da her."

Eine wunderbare Gelegenheit für eine meiner geistreichen Bemerkungen.

„Wenn das so ist", rufe ich, „muss ich dich leider beschlagnahmen lassen, weil für deine Einfuhr meine wunderbaren Strafzölle nicht gezahlt wurden. Vienna, du bist damit raus."

Sie guckt wie eine Kobra. „Sie sollten mal lieber dich beschlagnahmen, weil dein Hintern so groß ist, dass du dafür eine Baugenehmigung brauchst!"

Wen interessieren in diesem Land denn schon Baugenehmigungen? Abgesehen davon hat sie überhaupt keine Ahnung von meinem Hintern. Die „Society of blind people North Carolina" hat ihn letztes Jahr sogar zum „knackigsten Politikerhintern der Welt" gekürt.

„Kannst du blöde Tussi nicht einmal im Leben deine Klappe halten? Du kannst dich meinetwegen auf den Kopf stellen, aber ich kann Leute, die ganz oben in einem Wolkenkratzer in Manhattan statt in einem richtigen Haus wohnen, einfach nicht respektieren! Und Frauen schon gar nicht!"

Vienna setzt sich kerzengerade auf. Mit ihren blonden Haaren, den kalten blauen Augen und ihrem arschteurem Fummel sieht sie aus wie eine Walküre (höhö, WALküre. Das passt ja), die auf der First Avenue shoppen war.

„Weißt du was, Mr. Steinzeitmensch? Deine Mutter war auch eine Frau!"

„Ja, aber abgesehen davon war sie toll!"

„Das behauptest du."

Wie kann sie es wagen, über meine Mutter abzulästern? Ich hebe gerade eine Tischlampe hoch, um sie nach Vienna zu werfen, als die Tür aufgeht und sich Mr. Igors haariges, etwas besorgtes Gesicht in den Raum schiebt.

„Hey, Boss, du bitte nicht machen nix Gutes mit der Lampe!" Er hebt beschwichtigend die Hände. „Aber Edwin haben gefunden noch alte Butter hinten in Kaltschrank und wir jetzt mache Toast. Ich wollte fragen, will noch irgendjemand was abhabe, denn essen ist besser als andere Leute mit Lampen bewerfen? Ist genug da." Irgendwie hat Mr. Igor recht. So gerne ich Vienna auch ihr verficktes Grinsen vom Plastikgesicht gewischt hätte, ich habe Hunger und die Aussicht auf nicht ganz so langweiliges Brot ist besser als nichts. Ist zwar kein Burger mit Pommes, aber ich schätze, David kriegt den Tunnel heute eh nicht mehr fertig.

Protokolle aus dem Sprechzimmer, Tag 13

1. Edwin Sturbant.
„Wenn man in einer Situation der akuten, ach was, der Lebensgefahr ist, was ja heutzutage viele, in unserem Land, aber auch in anderen, wenn auch nicht in allen, gar nicht mehr nachvollziehen können, anders als die Pilgerväter, mit den ganzen Indianern, die dieses Gefühl natürlich auch kannten, wegen der ganzen Bisons und Bären und Pilgerväter und so weiter, denn die wussten ja noch was echte Gefahr ist, bemerkt man, dass viele Dinge, die man gar nicht so eingeschätzt hätte, Straßenbahnen zum Beispiel, wie dieser Gaudí, der ja nur einer von vielen bedeutenden Männern seiner Zeit war, ähnlich wie Dalí, der auch Spanier war, aber später gestorben ist und nicht an einer Straßenbahn, was kein Wunder ist, da sie ja doch eine eher ungewöhnliche Todesursache sind, wusste, Gefahren bergen können, im Alltag wie in außergewöhnlichen Situationen, und ich mich glücklich schätzen kann, nochmal davongekommen zu sein, obwohl da draußen der Tod ist und meinen Namen auf der Liste hat, wie den von jedem von uns, denn es ist eine sehr lange Liste, vielleicht auch schon eher eine Datei, falls der Tod einen Computer hat."

2. Igor Cherkisshov.
(von diesem Beitrag sind nur Fragmente vorhanden, weil der Rest des Films unseren Informationen zufolge von Kaninchen gefressen wurde. Wir bitten um ihr Verständnis.)
„Ich mich fühle immer noch sehr wohl hier, ist schöne Stadt, Washington, ist tolle Land und ich finde schade, dass ich lange nicht gelebt hier. In Russland ware so, dass (…). Aber ich habe bemerkt schlechte Stimmung hier, das traurig. Wir habe tolle Leute hier, nette Menschen und eine Mr. Präsident, der ist toll für dieses Land, und auch meine Leute in (…) mögen ihn sehr, denn er ist für uns (…) und deshalb wir habe auch geholfen (…). Natürlich ich habe Hoffnungen für die Sendung und ich hoffe, dass noch länger dabei, denn ich zwar nicht unbedingt glaube, dass ich gewinne, aber ich haben viele Ideen für USA. Wir können spielen große Rolle für (…), äh, wolle sagen in der Welt, wenn wir mal halten zusammen und nicht jeder kocht seine eigene *Borschtsch* und ich kann bestimmt helfen Volk von Amerika. Deswegen ich voller Erwartung für Zukunft. Und viele Grüße an meinen sehr lieben Freund im Krem-(…).“

21: 56

Ein neuer Tag, eine neue Herausforderung, eine neue Abstimmung. Aber ich bin zuversichtlich, weil erstens zwei Leute bei der Challenge verkackt haben, die nicht ich sind, weil ich zweitens den ersten tausend, die für mich anrufen, ein gratis Dick-Bunny-Haarpflegeset versprochen habe und weil drittens jeder Enchilada, der für mich stimmt, eine Green Card bekommen soll. Mal gucken.
„Ohio geht an Dick Bunny“, verkündet Alderman auch gleich sofort.
„Igor Cherkisshov holt sich Missouri“, kontert Denise LeShaw.
„David Siliconi gewinnt in Nebraska!“
„Wyoming geht an Igor Cherkisshov!“
Und dann kommt endlich das Ranking.

Tag 13:

1. Igor Cherkisshov.
2. Dick Bunny.
3. Vienna Radisson.
4. David Siliconi.
5. Edwin Sturbant.

Was macht denn dieser Russe immer noch vor mir? Ich hätte ihn doch ausweisen lassen sollen. Aber andererseits ist er einer der wenigen, die mir noch den nötigen Respekt entgegenbringen. Alles Verräter hier!

„Hey, Edwin!"

„Was?"

„Angesichts der Lage, die jetzt ist und so, und weil du, der nicht so cool wie der Präsident bist, bei unseren Zuschauern, die echt fantastisch sind, wenn sie nicht gerade die Demokraten wählen, nicht so angekommen bist, ist die Konsequenz jetzt, dass du im Ranking Letzter, hinter dem keiner mehr kommt, bist und deswegen GEFEUERT BIST!"

Tag 14: Samstag, 08.12., 11:02

Die letzten Tage waren wirklich sehr anstrengend. Dieser ganze Stress, Punkte machen zu müssen, damit sie mich nicht rauswählen (warum steht eigentlich keine Klausel in meinem Vertrag, nach der ich als Präsident mindestens automatisch ins Finale komme oder noch besser das ganze Ding gewinne?), dazu der Streit mit den anderen Bewohnern und das alles bei Wasser und Brot- das kostet Kraft. Ich habe wirklich ein verdammt hartes Leben als Präsident, es ist ein viel schwererer Job, als man mir vorher gesagt hat- Gemeinheit! Umso besser, dass ich heute Morgen endlich wieder Zeit für ein paar Stunden Social Media finde.

Ich scrolle durch die Beiträge. Mein tolles Selfie aus dem Red Room hat bisher nur sechshunderttausend Likes bekommen, was aber bestimmt nicht an mir liegt (ich sehe natürlich wie immer fantastisch aus und das Duckface habe ich schon vor Jahren zur Perfektion gebracht), sondern vermutlich eher an Mr. Igor, der im Hintergrund herumläuft und das leider auch noch mit freiem Oberkörper. Ich sage ihm schon dauernd, er soll sich mal öfter was anziehen, aber er meint, er sei Kälte gewohnt und ihm unser Klima sonst zu warm. Aber ich glaube eher, dass er den Leuten gerne seine Muskeln zeigt, die natürlich nicht mal annähernd so mächtig sind wie meine- dafür so behaart, dass er wie ein sibirischer Braunbär aussieht. Zum Glück ist der Klimawandel nur ein Märchen, sonst würde es vielleicht noch wärmer werden und Mr. Igor würde *noch* mehr Sachen ausziehen. Beim nächsten Mal benutze ich wohl lieber ein bisschen Photoshop, bevor ich wieder ein Bild poste.

Was gibt es sonst noch Neues? Jede Menge Leute in Europa haben sich über unsere fantastische Show aufgeregt. So ein Hinterwäldler-Politiker in Schwitzenland hat gesagt, er sei entsetzt, dass wir in unserem Land politische Probleme so lösen (hab in die Kommentare geschrieben, dass er gerne Armdrücken gegen mich machen kann, wenn er sich als Boss aufspielen will. Hab auf die Karte geguckt, sein Land ist nicht mal so groß wie Maine!), so ein Franzose mosert, kein französischer Politiker würde sich jemals so zur Schau stellen (natürlich nicht, schließlich wollen die Leute mich sehen und nicht diese langweiligen Froschfresser!) und eine alte Dame soll in einer Rede gesagt haben, sie wäre schockiert, was aus der amerikanischen Politik geworden ist. Sie behauptet, die Königin von England zu sein. Höhö, und ich bin der Kaiser von China!

Apropos China. Eine sehr vertrauenswürdige Seite, die sich ausdrücklich gegen die sogenannten Fakten der Mainstreammedien stellt und stattdessen lieber alternativ recherchiert, meldet, dass die Chinesen gratis Baseballs und Basketbälle in die USA schicken wollen, um damit unsere Firmen zu ruinieren, die diese Bälle herstellen. Schweinerei! Und dann erwarten sie, dass wir ihnen die Eier abkaufen, die ihre Hühner in Massenproduktion legen und die seit meinem genialen Deal fast jeder Amerikaner zum Frühstück isst. Gleich mal was posten.

Bild von einem leeren Eierbecher, dazu die Unterschrift: „Wenn ihr Schlitzaugen nicht eure gelben Finger von unseren Bällen lasst, wird das eure Eier sehr hart treffen!"

So. Das sollte ihnen Stoff zum Nachdenken geben, ob sie sich wirklich meinen sehr ernsten Konsequenzen stellen wollen. Die ersten Reaktionen kommen schnell. Aber warum posten so viele Leute lachende Smileys? Wissen die etwa nicht, wie ernst die Lage ist?

13:07

Der Praktikant mit der Stimme Gottes hat wieder zu uns gesprochen und zwei Leute für die Challenge ausgewählt. Sie haben sich dafür den Besten geholt: Mich. Ach ja, und Mr. Igor ist auch dabei, weil ich ja einen Gegner brauche.

Die Regeln sind sehr kompliziert, denn sogar einem so klugen Mann wie mir muss Alderman sie mehrfach erklären. Aber dann liegt das Geheimnis endlich offen.

„Also, aus diesen Puzzlesteinen baue ich einen roten Knopf zusammen und zwar möglichst schneller als Mr. Igor, richtig? Dann hab ich am Ende dieses Ding, das aussieht wie ein Fliegenpilz ohne Punkte, wo der rote Knopf oben drauf ist und da kann ich dann draufdrücken. Und wenn ich Mr. Igor damit abschieße, habe ich gewonnen!"

Denise LeShaw lässt ein leises Hüsteln ertönen. Die Frau sollte wirklich mal was gegen ihre Erkältung tun. Aber leider ist sie trotzdem noch gesund genug, um reden zu können. Und das tut sie auch. Reichlich. Fast vermisse ich Edwin.

„Nein, Dick, wenn einer von euch beiden auf seinen roten Knopf drückt, *verlieren* beide! Es hat der gewonnen, der nach zwei Minuten den Größeren hat- äh, den größeren Knopf, wollte ich sagen. Aber da ihr Rücken an Rücken sitzt und nicht wisst, wie weit der Gegner ist, gibt es auch die Möglichkeit, den Knopf zu drücken, damit es keinen Sieger gibt. Aber damit kann man nicht gewinnen, sondern nur einen Sieg des Gegners abwenden."

Was sind denn das für blöde Spielregeln? Warum kann ich nicht einfach auf meinen Knopf drücken und Mr. Igor nach Sibirien bomben? Mein Gegner verzieht unterdessen das Gesicht.

„Das heißen, ich nur können gewinnen, wenn meine Mr. President sich kann beherrschen bis zu die Ende?"

„So sieht es aus, Igor."

Hinter Mr. Igors struppigem Bart entsteht ein schiefes Lächeln aus schiefen Zähnen.

„Dann Duell wohl nicht lange wird Dauer haben."

Ich sehe Mr. Igor wütend an, sodass er eilig hinzufügt: „Äh, ich nur denken muss an die Zeit in die UdSSR, da wir auch habe gewartet immer auf Bombe von die Amerikaner, aber die ja nicht ist gekommen, dank sei bei Gott. Natürlick Mr. President von Amerika damals war auch nicht so…"

„Hey, worauf willst du hinaus, Mr. Igor?"

„Dass Sie sind Mr. President fantastisch, Boss! Und ich nur muss lachen weil ich bin froh, dass es gibt wieder gute Essen, auch wenn ich nicht gewinne! So ich nicht wieder gucke müssen, was zu machen aus trocken Brot!"

„Mr. Igor, unsere Haushälterin, höhö! Als nächstes ziehst du dir noch ein Kleidchen an!"

Er guckt mich leicht beleidigt an.

„Du lachen, aber wärst froh gewesen zu kochen, wenn du aus Russland gewesen! Ich habe gelernt zu kochen, als es nicht viel gab und man musste gut sein für um zu bekommen was Vernünftiges zwischen die Zähne! Und dann noch später gelernt besser kochen, um ernähren zu können Familie, aber gab keine Familie, weil Mascha dann hat beschlossen doch lieber zu heiraten Hotelier in Sotchi, das treulose Luder!"

Ich glaube, eine Träne in seinem haarigen Gesicht zu erkennen.

„Aber du nicht bezweifeln Männlichkeit von Igor Cherkisshov! Ich russischer Bär und ich dir gleich zeigen, wer hier Haushälterin!"

„Mr. Igor, bitte zieh dich wieder an!"

Er knöpft sein Hemd wieder zu und brummelt etwas.

„Okay, dann geht mal auf eure Plätze, wenn wir das jetzt geklärt haben", greift Alderman nun doch ein. Ich und Mr. Igor setzen uns Rücken an Rücken in die gemütlichen roten Plüschsessel. Ich betaste die Bausteine, die ein bisschen so aussehen wie so Zeug, das ich in dem Land gegessen habe, wo dieser Verrückte mit dem komischem Hut wohnt, der denkt, dass er und nicht ich der Stellvertreter von Gott ist. Jedenfalls sollte dieses Zeug, glaube ich, ein Burger sein, aber es gab kein Fleisch, Brot oder Ketchup, nur Tomate und komischen weißen Käse. Vielleicht sind die da zu arm für so was. Schmeckt aber nicht schlecht mit Pommes.

„Auf die Plätze... fertig... los!"

So, mal sehen, das kann ja nicht so schwierig sein. Man packt diese Teile *so* zusammen... und wenn ich dann das Ganze so mache- nee, das geht nicht, scheiße auch.

Was, wenn ich diese beiden Teile zusammensetze? Ja, dann bekomme ich ein Stück weiße Wand... und so auch... da kann ich ja schon fast das rote Dach draufsetzen!

Wie weit Mr. Igor wohl ist? Ich höre ihn hinter mir murmeln. Lieber ein bisschen schneller machen.

Jetzt hat das ganze Ding aber eine echt komische Form. Ach so, ich habe es falsch herum eingesetzt. Selbst der klügste Mann macht mal Fehler. Aber das könnte Mr. Igor einen Vorteil verschaffen!

„Noch eine Minute!"

Fuck, so spät schon? Dann muss ich schnell den Knopf selbst fertig kriegen. Das ist nicht so schwer, hier ein Teil, da ein Teil- schon ist die Kuppel fertig! Sieht aus wie eine halbe Tomate. Höhö, da fällt mir ein toller Witz ein. Was ist rot und sieht aus wie eine halbe Tomate (abgesehen von der Kuppel meines roten Knopfes)? Die andere Hälfte. Höhö. Bin sehr lustig.

„Noch dreißig Sekunden!"

Nur noch so wenig Zeit? Dann schnell noch ein paar weiße Steine, damit das Ding größer wird. Sie sind eckig und hart- anders als das weiße Zeugs aus dem Land mit dem Typen mit dem komischen Hut- und stechen mir in die Fingerkuppen. Zehn Sekunden bleiben! Ich habe einen schönen großen Knopf- damit werde ich bestimmt gewinnen!

Noch fünf Sekunden. Mr. Igor summt hinter mir. Er wirkt gut gelaunt. Scheiße, hat er vielleicht auch einen großen Knopf? Ist seiner vielleicht sogar noch größer?

Noch zwei Sekunden. Mr. Igor darf keinen Größeren haben als ich!

Noch eine Sekunde. Bumm!

13:58

Ich weiß gar nicht, warum mich alle so komisch angeguckt haben- Mr. Igor, Alderman, LeShaw, die Kameraleute und Tontechniker, sogar der Inder mit dem Teetablett. Ich habe doch nur getan, was ein Präsident tun muss, um sein Volk davor zu schützen, dass jemand anderes mehr Waffen hat als wir. Das ist manchmal gar keine so einfache Aufgabe, weil ich auch immer dafür sorgen muss, dass alle anderen Länder schön viele Waffen kaufen. Aber heute habe ich genau richtig gehandelt. Bin sehr stolz auf mich.

Vienna und David der Verräter unterhalten sich gerade erstaunlich freundlich, als wir hereinkommen. Genauer gesagt, Vienna hält ihr Handy in der Hand, zeigt dramatisch aufs Display und ist fast am Heulen, während David schweigend zuhört.

„Was ist denn das für ein Zirkus hier?"

Vienna wirft ihr Haar zurück und dreht sich mit einer halben Pirouette zu mir um.

„Du kommst genau richtig, Dick, um zu sehen, was deine katastrophale Politik anrichtet! Sieh dir das an!"

Auf dem Bild ist ein glotzäugiges Schoßhündchen zu sehen, das so traurig guckt wie mein Sohn Roger, wenn man ihm das iPhone wegnimmt. Ach Quatsch, der handysüchtige Sohn war ja Ronald. Roger war der kleine Zweijährige, den Svetlana nach Kolumbien oder Korinth oder wie auch immer das Land heißt, mitgenommen hat.

Mr. Igor gibt einen Laut von sich wie ein Bär auf Narkosemitteln.

„Oooooh, was für ein süße Hundi!"

„Ein süßer Hund, ganz genau! Und dieser niedliche, schutzbedürftige Hund ist ein ideales Thema für die Politik dieser Tage, weil er natürlich per se absolut neutral ist und keine verzerrenden Emotionen hervorruft, dieses süße kleine Schätzchen, aber den trotzdem ein *grauenhaftes* Schicksal ereilt hat dank der fürchterlichen Politik unseres Präsidenten!"

Langsam hab ich genug von ihrem Gewinsel um die Töle. Hey, das passt ja perfekt, höhö: Gewinsel- Töle. Nur das Beinchen hebt sie Gott sei Dank nicht.

„Und was ist jetzt mit dem Köter?"

„Du nicht nennen diese liebe Hundi Köter", knurrt Mr. Igor.

„Tut mir leid, wollte deine Artgenossen nicht beleidigen."

Mr. Igor brummt nur. Findet er mich etwa nicht lustig?!

„Dieser arme kleine Wonneproppen, den natürlich niemand instrumentalisiert, sondern der ohne Beachtung seiner wirklich überirdischen Niedlichkeit ein wichtiges Beispiel für all diese schrecklichen Schicksale ist, ist der kleine Rockford, der bis vor wenigen Wochen ein wunderbares Zuhause bei der Familie Brown in Tallahassee, Florida gehabt hat- bis als Konsequenz deiner grausamen Wohnungsbaupolitik dieses Familienglück durch eine Kündigung des Mietvertrags zerstört wurde!"

Sie blickt sich Aufmerksamkeit heischend um. David wirkt inzwischen ziemlich gelangweilt, wahrscheinlich hat er die Geschichte heute schon mehr als einmal gehört. Mr. Igor dagegen ist ganz Ohr.

„Oh nein! Kanne doch nicht sein wahr!"

„Es ist leider wahr, Mr. Igor. Die Familie Brown musste aus ihrem Haus heraus und da sie in der neuen Wohnung keine Tiere halten durfte, mussten sie den kleinen Rockford, der, wie ihr euch vielleicht erinnert, sehr, sehr niedlich war, einfach aussetzen! Und das grausame Leben als Straßenhund war zu viel für dieses verhätschelte Schätzchen, sodass er, wie der *Everglades Channel* berichtete, gestern Morgen von einem Sattelschlepper überfahren wurde! Deine Politik, Dick, hat das Leben dieses unschuldigen und sehr niedlichen Hundes auf dem Gewissen und wer weiß, wie viele Hündchen- und sogar Kätzchen!- noch folgen werden!"

Mr. Igor knurrt wie ein wütender Wolf.

„Wenn ich wäre Mr. President, dann in diesem Land kein Hundi müsste raus aus seiner Wohnung!"

Ich mustere Vienna. Ist sie jetzt endlich fertig?

„Weißt du, Vienna, warum habe ich das Gefühl, dass du mit diesem Hund nur von deiner verlogenen Steuererklärung ablenken willst?"

Viennas Augen füllen sich mit Krokodilstränen.

„Wie kannst du so hartherzig sein? Willst du damit etwa sagen, der arme, kleine, unglaublich niedliche Rockford wäre nicht wichtiger als ein paar Mill... ein paar vergessene Dollars?"

„Ich mag Hunde, auch wenn sie ihre Hundesteuer nicht tun zahlen", murmelt Mr. Igor.

16:22

Selbst wenn man so wichtige und ungewöhnliche Aufgaben zu erledigen hat wie aus einem abgeschotteten Haus aus das Land zu regieren, bekommt man doch früher oder später Routine rein. Jeder macht, was ihm gefällt: Vienna sitzt im East Room und erzählt unter Tränen Geschichten aus ihrer Kindheit (typischer Auszug: „Die ganze Sache mit dem armen kleinen Rockford hat mich auch deshalb so mitgenommen, weil ich als Kind selbst einen Hund hatte, einen ganz niedlichen Chihuahua, aber den mussten wir dann weggeben, weil seine Fellfarbe leider nicht zu unseren neuen Gardinen passte. Das war so furchtbar traurig, aber da kann man ja leider nichts machen…“), David scheint ihr zuzuhören, ist aber in Wirklichkeit eingepennt (schlafend mag ich ihn sowieso am liebsten), Mr. Igor steht in der Küche, macht (wie er sagt) Karamellpudding und ich mache wieder sehr wichtige Social-Media-Politik.

Da postet so ein Schlitzauge, der sich für so einen chinesischen Minister hält, er wäre „irritiert und entsetzt über die chinafeindlichen Äußerungen des US-Präsidenten“. Was für ein Loser! Ich setze einen Kommentar drunter: „Wenn ihr Schlitzaugen nicht wollt, dass wir Sondersteuern und Strafzölle auf chinesisches Essen erheben, sollt ihr mal lieber eure hundeverschlingenden Fressen halten! Und da chinesisches Essen bei uns sehr beliebt ist und in diesem Land viele, sehr viele Menschen chinesisch essen, wird das sehr schlimm für euch werden!“

Mit diesen klugen Argumenten stopfe ich ihm das Maul. Es hat ja gar keinen Sinn, immer gleich loszupoltern und alle zu beschimpfen, ich kann das ja viel behutsamer.

Mr. Igor singt in der Küche auf Russisch. Vienna erzählt lauthals von einer neuen Art Laden, den eine Freundin von ihr aufgemacht hat.

„Also, ihr ist zuerst aufgefallen, dass man sich in den Malls ja schon auf Förderbänder stellen kann, aber man in den Boutiquen immer noch selber laufen muss. Und sie fand, dass man das den Kunden ja wirklich nicht zumuten kann, deshalb hat sie ihren Laden wie ein Sushi-Restaurant angelegt. Die Outfits laufen an einem vorbei und wenn einem was gefällt, drückt man einfach auf einen Knopf. Man muss nicht einmal aufstehen. Die Kunden rennen ihr die Bude ein, seit sie das hat!" David schnarcht laut. Er klingt, als würde Bigfoot mit Erkältung in einem Sägewerk arbeiten. So eine Schlampe aus New Hampshire beschwert sich auf Twitter über die rauen Töne gegenüber China. Sie hätte Angst vor einem Krieg. Was für eine Pussy! Ich antworte ihr sofort: „Diese Reisfresser werden es nicht wagen, sich mit uns anzulegen! Sonst wird das ein sehr böses Ende für sie geben! Wenn sie schießen, schießen wir zurück! Und vielleicht mache ich das sowieso, wenn sie mich weiter so ärgern! Ich werde vor nichts zurückschrecken, um unser Land zu schützen!"

16:48

Warum sprechen die ganzen linksgrünversifften Schreiberlinge von der Lügenpresse von einer „internationalen Krise" und einer „gefährlichen Entgleisung des US-Präsidenten"? Was ist das für ein Scheiß, ich sitze doch nicht mal in einem Zug!

Protokolle aus dem Sprechzimmer, Tag 14

1. Dick Bunny.
„Es ist fantastisch, was diese Show bewirkt hat! So viele Menschen haben Böses über uns erzählt, aber jetzt konnten wir ihnen zeigen, was für eine seriöse und kompetente Regierung sie haben, die jede noch so gefährliche Krise meistert! Na ja, außer David und Vienna, die dreckigen Verräter! Hey, ihr da draußen: Wenn ihr unser Land liebt, stimmt für mich! Denn niemand liebt die Vereinigten Staaten mehr als ich! Ich liebe auch Hunde, das mit diesem dreckigen Köter war ein Missverständnis. Hunde sind großartig! Noch großartiger als diese fantastische Show und fast so großartig wie ich! Wenn ihr mich wählt, wird es auch allen Hunden gut gehen! Wenn ihr mich wählt, werde ich alles schaffen! Ich werde Amerika zum Ruhm der alten Zeiten zurückführen!"

2. Vienna Radisson.

(verweinte Augen, schnieft leicht) „Das ist wirklich so gemein, was diesem armen kleinen Rockford angetan wurde, nur wegen der fürchterlichen Politik von Dick Bunny! Ihr dürft ihm nicht vertrauen, er denkt nur an sich selbst! Ich selbst sorge viel besser für die armen, niedlichen, zuckersüßen kleinen Hündchen und Kätzchen und natürlich liegen mir auch eure nicht weniger niedlichen Kinder am Herzen! Ich bin wirklich froh, dass diese Show eine Gelegenheit war, die Inkompetenz fast aller Minister aufzuzeigen und dass ich den Leuten endlich zeigen konnte, wer ich wirklich bin und dass diese gemeinen Vorwürfe bezüglich Steuerhinterziehung völlig haltlos sind! Außerdem wollen wir jetzt gar nicht über Steuern reden! Wir wollen über die armen kleinen Hunde reden!" *(betupft ihre erstaunlich trockenen Augen demonstrativ mit einem Taschentuch)* „Entschuldigt bitte, mit geht das alles sehr nah!"

21:31

Diese Abstimmung ist bisher die mit Abstand wichtigste. Nur drei Leute können ins Finale kommen und heute wird sich entscheiden, wer es sein wird. Andere Menschen wären jetzt vielleicht nervös, aber ich weiß natürlich, dass es absolut unmöglich ist, dass man mich herauswählt. Aber ich fürchte, dass wegen ihres hochdramatischen, mitleidheischenden Hundeauftritts Vienna auch ins Finale kommen wird, die Bitch!

„Der Sieger in Vermont heißt... Vienna Radisson!", beginnt Denise.

„In Florida gewinnt... Igor Cherkisshov!"

„Louisiana geht an Vienna Radisson!"

„Dick Bunny holt sich Utah!"

„Und in Pennsylvania siegt mal wieder Igor Cherkisshov!"

Meine muskulösen Arme zittern leicht, als die finale Tabelle ins Bild kommt.

Tag 14:
1. Vienna Radisson.
2. Igor Cherkisshov.
3. Dick Bunny.
4. David Siliconi.

Seufzer der Erleichterung folgen. Auch Alderman ist ganz ergriffen.

„Damit stehen Mr. Igor, Vienna Radisson und Dick Bunny im Finale! Mein Gott, bin ich aufgeregt- das ist ein historischer Moment!"

Aber es gibt noch einen historischen Moment, denn es ist ein Moment, auf den ich schon Ewigkeiten gewartet habe.

„Hey, David", rufe ich voller Genuss. Er dreht sich zu mir um und verzieht sein Gesicht.

„Ich weiß, was du sagen willst, Dicky, aber muss das wirklich sein?"

„Hey David, ich weiß, was du bist, soll ich es dir sagen?"

„Dicky, dieser Scherz ist echt nicht mehr komisch, falls er es jemals war."

„David, ich habe so lange auf den Moment gewartet, in dem ich dir sagen kann, dass du das bist, was du bist!"

„Hör mal, Dicky, ich gehe gerne, ich habe die Nase voll von der Politik, ich gehe nach Mexiko und nehme nur noch Privatpatienten- ich *will* hier raus, klar?"

„Du-hu bist gefeuert und i-hich ni-hicht!"

„Du mich auch, Dicky."

Tag 15: Sonntag, 09. 12., 11:04. DAS FINALE

Schon seit dem frühen Morgen fühle ich ein aufgeregtes Kribbeln im Bauch. Natürlich bin ich kein Stück nervös, aber sehr aufgeregt, weil der Tag so besonders ist. Heute ist die fast wichtigste Wahl meiner glanzvollen Karriere und wenn alles so läuft, wie es sollte, werde ich heute einen ganz großen Schritt machen, um endlich mein Ziel zu erreichen: Der mächtigste Präsident in der Geschichte der USA zu werden. Denn wenn ich eine zweite Amtszeit bekomme, kann ich mich endlich um die Dinge kümmern, die ich schon immer mal erledigen wollte- zum Beispiel diesen miesen Paragraphen abschaffen, der meine Amtszeit beschränkt, höhö. Wobei: Es stimmt natürlich schon, dass man als Präsident viel mehr Arbeit hat, als man denkt! Warum hat mir vorher keiner erzählt, dass man sich um so viel kümmern muss? An manchen Tagen musste ich bis zu fünf Stunden arbeiten! Und sogar beim Golf haben mich dauernd Leute angerufen, die was von mir wollten! Und bin mir ziemlich sicher, dass meine Spielpartner heimlich meine Bälle in den Bunker geschubst haben, während ich telefonieren musste. Jedenfalls hätte ich das an ihrer Stelle gemacht. Da macht Reality-TV dann doch viel mehr Spaß. Wenn ich das hier gewinne (nicht, dass ich daran zweifeln würde), habe ich vielleicht sogar die Möglichkeit, einen noch besseren Job zu kriegen, zum Beispiel als Juror bei „America's got Talent" oder so. Aber dafür muss ich heute gut abschneiden.
Erst einmal meinen Insta-Feed checken. Ganz viele böse Lügenmedien posten Videos, in denen ihre Reporter vor dem Weißen Haus stehen und erklären, warum ich heute nicht gewinnen werde. Verräterische, lügnerische, gleichgeschaltete Schweine! Zum Glück gibt es noch eine einzige vertrauenswürdige Medienseite, deren Posts ich mir auch gleich mal ansehe: Wolf News, der beste Sender der Welt! Worüber berichten die denn heute so?

Fast ganz oben im Feed (gleich unter dem hervorragenden Video „Fünfzig Gründe, warum Dick Bunny BBIIY heute gewinnt") finde ich den Artikel „Skandal in der NBA: Basketballspieler schließen sich den Hymnenprotesten an!"

So eine Frechheit! Schlimm genug, dass diese dreckigen Football-spieler immer noch nicht dafür bestraft werden, dass sie sich während der Hymne hinknien statt mitzusingen (auch der ganze Prostest gegen angebliche Polizeigewalt ist Schwachsinn, denn Schwarze sind einfach krimineller als Weiße)- aber das jetzt auch noch die ganzen Affenmenschen aus der NBA mitmachen, ist ein unerträglicher Landesverrat! Schnell mal kommentieren:

„Diese Untermenschen sind Landesverräter und müssen sofort verhaftet werden! Einem Menschen, dem der Respekt vor der Hymne fehlt, fehlt auch der Nationalstolz und wer weiß, wozu so jemand noch fähig ist? Vielleicht geben sie ja geheime Informationen an die Chinesen weiter? Außerdem sollen sich die Affenmenschen nicht so anstellen! Die NBA diskriminiert selbst Weiße! Guckt doch mal, wie viele der bestbezahlten Spieler schwarz sind, aber regen wir Weißen uns über diese Unterdrückung auf? Nein, wir halten durch und machen einfach weiter, statt herumzuheulen!"

So, das sollte diesen Mistkerlen das Maul stopfen. Ich bin sehr dankbar dafür, dass es Wolf News gibt. Sonst wüsste ich zum Beispiel gar nicht, dass die EU heimlich Atomwaffen hortet, um zusammen mit den Chinesen und den Perserteppichen- ach nee, die heißen ja inzwischen Iranier- unsere Weltherrschaft zu untergraben. Unabhängige Journalisten sind heute wirklich Gold wert und genauso schwer zu finden bei all der Mainstreammanipulation.

Um sicherzustellen, dass alle Leute da draußen verstanden haben, wie wichtig dieser Tag ist- immerhin entscheidet sich heute das Schicksal der USA, das ganze Land, ach was, die ganze *Welt* wird zuschauen-, poste ich schnell noch ein Bild von mir aus dem Red Room.

„Bürger Amerikas", heißt es darunter, „heute entscheidet sich unsere Zukunft! Ihr könnt dafür stimmen, dass unser Land von Russen, Frauen oder, noch schlimmer, von Demokraten regiert wird, ihr könnt den Weg des Untergangs wählen, der früher oder später zum Verlust der Position als Weltmacht Nummer eins und damit auch zum Weltuntergang und dem Ende der menschlichen Zivilisation führen wird. Oder aber ihr könnt handeln wie stolze Amerikaner und beweisen, dass ihr immer noch den Mut und die Ehre besitzt, eure Stimme dem einzigen Mann zu schenken, der die USA noch retten kann! Wir haben viele böse Feinde da draußen, aber ich verspreche euch, dass ich sie alle für euch vernichten werde! Unser Land ist längst nicht mehr so großartig wie einst, unsere Machtsymbole werden verhöhnt! In meiner ersten Amtszeit hatte ich kaum Zeit für wichtige Dinge, weil ich erst die Fehler meiner Vorgänger beseitigen musste. Doch in meiner zweiten Amtszeit werde ich die USA zu altem Glanz zurückführen! Unsere Flagge wird über der ganzen Welt wehen, niemand wird es wagen, unsere Hymne zu verweigern und das Kapitol wird wieder ein wahres Machtzentrum sein, das seinen Bürgern Brot und Spiele und noch viel mehr gibt, weil im Kongress dann wieder der Präsident das Heft in der Hand hält und nicht etwa diese linksgrünversifften Abgeordnetenschweine! Lasst euch nicht einschüchtern- es ist sehr wichtig, dass ihr versteht, wie entscheidend die Abstimmung heute Abend ist! Wählt ein stolzes, freies, mächtiges und sicheres Amerika! Wählt Dick Bunny!"

Ich höre Vienna und Mr. Igor in der Küche miteinander reden. Zufälligerweise stehe ich sowieso gerade vor der Küchentür, sodass ich natürlich völlig unabsichtlich mitbekomme, über was die beiden reden. Sie scheinen sich gut zu verstehen, haben sich in den letzten Tagen ein bisschen angenähert. Mr. Igor ist zwar immer noch ein toller Innenminister und ein echter Kumpel, aber inzwischen ist er trotzdem zu einem gefährlichen Konkurrenten geworden, vor allem, wenn er sich mit meinen Feinden verbrüdert. Den Geräuschen nach zu urteilen, scheint er abzuwaschen.

„Schon echt toll, dass du im Haushalt so anpackst, das machen nicht viele Männer", bemerkt Vienna. „Mein erster Mann zum Beispiel, der hat mal Bratöl mit Spülmittel verwechselt und ihm ist sogar Salat angebrannt!"

„Habe schon früh gelernt, zu sorgen für mich selbst", erwidert Mr. Igor; er klingt leicht geistesabwesend. „Ist nicht gewesen immer leicht in Russland, meine Mutter wollte, dass alle mit anpacke in Haus, weil dann ist einfacher und wir auch lernen zu versorge sich selbst..." Es quietscht, als würde er sehr hartnäckig mit einem Lappen auf einem feuchten Teller herumreiben.

„Was bist du jetzt eigentlich, Russe oder Amerikaner?", fragt Vienna. Mr. Igor brummt befriedigt, das Quietschen verstummt und er scheint ihr jetzt seine volle Aufmerksamkeit zuzuwenden.

„Ich Russe, aber habe Pass von die USA. Als ich Innenminister war, man hat mich gebürgert ein. Bin aufgewachsen in Watutinki, das ist bei Moskwa und nicht sehr schön. Mein Vater starb, als ich ware funf und meine Mutter saß da mit mir und drei jung Geschwister ... habe mich dann irgendwie geschlagen durch... vieles gelernt... andere Leben gehabt als deins, schätze ick."

Sogar den Abwasch macht er freiwillig? Was für ein Loser- ich würde ja fast behaupten Schwanzlutscher, aber da Mr. Igor immer noch Fäuste so groß wie die genmanipulierten Kartoffeln von Steve Jespers´ Farmen hat, sage ich das lieber nicht laut.

„Ja, ich kann mir vorstellen, dass in Russland vieles anders ist, aber wir müssen uns trotzdem um bessere Beziehungen dorthin bemühen", meldet sich nun wieder Vienna zu Wort. „Es gibt auch in Russland viele reiche Menschen und das gibt uns die Möglichkeit zu guten Deals! Außerdem sind die Russen als Partner nicht so kompliziert wie die Europäer. Nicht so viel lästige Demokratie... Aber solange Dick Präsident ist, ist unsere Außenpolitik ja eine einzige Katastrophe... das ist nicht im Sinne unseres Landes..."

Ich stelle mir vor, dass Mr. Igor nickt, bevor er sagt: „Ja, immerhin ist meine Auftrag... äh, ist in meinem Interesse zu finden eine US-Präsident, der ist eine Freund von Russland. Wir habe gedacht, wir hätte schon, aber niemand hat gesehen ab, was würde kommen mit diese Mann."

„Tja, da wärst du selbst wohl die perfekte Wahl", schnurrt Vienna. „Aber andererseits: Es gäbe bestimmt auch andere Ausgänge dieser Show, aus denen unsere Freunde in beiden Ländern ihre Vorteile ziehen können, wenn du verstehst, was ich meine- egal, wer heute siegt, wir könnten trotzdem gute Freunde bleiben- zum beiderseitigen Nutzen. Für ein gewisses... Entgegenkommen könnten *manche* Leute sich bestimmt überreden lassen, Russland ein verlässlicher Partner zu werden- anders als *gewisse* Politiker, deren Egoismus und Unberechenbarkeit für eine vernünftige internationale Politik untragbar geworden sind."

Mr. Igors Lachen klingt wie eine Lawine im Uran oder Uralt oder wie dieses Gebirge heißt.

„Vienna, ich glaube, wir uns verstehen. Trinken wir im Namen von die Freundschaft von USA und Russland darauf, dass nächste Mr. oder Mrs. President hat im Blick das Wohl von unsere zwei wunderbare Länder und nicht nur vonne sich selbst!"

Gläser klirren und der betäubende Duft von Mr. Igors selbstgebrannten Wodka- verdammter Lügner, zu mir hat er gesagt, sein Versteck wäre leer- zieht durch den Türspalt. Ich ziehe mich ein wenig erschüttert zurück. Wie kann Mr. Igor es wagen, hinter meinem Rücken Pläne mit meinen Feinden zu schmieden und sich zu überlegen, wie ein Amerika ohne mich als Präsident aussehen könnte? Na warte, der wird mich kennenlernen, wenn ich erst meine Wiederwahl im Sack habe!

14:57

Als ich beim Mittagessen mein Smartphone checke, fällt mir eine interessante Meldung von Wolf News auf: „Neue Erkenntnisse: Moscow in Pennsylvania hat nur zweitausend Einwohner! Wurden die Abstimmungen etwa zugunsten von Igor Cherkisshov manipuliert?"

HA! Genau so etwas habe ich gebraucht! Schnell teile ich diesen Artikel, kommentiere: „Sehr ernste Sache! Unsere Polizei sollte sich dringend darum kümmern. Schrecklich, dass man heutzutage keinem außer mir mehr vertrauen kann!"

Das dürfte die Kräfteverhältnisse zu meinen Gunsten ändern. Und einer meiner Kontaktleute hat mir noch ein paar sehr interessante Infos über Viennas Steuerzahlungen geschickt...

Protokolle aus dem Sprechzimmer, Tag 15, FINALE

1. Vienna Radisson.

„Das Ende ist nah und heute dürfte einer der wichtigsten Tage in der jüngeren Geschichte der USA sein! Bürgerinnen und Bürger, ihr seid gefordert! Ihr könnt große Veränderungen bewirken, indem ihr euch für Ehrlichkeit, Nächstenliebe, Unternehmerfreundlichkeit und Abschaffung der Vermögenssteuer entscheidet anstatt für Wahnsinn, Abschottung und hedonistische, egozentrische Pseudo-Politik! Und bedenkt bitte, dass Dick Bunny den niedlichen, unschuldigen kleinen Rockford auf dem Gewissen hat!"

2. Dick Bunny.

„Jetzt gilt es, Leute! Ich finde diese Show, die ich heute gewinnen werde, immer noch fantastisch, so fantastisch, dass ich vielleicht bald sämtliche Politik über Reality-TV mache. Und aus den Parlamentsdebatten könnten Sitcoms werden! Wählt keine Frauen oder Russen, die unser Land nur für ihre eigenen Interessen oder für ausländische Verschwörungen ausnutzen wollen! Werft eure Waffen nicht weg! Nieder mit den Volksfeinden- wählt Dick Bunny!"

3. Igor Cherkisshov.

„Die Zeit ist gekommen für ein Ende und auch für eine oder mehr Entscheidung. Ich finde nicht schön, dass jetzt sagen Leute, ich haben manipuliert Abstimmungen, um für Russen zu regieren die USA. Ihr nicht fürchten müsse die Einwanderung und ich hoffe zu setzen eine Zeichen für alle Einwanderer. Ich vielleicht nicht sein so sehr erfahren oder voll von Einfluss wie die anderen. Aber ich habe eine Herz. Ich wirklich will helfen diese Land und die Leute von diese Land. Und manchmal das sein wichtiger als alles andere."

16:18

„Das ist eine bösartige Lüge!", ruft Vienna entrüstet. Sie hat sich vor mir aufgebaut, das Gesicht so rot vor Zorn, dass es aussieht, als würden gleich Flammen aus ihrer Nase schießen. Der Mund dagegen erinnert an eine Speikobra, die gleich Gift spucken wird.
„Du benutzt diese schamlosen Unterstellungen doch nur, um von deinen eigenen schmutzigen Geschäften abzulenken!"
Wieso schmutzig? Mit Schmutz oder ähnlichen Sachen wollte ich doch noch nie was zu tun haben, das ist was für das Personal. In den über vierzig Jahren, in denen ich in verschiedenen Branchen tätig bin (einige tolle Dinge waren dabei, aber nichts hat so viel Spaß gemacht wie das Showbusiness), bin ich bei der Arbeit nur ein einziges Mal dreckig geworden- als ich beim Golf in einen Bunker gefallen bin. Vienna denkt wohl, sie kann mich ablenken!
„Wenn du so ein Unschuldsengel bist, dann erkläre mir doch mal, warum das Einkommen aus all deinen Geschäften bis auf drei Dollar sieben pro Monat, die hier versteuert werden, an sechs verschiedene Firmen geht, die sich eine Adresse auf den Cayman Islands teilen und dort Steuererleichterungen von neunundneunzig Prozent bekommen?"
„Oh, es ist ganz und gar nicht ungewöhnlich, dass mehrere Unternehmen Stockwerke im selben Haus mieten..."
„Auch dann, wenn dieses Haus ein Hühnerstall am Rand von George Town ist, wie meine Kontaktmänner herausgefunden haben?"

Vienna zuckt kurz zusammen, aber dann fängt sie sich wieder und lässt sich entspannt auf eins der Sofas im East Room sinken, wie um zu zeigen, dass sie das alles überhaupt nicht aus der Ruhe bringen kann.

„Du kannst dir aus den Fingern saugen, was du willst, Dick, aber meine Steuererklärung wie überhaupt meine Geschäfte sind zu einhundert Prozent sauber und transparent. Was man ja", geht sie zum Gegenangriff über, „von dir nicht gerade sagen kann! Schmiergelder, geheime Konten, mehr als nur ein bisschen gebeugte Gesetze, Umgang mit zwielichtigen Personen, Amtsmissbrauch- ich erinnere dich daran, dass du den prinzipiellen Verzicht auf eine Tabaksteuer in unsere Verfassung aufnehmen wolltest, nachdem ein Geschäftsfreund von dir mehrere große Tabakplantagen in Guatemala aufgekauft hat. Eigentlich müsste man deine ganze Regierung wegen Bildung einer kriminellen Vereinigung anzeigen!"

„Dann würdest du auch verhaftet werden", kontere ich.

„Nein, ich würde als Kronzeugin aussagen", erwidert Vienna mit einem überlegenen Grinsen.

Kronzeugin! Pah! Was die sich denkt! Na, da habe ich eine böse Überraschung für sie.

„Im Knast landest du trotzdem", sage ich genüsslich. „Denn wegen deiner ganzen Steuertricksereien habe ich das Finanzamt informiert. Mit all diesen netten kleinen Informatiönchen solltest du eine Razzia in den nächsten Tagen erwarten- und wenn ich wieder Präsident werde, sorge ich auch dafür, dass du im Bau landest, so wahr ich Dick Bunny heiße!"

Viennas Gesicht schaltet blitzschnell von rot auf weiß, aber sie überspielt ihre Panik mit einer weiteren Spitze gegen mich.

„Na, wie schön, dass man der Unabhängigkeit der Justiz in diesem Land vertrauen kann, *Mr. President*. Wie viele Richter hast du denn gekauft?"

Da ich mich selbst nie um die Bestechungen kümmere, ist das eine ziemlich schwere Frage für mich, doch zum Glück rettet mich der Praktikant mit der Stimme Gottes gerade noch rechtzeitig.

„Bewohner des Weißen Hauses", verkündet er, „heute gilt es, denn heute ist das FINALE! Begebt euch ALLE nach unten in die Showarena- für das letzte Duell!"

„Das hier sind eure Spielsteine", erklärt uns Alderman. „Ihr bekommt jede Runde drei neue und zehn für den Start, die ihr für bestimmte Dinge ausgeben könnt- wenn ihr in die Wirtschaft eures „Landes" investiert, bekommt ihr nach einer gewissen Summe doppelt so viele Steine hinzu, ihr könnt auch Güter produzieren und Handel treiben oder aber euer Militär aufrüsten und mit genügend Truppen das Land eines anderen Spielers erobern. Und nein, Dick", fügt er hinzu, „ihr könnt *nicht* alles gleichzeitig machen und der Präsident bekommt *nicht* mehr Spielsteine als die anderen!"

Dabei habe ich doch gar nichts gesagt. Kann er etwa meine Gedanken lesen? Ich sollte doch den Aluhut öfter tragen, den mir ein paar sehr kluge Leute geschenkt haben, ohne die ich gar nicht wüsste, dass unsere Gedanken von reptilischen Außerirdischen in Elvis-Kostümen vom Mond aus kontrolliert werden.

„Bedenkt bitte, dass diese Challenge äußerst wichtig ist, weil sie eine entscheidende Rolle bei eurer letztendlichen Platzierung spielen wird", warnt uns Denise LeShaw.

„Wenn es keine Fragen gibt, heißt es jetzt- auf die Plätze... fertig... los!"

Die erste Runde läuft gut. Mr. Igor investiert direkt in seine Armee, während sich Vienna auf ihre Wirtschaft konzentriert. Mein Spielzug überrascht in seiner Genialität jedoch alle.

„Dick, was machst du da?"

„Wonach sieht´s denn aus, Affenmädchen? Ich baue eine Mauer an der Grenze zu Vienna."

„Wieso willst du eine Mauer an meine Grenze stellen? Das darfst du doch bestimmt gar nicht!"

„Um illegaler Migration und möglichem Schmuggel Einhalt zu gebieten! Glaubst du etwa, ich wäre nicht auf deine schmutzigen Tricks vorbereitet?"

„Dick, du kannst deine Spielsteine nur ausgeben, nicht zum Bauen benutzen", fährt Ulysses dazwischen.

„Ach, das ist kein Problem, das hole ich mir alles von Vienna wieder!"

„Dick!"

Weil ich keine Lust auf weitere Diskussionen habe, gebe ich meine Spielsteine stattdessen für den Anbau von Weizen aus, den ich in den nächsten Runden gewinnbringend an Vienna verkaufe. Als ich jedoch bemerke, dass das auch ihrer Wirtschaft nützt und sie sowieso schon viel mehr Spielsteine hat als ich, ändere ich die Taktik. Das stößt nicht gerade auf viel Gegenliebe.

„Dick!" Denise´ Augen rollen so sehr in ihren Höhlen umher, dass sie mich an Billardkugeln erinnern. „Du kannst hier keine Strafzölle erheben und du kannst *keinen* Handelskrieg anfangen!"

Verdammter Mist. Alle haben sich gegen mich verschworen. Dann tue ich eben was für meine Wirtschaft, sorge dafür, dass niemand so viele Waren hat wie ich und rüste auch mein Militär ein bisschen auf. Alles läuft ganz gut, auch wenn Vienna immer reicher wird- aber dann greift mich plötzlich Mr. Igor an, dieses verräterische Arschloch!

17:04

Am Ende geht die Challenge ziemlich gut aus. Meine Wirtschaft war am Ende fast so fantastisch wie in der Wirklichkeit- bin ein großartiger Präsident, schaffe mehr Arbeitsplätze, als irgendwer zuvor- und meine Soldaten setzen sich sehr tapfer gegen die Angriffe von Mr. Igor zur Wehr. Blöd ist bloß, dass Vienna uns beide angreift, nachdem wir fast alle Soldaten des jeweils anderen getötet haben und dadurch das Spiel gewinnt. Aber wenn ich meine Mauer hätte bauen dürfen, wäre das alles nicht passiert! Eigentlich habe also ich gewonnen.

21:15

„Meine Damen und Herren, liebes Publikum, Amerikaner und Amerikanerinnen, ihr alle, die ihr dort draußen zuschaut, ob in den USA oder anderswo auf der Welt, heute Abend ist ein historischer Moment", brüllt Alderman, dramatisch beleuchtet vom Licht der Spotlights, wodurch er wie ein Wesen von einem anderen Stern aussieht, „denn heute findet die wichtigste Show der Weltgeschichte ein Ende! Amerika stimmt darüber ab, wer Spitzenkandidat der Republikaner für die nächsten Präsidentschaftswahlen wird! Bekommt Dick Bunny noch einmal eine Chance? Oder endet seine Amtszeit hier und jetzt? Gleich werden Sie es wissen und ich, Ulysses Alderman, habe die Ehre, Ihnen dieses Ergebnis zu präsentieren!"

LeShaw, heute in ein knappes Outfit in Glitzerpink gekleidet, hebt die Augenbrauen und räuspert sich bedeutungsschwer.

„Ach ja, und die bezaubernde Denise LeShaw wird mir natürlich dabei helfen."

Die Spotlights schwenken nun und beleuchten nacheinander mich, Mr. Igor und Vienna.

„Wer wird siegen? Wird es Dick Bunny sein, der angeschlagene Amtsinhaber, der mit zahlreichen Korruptionsvorwürfen zu kämpfen hat und den man im Ausland wegen seiner zahlreichen Eskapaden schon als Witzfigur ansieht? Oder wird es Vienna Radisson sein, die New Yorker Multimillionärin, die trotz ihrer mehr als fragwürdigen Steuererklärung einen Gegenentwurf zu Dick Bunny bilden will? Oder wird die Wahl auf Mr. Igor fallen, den undurchsichtigen russischen Bären mit viel Herz? Gleich werden wir es wissen- denn hier kommen schon die ersten Ergebnisse!"

Unsere drei Namen erscheinen auf dem Bildschirm. Ich bin aufgeregt. Dieser Abend kann- ach was, muss- mir die Tür zu noch viel größeren Dingen aufstoßen, als ich sie mir je erträumen konnte.

Denise LeShaw übernimmt nun.

„Wie wir hier sehen, katapultiert der Sieg bei der heutigen Challenge Vienna Radisson zunächst auf Platz eins. Doch die Ergebnisse der einzelnen Staaten sind wichtiger. Und hier kommt schon der erste Staat! Es ist... Minnesota... mit dem Sieg für Dick Bunny!"

Nun meldet sich auch Alderman wieder.

„Wisconsin geht an Vienna Radisson!"

„In Wyoming siegt Igor Cherkisshov!"

„Rhode Island stimmt für Vienna Radisson!"

„North Dakota ist fest in der Hand von Dick Bunny!"

„Auch in Kansas gewinnt er!"

„Und auch in South Dakota- mit Dakota scheint er es zu haben, was, Ulysses?"

„Scheint fast so, Süße- aber in Illinois siegt Vienna Radisson!"

„Sie holt sich auch New York!"

„Iowa geht an Dick Bunny!"

„Georgia stimmt dagegen für Vienna Radisson!"

„Jakutsk geht an Igor Cherkisshov!"

„In Kalifornien siegt mit überwältigender Mehrheit- Vienna Radisson!"

Die Tabelle verändert sich schneller als Bauland mit Meerblick in Florida. Ich merke, dass ich schwitze, bestimmt, weil es hier drinnen so heiß ist.

„Alabama entscheidet sich für Dick Bunny- mein Gott, ist das eng heute! Das wird ein sehr knapper Sieg, egal wer gewinnt!"

Weitere Bundesstaaten folgen, dann sind nur noch zwei übrig.

„Denise, wer gewinnt in New Mexico?"

„Es ist Igor Cherkisshov, Ulysses, und das heißt..."

Denise reißt die Augen auf, als hätte sie einen Elefanten in ihrem Badezimmer gefunden.

„Ach du lieber Gott! Mit dem Ergebnis der heutigen Challenge haben wir absoluten *Gleichstand*- das heißt, wer auch immer in North Carolina gewinnt, wird Sieger der gesamten Show!"

Alderman sieht aus, als wäre Weihnachten vorverlegt worden- allerdings nicht sehr weit, es ist ja eh bald soweit-, Vienna lässt sich auf einen Stuhl fallen und fächelt sich hektisch Luft zu und Mr. Igor hat die gefalteten Hände zur Zimmerdecke erhoben und murmelt auf Russisch.

Ich lasse mich selbstverständlich davon überhaupt nicht beeindrucken und liege nur deshalb auf dem Boden, weil es da so bequem ist.

Ulysses' Stimme klingt sichtlich erschüttert. „Aber wo bleibt das Ergebnis aus North Carolina, Denise?"

„Es müsste gleich kommen", versichert ihm LeShaw, wie um sich selbst zu überzeugen. „Bestimmt ist es gleich soweit."

Spannungsvolle Sekunden vergehen. Man könnte einen Dollarschein fallen hören. Und dann erscheint plötzlich die Flagge von NC auf dem Bildschirm an der Wand. Vienna kreischt kurz auf und jemand anderes, keine Ahnung wer, stößt ein sehr mannhaftes Quieken aus.

„Da kommt North Carolina!" Denise' Stimme überschlägt sich. „Und es stimmt für...?"

Die Flagge verschwindet und dann, endlich, tauchen Wörter auf. Ein einziger Name steht auf dem Bildschirm, daneben eine Prozentzahl.

Heilige Scheiße.

The New England Register, 11. 12.

Bunnys Entscheidung

Washington, D.C. Es war *die* Meldung der Woche: Der scheidende US-Präsident Richard „Dick" Bunny, der am Sonntag mit hauchdünnem Vorsprung die Reality-TV-Show „Big Brother is impeaching you" gewann, verzichtete darauf, die Republikaner in die nächsten Präsidentschaftswahlen zu führen- wozu ihn der Sieg eigentlich berechtigt hätte. Doch vor über hundertsiebzig Millionen Fernsehzuschauern geschah das Undenkbare: Bunny weigerte sich, seinen Preis- die Kandidatur für eine zweite Amtszeit- anzunehmen. Stattdessen trat er mit den Worten „Es war eine großartige Zeit und ich weiß, dass ich als Präsident einen fantastischen Job gemacht habe. Doch nun ist es Zeit, mich größeren Aufgaben zuzuwenden, denn als Politiker kann ich mich nicht mehr weiterentwickeln" von der weltpolitischen Bühne ab. Doch was hat ihn zu diesem absolut unerwarteten Schritt bewogen? Mehrere Gründe wurden in den letzten Tagen genannt:

1. Wie mehrere Insider des Weißen Hauses bestätigten, gibt es für Bunny als Folge der großen medialen Aufmerksamkeit, die sein Sieg hervorgerufen hat, verschiedene attraktive und auch lukrative Angebote, in die Unterhaltungsindustrie zurückzukehren. Eine bekannte Las-Vegas-Show will ihn Gerüchten zufolge als Moderator engagieren, als gesichert gilt jedoch, dass Bunny ein Angebot vorliegen hat, als Juror bei „America's got Talent" einzusteigen sowie Anfragen von lokalen Formaten des „Dschungelcamps" aus insgesamt 37 Ländern. Zudem ist sein Name für geplante Neuverfilmungen diverser Bud-Spencer-und-Terrence-Hill-Filme im Gespräch. All diese Angebote dürften dem für seine Zuneigung zu

den Unterhaltungsmedien bekannten Präsidenten mehr als reizvoll erscheinen.

2. Die Öffentlichkeit hat es längst vermutet, jetzt haben es auch anonyme Mitarbeiter des Weißen Hauses bestätigt: Aus seiner katastrophalen Politik zieht nicht einmal Bunny selbst noch Lustgewinn. Berichten zufolge soll er sich besonders in den letzten Wochen ausgiebig über „diesen ganzen Scheißmist" beklagt haben, den das Tagesgeschäft eines Präsidenten mit sich bringt, außerdem zum Ausdruck gebracht haben, er hätte gedacht, „dass man als Präsident mehr Spaß hat". Es mag wohl einzig und allein seinem Stolz geschuldet gewesen sein, dass er trotz intensiver diesbezüglicher Aufforderungen nicht bereits zu einem früheren Zeitpunkt zurückgetreten ist.

3. Sogar das Vertrauen seiner engsten Verbündeten hatte Bunny am Ende verloren. Der Ex-Minister für Innere Sicherheit, Norman R. Arrow, attestierte Bunny in seinem erstem Interview seit seiner Einweisung in die Psychiatrie „schlechte Manieren" und selbst der als „Mr. Igor" bekannt gewordene einstige Innenminister und jetziger Interimspräsident Igor Cherkisshov (für Informationen über Vienna Radissons plötzliches Verschwinden klicken sie hier), lange Zeit Bunnys engster Verbündeter, soll sich mit seinem ehemaligen Chef überworfen haben. Angesichts dieser schwierigen politischen Lage dürfte es für Dick Bunny wohl sehr viel angenehmer gewesen sein, in sein geliebtes Showbusiness zurückzukehren und dort aus einer ganzen Reihe gut bezahlter Angebote zu wählen, als sich der schwierigen Aufgabe zu stellen, ein neues Kabinett aufzubauen und eine Wahl zu gewinnen. Vielleicht war die Show, die er selbst als „großartigste und wichtigste Show der Weltgeschichte" bezeichnete, für Dick Bunny von Anfang an nur ein Sprungbrett zu einer anderen Rolle- einer, die dem Social-Media-Präsidenten mehr liegt.

Los Angeles Mail, 18. 01.

Alicia Torres: Suche nach Radisson und Cherkisshov wird eingestellt

Washington, D.C. Die dreizehn Monate seit dem spektakulären Rücktritt von Ex-Präsident Dick Bunny haben bereits viel Neues gebracht. Und nun soll nach dem Willen von Bunnys Nachfolgerin Alicia Torres ein weiteres Relikt aus der Amtszeit ihres Vorgängers verschwinden- die Suche nach Vienna Radisson und Igor „Mr. Igor" Cherkisshov.

Radisson, frühere Landwirtschaftsministerin und unter anderem über die Unterhaltungsbranche und Kosmetikindustrie bekannt geworden, ist seit dem Tag nach der finalen Folge von „Big Brother is impeaching you" nicht mehr gesehen worden- als Beamte der Steuerfahndung am folgenden Dienstag in ihrem Penthouse in Manhattan zu einer Razzia auftauchten, fanden sie die Wohnung ausgeräumt vor (wir berichteten). Von Radisson war keine Spur zu entdecken, ihre Firmenanteile hatte sie ebenfalls nur wenige Tage zuvor verkauft. Bis auf ein Überwachungsvideo vom 12. Dezember des vorletzten Jahres, das eine blonde Frau mit Sonnenbrille zeigt, welche an Bord eines American-Airlines-Flugzeuges nach Cancun steigt (das entsprechende Ticket lief auf den Namen „Venice Meridean"), gibt es seit einem Jahr keinen Hinweis mehr auf ihren Aufenthaltsort.

Igor Cherkisshov, einstiger Innenminister und Interimspräsident, ist seit letztem Monat verschwunden. Nachdem er mangels Alternativen die Republikaner in die Präsidentschaftswahlen führte und dort eine Niederlage gegen die erst 32-jährige Demokratin Alicia Torres hinnehmen musste, verließ Cherkisshov die USA zunächst. Am 19. Dezember betrat er nach allem Anschein nach die russische Botschaft in Riad (Saudi-Arabien)- seitdem ist er wie vom

Erdboden verschluckt. Während Russlands Präsident Aleksandr Ibramov weiterhin bestreitet, dass sich Cherkisshov jemals im russischen Konsulat aufgehalten hat, betonte der saudische König „keine Erfahrung im Umgang mit Vermissten in Botschaftsgebäuden" zu haben.

Alicia Torres, nicht nur erste Frau überhaupt, sondern auch erste Hispanic im Weißen Haus, ordnete heute an, die Suchen einzustellen.

„Es ist pure Verschwendung, so viel Geld für die Suche nach einer einzigen Steuerflüchtigen auszugeben, deren Vermögen sowieso nie wieder auftauchen wird", sagte die gebürtige Kalifornierin, die als drittes Kind eines Kfz-Mechanikers am Rande von Los Angeles aufwuchs und aufgrund der Verfassungsänderung im vorletzten Jahr die mit Abstand jüngste US-Präsidentin aller Zeiten ist, heute auf einer Pressekonferenz, „und wenn wir wirklich der ganzen Welt zeigen wollen, dass die Vereinigten Staaten die Souveränität anderer Nationen wieder ernstnehmen, sollten wir uns auch aus dem Fall Igor Cherkisshov raushalten. Es gibt viel wichtigere Projekte, mit denen sich unsere Regierung befassen muss: Klimaschutz, Reduzierung der Waffengewalt, Beseitigung sozialer Ungleichheit, gerechtere Einwanderung, besserer Zugang zu Bildung- schwer zu sagen, wo man anfangen soll! Und als ob das alles noch nicht reichen würde, müssen wir auch noch- herzlichen Dank an Dick Bunny- versuchen, wenigstens wieder ein bisschen Respekt von der Welt zurückzugewinnen. Bei diesem Berg von Krisen können wir uns nicht auf ein paar unwichtige Einzelschicksale konzentrieren, sondern müssen endlich wieder ernsthafte Politik machen! Die Zeiten von stumpfem Populismus sind vorbei, ab heute wird wieder richtig gearbeitet! Ja, es gibt viel zu tun. Aber ich verspreche euch allen: Solange ich hier noch irgendetwas zu melden habe, werde ich alles daran setzen, diese Probleme lösen. Doch dafür brauche ich Sie alle. Ob Sie als unterbezahlte Reinigungskraft in einem Diner Tische wischen, einen multinationalen Konzern besitzen, als alleinerziehende Mutter für drei Kinder verantwortlich sind oder vielleicht auch gerade nur vor dem Fernseher Chips futtern und sich fragen, was Politik mit Ihnen zu tun hat- Sie alle sind gleich wichtig für uns und Sie alle werden ihre Rolle spielen! Schluss mit der Politik, die über die Köpfe der Leute hinweggeht! Ab jetzt werden Entscheidungen *für* alle auch wieder *von* allen getroffen! Denn wir sind das Volk von Amerika und unsere Zeit ist gekommen!"

Instagram-Post des Users realdickbunny.official vom 22. Januar:

(Bild von Bunny mit breitem Grinsen im Gesicht auf einem Jurorensessel)

„Hey, meine Fans, obwohl ihr die fantastischsten Leute seid, die man in diesem Land überhaupt finden kann, bin ich ein bisschen böse mit euch.

Viel zu viele haben letzten Samstag nämlich nicht meine geniale Show „Wer kriegt die Green Card?" eingeschaltet, sondern ihre Zeit mit der Rede von dieser hässlichen Enchiladaschlampe verschwendet, die sich jetzt auf meinem Sessel im Oval Office breit macht. Und das ist ein wirklich toller Sessel, das schwöre ich euch, wenn er nicht so schwer wäre, hätte ich ihn mitgenommen!

Aber ich verzeihe euch nochmal, dass ihr euch diesen Mist angehört habt, wenn ihr morgen alle einschaltet! Denn ich schwöre euch, in meiner Sendung wird euch kein Enchilada damit vollquatschen, dass er oder sie dieses Land aufräumen will! Denn die, die wir in der Show haben, schaffen es nämlich nicht einmal, mein Büro aufzuräumen, höhö."

Danksagung:

Man sagt, es braucht ein ganzes Dorf, um ein Kind zu erziehen und wenn das stimmt, braucht es vermutlich auch ein ganzes Dorf, um ein Buch zu schreiben. Diese Seite gehört meinem „Dorf".

Danke an meine Eltern, die die Idee für dieses Buch als Erste gehört und sich zusammen mit mir durch endlose Entwürfe gequält haben. Ohne euch würde diese Geschichte wahrscheinlich in irgendeiner Schublade vergammeln.

Großen Dank schulde ich auch Per, der mir dieses fantastische Cover gezeichnet hat.

Meine Dankbarkeit verdienen auch meine Oma, die über meine Entwürfe gelacht hat, Birte, die sie als eine der Ersten gelesen hat, und Melissa, für ihre Verbesserungsvorschläge und weil sie mich killt, wenn ich sie nicht erwähne.

Aber eigentlich muss ich ganz besonders all den Menschen danken, die ihre Stimme an Donald Trump verschwendet und mich damit erst zu diesem Buch inspiriert haben. Ich kann zwar kaum sagen „Gut gemacht, Leute!"- aber wenn ihr nicht diese politische Katastrophe verursacht hättet, würde es dieses Buch heute nicht geben. Deswegen, so verrückt es auch ist: Danke. Ich bin euch was schuldig. Ich hoffe, als Belohnung bekommt ihr als Nächstes einen geistig zurechnungsfähigen Präsidenten.

Rellingen, im Mai 2020.